W0409917

Ulrike Koch

HERZKLOPFEN IM Schnee gestöber

IMPRESS

© privat

Ulrike Koch ist ein waschechtes Küstenkind, dass bereits seit Kindertagen von einem abenteuerlichen Leben als Archäologin träumte. Mit ihrem Studium erfüllte sich dieser besondere Wunsch. Doch der Drang längst Verschwundenes zu entdecken weitete sich aus, sodass sie anfing eigene Welten zu erschaffen. Wenn sie nicht gerade an einer neuen Geschichte schreibt, dann bereist sie mit ihrer Familie fremde Orte.

Für all meine wundervollen Leser und Leserinnen – setzt euch mit eurem Lieblingsgetränk an den schönsten Ort, den ihr finden könnt, und lasst euch von mir in ein kanadisches Winterwunderland entführen. Ich wünsche euch unvergessliche Stunden mit Emma und Henry!

Prolog

Die Geister der Vergangenheit

Genervt starrte ich auf die große Wanduhr in der Umkleidekabine, deren Vintage-Stil zum Charme des alten Theatergebäudes passte. Es war fast so, als verhöhnten mich die kunstvoll geschwungenen Ziffern und Zeiger, während sie immer schneller voranschritten.

Nervös tippelte ich mit dem Fuß auf dem Boden und ging noch einmal jeden Tanzschritt im Kopf durch. Wenn irgendetwas schiefging, dann würde ich mich in einem tiefen Loch vergraben und erst wieder herauskommen, wenn jemand etwas noch Peinlicheres getan hatte.

Die Tür zur Umkleide wurde langsam geöffnet und eine zierliche Frau trat ein. »In zehn Minuten geht es los, meine Damen.« Trotz der schlanken Gestalt war ihre Stimme in jeder Ecke des Raumes zu hören und verstärkte die Unruhe der anderen Tanzenden um ein Vielfaches.

Paula, die Tanzlehrerin unserer Ballettgruppe, verschaffte sich einen kurzen Überblick über das Meer aus Rüschen, Schleifen und übertriebener Schminke. Viele der Mädchen kontrollierten noch einmal ihr Make-up und zogen sich das Schwanenkostüm zurecht, während ihre Stimmen immer lauter in meinem Kopf dröhnten. Vielleicht lag es aber auch an der stickigen Luft in der Umkleidekabine, dass meine Kopfschmerzen mit jedem Atemzug schlimmer wurden. Mit den Zeigefingern massierte ich meine pulsierenden Schläfen – in der Hoffnung auf Linderung. Leider blieb jeder Versuch vergebens.

Ich nahm einen großen Schluck aus dem Wasserglas, das vor mir auf dem Schminktisch stand, und blickte dann erneut zur Wanduhr. Mom hätte schon vor einer halben Stunde da sein müssen. Sie war sonst immer pünktlich und gerade heute war es besonders wichtig. Zu einer Premiere besuchte sie mich regelmäßig in der Kabine und setzte sich dann erst später in den Saal zu Dad und meinen Brüdern. Das war unsere Tradition und sie brach gerade damit.

Nervös knetete ich meine Hände, während die Minuten bis zum Auftritt vorübergingen. Selbst das Ticken des Sekundenzeigers erschien mir in diesem Moment unnatürlich laut.

Mom, wo, verdammt noch mal, steckst du?

Ich durchwühlte meine Handtasche und schaute nach, ob sie mir eventuell eine Nachricht geschrieben hatte. Doch der Blick auf das Display brachte die Ernüchterung: keine neuen Nachrichten.

Eine Hand legte sich sanft auf meine Schulter und kurzzeitig keimte Hoffnung in mir auf.

»Ist alles in Ordnung, Emma?« Paulas einfühlsame Stimme hüllte mich sanft ein, während sie mich besorgt mit ihren haselnussbraunen Augen ansah.

»Meine Mom sollte schon längst hier sein. Ich tanze heute zum ersten Mal die Schwanenkönigin und sie ist nicht da.« Es auszusprechen verdeutlichte mir umso mehr, wie sehr ich sie gerade brauchte. Warme Tränen verschleierten meine Sicht, doch ich schluckte die Enttäuschung herunter wie eine schlechte Mahlzeit. Der bittere Beigeschmack blieb.

Paula löste ihre Hand von meiner Schulter und steckte eine meiner braunen Locken fest, die sich aus dem strengen Zopf gelöst hatte. Eine einfache Geste, die mir dennoch viel bedeutete.

»Ich bin mir sicher, dass sie gleich da ist. Vielleicht hat sie dich falsch verstanden und sitzt bereits im Saal, während sie auf die Vorstellung wartet. Sobald die Show anfängt, kann ich dir ein Zeichen geben, wenn ich sie in der Menge entdecke.«

Immer wieder bewies Paula, dass sie mehr war als nur eine Trainerin. Sie interessierte sich wirklich für die Probleme ihrer Schülerinnen. Das war einer der Gründe, warum Mom ihr erlaubt hatte, mich zu trainieren. Denn seit einem halben Jahr tanzte meine Mutter aufgrund eines schlecht verheilten Bruchs am Bein selbst nicht mehr. Sie war umso glücklicher gewesen, dass Paula noch einen Platz in ihrer Gruppe für mich gehabt hatte, damit mein Training weitergehen konnte. Ein Wermutstropfen war jedoch, dass Henry, mein bester Freund, nicht weiterhin mit mir tanzen konnte. Wenigstens sahen wir uns in der Schule und an den meisten Nachmittagen.

»Danke schön.« Mehr brachte ich nicht heraus.

Paula nickte verständnisvoll und schob dann ihre schwarze Brille wieder auf den Nasenrücken hoch. Sie wandte sich an die anderen Mädchen, die gemeinsam mit mir gleich die Bühne betreten würden, um *Schwanensee* aufzuführen.

»Ihr alle habt hart für diese Premiere trainiert und es wird Zeit, dass unsere Zuschauer sehen, was für herausragende Talente ihr seid.« Sie machte eine kleine, dramatische Pause und blickte jede nacheinander an. »Also alle Schwäne stellen sich jetzt nacheinander auf und unsere Schwanenkönigin bildet den Schluss.«

Paula ging voran und die Tänzerinnen folgten ihr schweigend. Ich blickte in den Spiegel und musste noch rasch das Make-up wieder herrichten. Durch die Tränen war es an einigen Stellen verwischt worden. Mit fünfzehn sollte ich nicht mehr wegen jeder Kleinigkeit weinen, aber die Last der Enttäuschung wog einfach zu schwer.

Ein letztes Mal schaute ich auf mein Handy, ob sie mir nicht doch noch in den letzten Minuten geschrieben hatte, aber ich wurde erneut enttäuscht.

Die Tänzerin vor mir hatte gerade die Kabine verlassen und jetzt war ich an der Reihe. Einmal tief ein- und ausatmen.

»Bleib ruhig, Emma«, sagte ich leise, während ich noch einmal auf das weiße Feder-Tutu hinabschaute.

Es schimmerte sacht im Licht der Deckenlampe und auf der Bühne würde es aussehen, als hätte ich ein glitzerndes Federkleid an. Zusätzlich trug ich eine silberne Krone auf dem Kopf, damit die Zuschauer sofort erkannten, wer die Königin war. Schon als kleines Mädchen hatte ich davon geträumt, diese Rolle zu spielen. Jeden Tag, an dem Mom mich trainiert hatte, hatte ich an dieses Ziel gedacht.

Jetzt würde ich tanzen. Für Mom und mich.

Noch einmal atmete ich tief ein und aus, bevor ich einen Schritt in das Scheinwerferlicht wagte.

Es muss perfekt sein.

Paula gab mir ein Zeichen und ich trat hinaus auf die Bühne. Mit einfachen Schritten begann ich zu den anderen aufzuschließen. Die Bewegungen zur Musik von Tschaikowsky waren synchron. Dank des Scheinwerferlichts und der raschen Tanzschritte konnte ich keinen genauen Blick auf das Publikum werfen, aber ich war überzeugt davon, dass den Zuschauern die Aufführung gefiel. Der Gedanke daran beflügelte jeden meiner Schritte. Normalerweise würden meine Brüder und Dad jetzt auch da unten sitzen, aber ausgerechnet heute hatten die Jungs ein Footballspiel, zu dem Dad sie begleitete.

Ich gab mich vollkommen dem Moment hin und versuchte all die Gefühle, die ich in mir wahrnahm, in die Bewegungen zu legen.

Ein Tanz lebt von den Emotionen der Tänzer, hörte ich Moms Stimme in meinem Kopf. Und in genau diesem Augenblick lebte ich meinen Traum und fühlte mich glücklicher als jemals zuvor.

Als die erste Hälfte der Spielzeit vorbei war und eine kurze Pause angesagt wurde, war ich derart energiegeladen, dass ich immer noch herumhüpfte. Dabei ignorierte ich vollkommen meine schmerzhaft pulsierenden Füße.

Stumm betete ich, dass Mom alles mit angesehen hatte, denn ich wollte so sehr, dass sie ein Teil dieses Augenblicks gewesen war. Immerhin war das hier unser gemeinsamer Traum und ich hatte mein Bestes gegeben, um sie glücklich zu machen.

Ich versuchte Paula zu finden, konnte sie jedoch in der Kürze der Zeit nicht entdecken. Mit Sicherheit unterhielt sie sich mit dem Eigentümer des Theaters, um weitere Vorstellungen für uns zu organisieren. Sie war immer bestrebt darin, uns voranzubringen. Es war keine Selbstverständlichkeit, in Toronto als Tanzgruppe in einem renommierten Theater auftreten zu können. Meist war dieses Privileg nur den ausgebildeten Tänzern vergönnt.

Als ich Mom davon erzählt hatte, hatte sie mich ganz fest umarmt und mir immer wieder gesagt, wie stolz sie auf ihre kleine Ballerina sei.

Und jetzt war ich dennoch ohne sie hier. Inmitten der anderen Tänzerinnen, die nach der ersten Halbzeit noch aufgeregter schienen als am Anfang.

Gierig trank ich in der Umkleidekabine ein paar Schlucke Wasser und genoss die Kälte, die sich rasch in meiner Kehle ausbreitete. Unter dem Licht der Scheinwerfer zu tanzen bedeutete auch einer enormen Wärme ausgesetzt zu sein. Etwas, woran ich mich definitiv noch gewöhnen musste. Ich schaute erneut auf mein Handy, das ich aus meiner Tasche geholt hatte.

Wieder keine neuen Nachrichten – innerlich kämpfte ich gegen den Groll an, der sich langsam ausbreitete. Mom hätte wenigstens in der Pause zu mir kommen oder mir eine Nachricht hinterlassen können, dass sie sich verspätete. Das wäre das Mindeste gewesen, nachdem sie sich *vor* der Aufführung nicht gezeigt hatte. Hoffentlich hatte sie eine gute Ausrede.

Ein kleiner Gong ertönte und läutete das Ende der Pause ein. Euphorie durchströmte mich und ich fieberte dem großen Finale entgegen, während die ersten Tänzer bereits wieder aus der Umkleide strömten. Einen kurzen Moment war ich verwundert, weshalb Paula nicht noch einmal vorbeischaute, aber vermutlich war sie immer noch in ein Gespräch vertieft oder kontrollierte das Bühnenbild. Sie war durch und durch eine Perfektionistin.

Nach einer weiteren Kontrolle des Make-ups verließ ich die Umkleidekabine. Obwohl ich mich umsah, konnte ich Paula nicht entdecken, was meine Verwunderung nur weiter steigerte. Wenigstens sie hätte ich gern noch vor dem großen Finale gesehen.

Ich versuchte die Wut meiner Mutter gegenüber zu vergessen und gab mich ganz der Musik hin.

Wie im Flug verging die Aufführung und nach dem tosenden Applaus der Zuschauer verließ ich überglücklich die Bühne. Ich war wie berauscht und gierte bereits nach mehr.

Hoffentlich war es Paula gelungen, weitere Aufführungen für uns zu organisieren.

Auf dem Weg zur Umkleide stellte sich mir überraschend Paula in den Weg. Trotz der Brille konnte ich erkennen, dass ihre Augen rot unterlaufen waren. Als hätte sie eben noch geweint. Noch bevor sie sprach, wusste ich, dass etwas Schreckliches passiert sein musste.

»Emma, deine Mutter hatte einen Unfall«, waren die letzten Worte, die ich noch wahrnahm, bis die Welt um mich herum in Finsternis versank.

01.

Schneeflockentanz und unverhoffte Einladung

Vier Jahre später

Zierliche Flocken tanzten in einem wilden Durcheinander in dem klaren Wasser. Erneut schüttelte ich die Schneekugel und sah, wie die weiße Pracht sachte auf das kleine Schloss hinabfiel, welches sich in der Mitte der Kugel befand. Bereits als kleines Mädchen hatte ich mir so immer den Palast der Schneekönigin vorgestellt, der hoch oben über den Menschen auf einem Berg thronte.

Wunderschön und gefährlich zugleich.

Jeden Tag hatte meine Mom Henry und mir die Geschichte erzählen müssen, wie die Königin die Herzen der Menschen vergiftete. Nur die Liebe schaffte es, das Eis zu schmelzen. Die Schneekugel, die Henry mir vor vier Jahren an Weihnachten geschenkt hatte, erinnert mich immer an diese magische Zeit. Als die Liebe nur Dinge heilen konnte, anstatt sie zu zerstören. Er wollte mich damals trösten und mir etwas schenken, was mich sowohl an ihn als auch an Mom erinnerte, die kurz zuvor gestorben war. Das war unser letztes Weihnachtsfest in Richmond Hill. Früher hatte ich mir ein romantisches Märchen erträumt – wie das von dem Mädchen, das ihren Freund durch wahre Liebe befreien konnte. Als würde jeder Schmerz durch Zuneigung geheilt werden können.

Heute konnte ich über dieses naive Mädchen von einst nur noch lachen, das an Liebe auf den ersten Blick geglaubt hatte. Bad Boys blieben Arschlöcher, zumindest meiner Erfahrung nach. Die netten

Männer waren hingegen schwer zu finden, denn meist waren sie in einer Beziehung oder sie wollten sich aktuell auf niemanden einlassen.

Umso dankbarer war ich, weil mir nach einer dramatischen Trennung momentan nicht wirklich der Sinn nach einer Beziehung stand. Sobald Gefühle im Spiel waren, wurden Dinge kompliziert, und mir fehlte derzeit die Kraft für alles, was nicht einfach war. Die ersten Monate des letzten Schuljahres waren bereits verstrichen und forderten mir viel ab.

»Emma.« Die tiefe Stimme meines Vaters drang von der unteren Etage unseres Hauses bis hinauf zu mir.

Sachte stellte ich die Schneekugel wieder zurück in das überfüllte Bücherregal, dessen Bretter bereits eine leichte Biegung aufwiesen, und verließ rasch das Zimmer. Meine Hand legte sich auf das Holz des Treppengeländers, während ich die Stufen hinuntereilte, begleitet vom Knarzen der alten Dielen. Als wir vor vier Jahren in das Haus gezogen waren, hatte ich mich erschrocken, wenn jemand nachts die Treppe benutzt hatte. Für mich hatte es immer so geklungen, als würde ein Geist in der Dunkelheit sein Unwesen treiben und nur meine über den Kopf gezogene Bettdecke könnte mich beschützen. Allerdings hatte ich schon damals gewusst, dass es weitaus schlimmere Dinge gab als knarzendes Holz.

»Was ist los?« Ich bemühte mich um einen unbeschwerten Tonfall, während meine Gedanken noch um die Geschichte der Schneekönigin kreisten. Gemächlich ließ ich mich auf einen der dunkelbraunen Ledersessel im Wohnzimmer fallen, die schon von der Zeit gezeichnet waren. Kurz nach Moms Tod hatte Dad das Jobangebot aus New York erhalten und wir waren Kopf über in ein neues Leben gestürzt. Ein Leben ohne *sie*. Dennoch hatten wir es in all den Jahren nicht geschafft, uns von den alten Möbeln zu trennen. Vielleicht brachten wir es auch einfach nicht übers Herz, dieses kleine Stückchen Heimat gehen zu lassen.

Mein Vater war in einen Anzug gekleidet und blickte angespannt auf die Uhr an seinem Handgelenk.

»Tante Sophie hat gerade angerufen.« Er machte eine kurze Pause und ging auf und ab. Bevor ich verstand, was genau er damit sagen wollte, fuhr er fort. »Sie lädt uns über Weihnachten und Silvester zu sich nach Hause ein«, sagte er zögerlich.

Dad sah auf und etwas veränderte sich in seinem Blick. In seinen schiefergrauen Augen schien ein Sturm zu toben, den er nur mit Mühe im Zaum halten konnte.

Sophie zu besuchen ... das bedeutete, zurück nach Richmond Hill zu fliegen. In unserem alten Haus zu wohnen, denn Moms Schwester lebte jetzt mit ihrer Familie dort. Bis zu Moms Beerdigung hatte ich es kaum ausgehalten, mehr Zeit als notwendig im Haus zu verbringen. Ich erinnerte mich noch daran, wie ich mich jede Nacht in den Schlaf geheult hatte, wenn ich es überhaupt geschafft hatte einzuschlafen. Ich hatte es nicht ertragen können, dort zu sein – ohne sie. Wie sollte ich jetzt einen Urlaub überstehen?

Ein bitterer Kloß bildete sich in meinem Hals und raubte mir die Luft zum Atmen. Mir wurde heiß und kalt zugleich, während alles um mich herum anfing sich zu drehen. Ich verdrängte die Bilder des brennenden Autowracks, die mich noch einige Tage danach im Fernsehen und in der Zeitung verfolgt hatten.

Ich sah in Dads Augen, um Halt zu finden. Sie wirkten wie ein Fels in diesem Meer aus Gefühlen, in dem ich zu ertrinken drohte. Für den Bruchteil eines Augenblicks war ich mir sicher, dass er mit den gleichen Schreckensbildern kämpfte, wie ich es gerade tat. Doch dann war dieser Moment ebenso schnell vorbei, wie er gekommen war.

»Ich wollte erst mit dir und deinen Brüdern darüber sprechen und dann zu- oder absagen. Adam und Dean sind ja noch beim Footballtraining, sodass ich sie erst später abends fragen kann.«

Er trat einen Schritt auf mich zu und berührte mit seinen Händen meine Arme. Der leichte Druck gab mir ein Gefühl von Sicherheit und ließ mich etwas freier atmen.

»Ich würde mich freuen, wenn wir nach Toronto fliegen«, gestand er zu meiner Überraschung offen.

»Ich mich auch.«

Eine Lüge, die mir derart leicht über die Lippen kam, dass ich mich vor mir selbst erschrak. Aber ich wusste genau, dass es für Dad wichtig war, er mich aber nie dazu überreden würde.

Ein Lächeln bildete sich auf seinem kantigen Gesicht, was jedoch seine Augen nicht erreichte. Offenbar schöpfte er Verdacht und ich wusste nicht, wie lange ich ihn noch ansehen konnte, ohne in Tränen auszubrechen. Als seine Armbanduhr anklagend zu piepsen anfing, ließ er mich los und Erleichterung durchströmte mich, da seine Konzentration nicht länger auf mir lag.

Dad legte die Stirn in Falten. »Ich habe noch einen Termin in der Kanzlei, der etwas länger dauern wird, also wartet nicht mit dem Abendessen. Du weißt, dass die Jungs unausstehlich werden, wenn sie hungrig sind.« Wie immer versuchte Dad mit einem Witz eine angespannte Situation zu retten, aber dieses Mal half auch das nicht.

Mit großer Überwindung rang ich mir ein Lächeln ab und versuchte mir nicht anmerken zu lassen, wie sehr mich Sophies Einladung aus der Bahn warf.

»Ist gut. Ich bestelle uns eine Pizza«, antwortete ich routiniert und hoffte, dass er das Thema Weihnachten nicht noch einmal aufgriff, bevor er ging.

»Dankeschön, Emmi.«

Dad gab mir einen sanften Kuss auf die Stirn und verließ dann das Haus. Seit Moms Tod war es keine Seltenheit, dass er lange arbeitete. Es war seine Art, mit der Situation umzugehen, und ich hatte mich daran gewöhnt. Außerdem war ich erwachsen und konnte mich gut um mich selbst kümmern. Dennoch ließ mich Sophies Einladung nicht los. Es fühlte sich an wie das berühmte

Damoklesschwert, wenn ich daran dachte, in das Haus meiner Kindheit zurückzukehren. Ich hatte dort so viel Schönes erlebt, aber seit Moms Tod war all das überschattet.

Eine Träne lief warm an meiner Wange hinunter und hinterließ eine feuchte Spur aus Kummer und Schmerz. Weitere folgten und obwohl ich jede von ihnen wegwischte, fühlte es sich wie eine Sintflut an, die nicht aufgehalten werden konnte.

Egal wie sehr ich es auch wollte.

Keine Ahnung, wie viele Minuten vergangen waren, ehe sich mein rasendes Herz beruhigt hatte. Ich rief Mel an und schilderte ihr die Situation. Durch mein Geschluchze konnte sie allerdings nur die Hälfte verstehen, weshalb ich mehrere Minuten brauchte, um mich zu erklären.

»Ich kann in dreißig Minuten bei dir sein, Süße«, sagte meine beste Freundin enthusiastisch.

»Nein, nein. Wir sehen uns doch eh morgen und ich muss noch für die Abschlussprüfungen lernen.«

»Wir wissen beide, dass du schon längst damit angefangen hast, obwohl es noch über ein halbes Jahr hin ist. Ich verstehe schon, dass du allein sein möchtest. Bis morgen, Emmi.«

Dann legte sie auf.

Ich wusste, dass es Mel gerade viel Überwindung kostete, *nicht* herzukommen. Es widersprach ihrer fürsorglichen Natur, mich jetzt allein zu lassen, dennoch respektierte sie meinen Wunsch. Das schätzte ich sehr an ihr. Ich hatte mir den Kummer nur von der Seele reden wollen und manchmal genügte bereits ein Telefonat, um wieder frei durchatmen zu können. Es würde noch drei Stunden dauern, ehe die Jungs hier waren, also beschloss ich etwas im Central Park spazieren zu gehen. Ich brauchte die frische Luft jetzt, um einen klaren Kopf zu bekommen. Ich zog mir meinen dicksten Wintermantel an, denn ganz New York war bereits im eisigen Griff des Winters gefangen.

Alles war mit einer dicken Schicht aus weißem Pulverschnee überzogen. Nur die Straßen konnten diese Reinheit nicht lange erhalten und verwandelten das Weiß in ein schmutziges Grau. Auf dem Weg zur U-Bahn-Station wurden meine Schritte durch ein stetiges Schmatzen begleitet, sodass ich das Gefühl bekam, durch zähen Schlamm zu warten. Die Menschen um mich herum waren beladen mit gefüllten Einkaufstaschen und hasteten von einem Geschäft zum nächsten. Hinzu kamen die unzähligen Touristen, die bei dem leichten Schneefall verzweifelt auf ihr Handy starrten und sich zu orientieren versuchten. Ich konnte gar nicht mehr zählen, wie oft ich Touristen den Weg zum Rockefeller Center oder Flat Iron Building erklärt hatte. Die meisten interessierten sich wirklich nur für die Wahrzeichen der Metropole. Die kleinen, feinen Ecken, die den Charme dieser pulsierenden Stadt ausmachten, ignorierten sie geflissentlich.

Ich pustete die warme Atemluft in meine Handflächen und ärgerte mich darüber, dass ich gestern meine Handschuhe verloren hatte. Wenn es darum ging, Sachen zu verlieren, war ich wirklich eine Weltmeisterin.

Ich stellte mich auf die Rolltreppe und fuhr hinab zu den Bahnsteigen, die sich wie ein Spinnennetz durch die Stadt zogen. Der stickige Geruch nach Urin und Fast Food drang in meine Nase und augenblicklich vermisste ich die frische Luft. Obwohl es selbst in New York nie wirklich sauber roch. Es war nicht zu vergleichen mit Richmond Hill.

Die Fahrt mit der U-Bahn dauerte fast zwanzig Minuten und ich fühlte mich wie eine Sardine in der Aluminiumschale. Egal wie voll eine Bahn bereits war, bei jeder Station kamen gefühlt mehr Menschen dazu, als ausstiegen. Dieses Phänomen hatte ich bis heute nicht verstanden und konnte mir nur denken, dass die Antwort auf die Frage: »Wie viele Menschen passen in eine New Yorker U-Bahn?«, mit Sicherheit »Unendlich viele!« lautete.

Die Zeit zog sich dahin und je länger ich in der beheizten U-Bahn verbrachte, desto wärmer wurde mir. Nicht mehr lange und ich musste versuchen den Mantel auszuziehen, um keinen Hitzschlag zu bekommen. Dann kam endlich die erlösende Durchsage der Haltestelle. Erleichtert atmete ich auf und beschleunigte meine Schritte in Richtung Ausgang.

Schon beim Betreten des Parks fühlte ich sofort eine Unbeschwertheit, die ich sonst kaum empfand. Als hätte der Wind all meine Sorgen mit sich getragen, sodass ich mich jetzt an dem Winterwunderland erfreuen konnte. New York hatte seinen ganz eigenen Zauber.

Obwohl Hunderte von Touristen jeden Tag herkamen, wirkte der Park doch wie ein Ruhepol, umgeben von dem hektischen Treiben in den Hochhäusern und Bürogebäuden. Ich atmete die kalte Luft tief ein und blies meinen warmen Atem hinaus. Langsam ging ich den Weg entlang, begleitet vom Knirschen des Schnees unter meinen Stiefeln.

Mein Ziel war die Wollmann Rink Eislaufbahn. Ich selbst hatte ein paar Anläufe genommen, um mich auf dem Eis zu bewegen. Wie meine Brüder dann aber belustigt festgestellt hatten, war ich absolut talentfrei. Etwas, was mich selbst erstaunte, denn eigentlich hätte mir meine Balletterfahrung dabei helfen müssen, mich auf dem Eis halten zu können. Wahrscheinlich lag mein Unvermögen eher an einer innerlichen Blockade, die es mir verwehrte, an etwas Spaß zu haben, was dem Ballett auch nur im Entferntesten ähnelte. Ich konnte gar nicht sagen, wie oft ich mich verletzt hatte, nur bei dem Versuch, aufrecht zu stehen. Adam und Dean stellten sich da deutlich besser an. Jetzt traute ich mich kaum noch aufs Eis, wenn jemand in der Nähe war, den ich kannte.

Ich lehnte mich gegen die Balustrade der Eisfläche und ließ meinen Blick über die Menschenmenge gleiten.

Verliebte Pärchen fuhren Hand in Hand miteinander und hatten dabei nur Augen für sich. Eltern versuchten ihren Kindern mithilfe von großen Plastikpinguinen zu helfen, die meisten schafften es ganz gut, sich eine Zeit lang zu halten. Dann gab es natürlich auch noch die professionellen Eisläufer, die ihre federleicht wirkenden Pirouetten drehten. Sie schlängelten sich geschickt durch die Menge, ohne dabei jemand anderen zu berühren.

Wie die Leute gemeinsam über die Eisfläche fuhren und sich grazil bewegten, hatte etwas Magisches. Ein Tanz auf dem Eis, bei dem alle mitwirkten.

Das war einer dieser seltenen Momente, in denen sich ein kleiner Teil von mir wünschte, wieder zu tanzen. Genau dieselbe Freiheit zu verspüren wie diese Menschen dort. Ich konnte mich noch genau an dieses beschwingte Gefühl erinnern, das entstanden war, wenn die Bewegungen sich der Musik angepasst hatten. Als würde man jeder Note Leben einhauchen. Durch Tänzer wurde die Musik erst lebendig. Ohne dass ich es bemerkte, tippte mein Fuß im Rhythmus, in dem die Musik aus den aufgestellten Boxen erschallte.

Doch schnell schluckte ich dieses Verlangen herunter und begrub es so tief in mir, wie ich konnte. Allein schon für den Gedanken ans Tanzen hasste ich mich. Wie könnte ich mich jemals daran erfreuen, jetzt, da Mom tot war? Ohne meinen Auftritt bei dieser verfluchten Aufführung wäre sie noch am Leben!

Ich beschloss mich nicht länger selbst zu quälen, sondern zurück nach Hause zu fahren. Egal wie sehr ich es auch versuchte, ich konnte vor den Geistern der Vergangenheit nicht davonlaufen. Es überhaupt zu hoffen, war lächerlich.

***

Die Zwillinge kamen spät vom Training nach Hause. Sie schmissen ihre Sporttaschen vor die Garderobe und zogen ihre dicken Jacken aus, während mir der Geruch der durchgeschwitzten Sachen in der Nase brannte.

»Wie wäre es, wenn ihr euch in der Sporthalle waschen würdet? Dort gibt es genügend Duschkabinen und ihr würdet nicht das ganze Haus vollstinken«, schlug ich vor, während ich mir demonstrativ die Nase zuhielt.

»Ich freue mich auch dich zu sehen, Schwesterchen«, überging Adam meinen Hinweis. Seine grauen Augen, die er eindeutig von Dad hatte, wanderten zum Flyer in meiner Hand. »Oh, du kochst also heute?«, fragte er belustigt. Wir wussten beide, dass ich selbst Wasser anbrennen ließ und es für alle eine Gefahr darstellte, mich allein in der Küche zu lassen.

»Es gibt heute was Italienisches. Dafür habe ich mir extra zahlreiche Kochshows angesehen und bin nach Italien geflogen, um mich vom besten Pizzabäcker Roms ausbilden zu lassen.«

»Der hat dir also gezeigt, wie man Teig im Ofen in Kohle verwandelt?«, witzelte Dean und fuhr sich durch die kurzen dunkelbraunen Haare. Adam hingegen hatte seine schulterlangen Haare zu einem Zopf nach hinten gebunden, damit sie ihn nicht beim Spielen behinderten.

»Ganz genau und noch dazu, wie man sie am besten als Wurfgeschoss für kleine Brüder verwendet«, entgegnete ich und streckte frech die Zunge raus.

»Wen nennst du hier klein?«

Adam stellte sich direkt vor mich und gegen meinen Willen musste ich den Kopf heben, um ihm in die Augen sehen zu können. »Na dich.« Ich pikste ihm sachte mit dem Zeigefinger gegen die muskulöse Brust.

»Weißt du, was wir schon lange nicht mehr gemacht haben?«, fragte Adam und ich hob verwundert eine Augenbraue. »Uns ganz doll umarmt.«

Ehe ich weglaufen konnte, legte mein Bruder die durchtrainierten Arme um mich.

»Igitt«, schrie ich und spürte die Nässe seiner durchgeschwitzten Sachen. Demonstrativ machte ich Würgegeräusche und kämpfte gegen den eisernen Griff an, bis er mich endlich losließ.

»Na toll, jetzt muss ich mich umziehen.« Ich verschränkte die Arme und funkelte Adam finster an.

»Du sagst doch immer, dass wir die Zeit miteinander genießen sollen, bis du ausziehst. Was gibt es da Schöneres als eine innige Umarmung, damit du mich auch vermisst?«

Gerade wollte ich antworten, dass es ungefähr eine Million Dinge gab, die spaßiger waren, als Dean sich einmischte.

»Ist Dad noch auf der Arbeit?«

»Ja«, gab ich kurz wieder und war schon in Gedanken bei dem Gespräch, was Dad mit den Jungs führen wollte.

Ich drückte Dean den Flyer in die Hand. »Da er nicht da ist, können wir uns etwas bestellen. Ihr habt die Auswahl aus vierzig liebevoll zubereiteten Gerichten«, verkündete ich grinsend und war bereits dabei, die Treppe hinaufzugehen. Es wurde dringend Zeit für einen Kleiderwechsel.

»Wuhu, endlich wieder gute Hausmannskost«, stichelte mein Bruder liebevoll.

»Bestell mir bitte ein Margherita mit Ananas«, rief ich über die Schulter hinweg.

»Also eine Hawaii?«, fragte Adam und kicherte dabei.

Seit drei Jahren war ich Vegetarierin und meine Brüder machten sich trotzdem fast jeden Tag einen Spaß daraus, mich damit aufzuziehen.

»Genau. Ich möchte einen Berg aus totem Tier auf der Tomatensoße haben. Und wehe, es ist nicht schön blutig«, erwiderte ich und war dann endgültig im Zimmer verschwunden. Kleine Brüder, auch wenn sie bereits siebzehn waren, waren durchaus anstrengend. Ohne die zwei Chaoten wäre es aber auf jeden Fall ziemlich langweilig hier. Ich schmiss das gelbe T-Shirt in die Wäsche und suchte mir dann einen grauen Pullover aus, dessen weicher Stoff perfekt war für einen gemütlichen Abend.

Mit einem wohligen Gefühl auf der Haut wollte ich die Treppe hinuntergehen, aber meine Brüder waren gerade dabei, sie hinaufzustürmen und mich dabei fast umzurennen.

Der normale Streit um die Dusche hatte begonnen. Das Haus war leider zu klein für ein zweites Badezimmer, aber umziehen wollte niemand von uns. Also blieb nur die Option, dass sich Dean und Adam stetig um die Dusche stritten, wenn sie vom Training nach Hause kamen. Ein endlos währender Kampf, den Dean heute gewann.

Kopfschüttelnd ging ich hinunter und griff mir meine aktuelle Lektüre, um weiter darin zu versinken. Mit einem guten Buch konnte man mich stundenlang allein lassen.

Allerdings setzten sich meine Brüder bereits zwanzig Minuten später frisch geduscht zu mir.

Abgesehen von den unterschiedlichen Frisuren waren Adam und Dean kaum auseinanderzuhalten. Ein Faktor, aus dem sich schon zahlreiche Streiche ergeben hatten. Zum Glück waren die beiden irgendwann reif genug geworden, um nicht ständig die Plätze zu tauschen und ihre Mitmenschen damit zu nerven.

»Bist du schon wieder in einem dieser Liebesromane versunken?«, fragte Dean und versuchte aus dem Cover des Buches schlau zu werden.

Ich legte meine Lektüre auf den hölzernen Wohnzimmertisch.

»Nicht nur ein Liebesroman. Das ist ein Meisterwerk«, sagte ich und blickte verträumt auf das Buch.

»Aber mit Liebe lag ich schon richtig, oder?«, hakte Dean weiter nach.

»Natürlich spielt das eine Rolle, aber keine wesentliche.« Unruhig bewegte ich mich im Sessel. Ich dachte an das bevorstehende Gespräch. »Es würde euch sicherlich nicht schaden, auch etwas mehr zu lesen«, schlug ich vor, um mir nichts anmerken zu lassen.

»Ich bin eher ein Fan davon, die Dinge wirklich zu erleben, statt nur darüber zu lesen. Das wahre Leben findet dort draußen statt«. Dean zeigte auf das Wohnzimmerfenster.

»Wo? In der Bäckerei gegenüber? Ist klar, dass für dich das Leben mit Essen zu tun hat«, entgegnete ich trocken.

Adam grinste.

Das erlösende Klingeln an der Haustür ließ mich aufspringen und zum Lieferanten eilen. Zwar redete ich gern und viel mit meinen Brüdern, aber mein Liebesleben war ein Thema, das ich sicherlich nicht mit ihnen bis ins kleinste Detail ausdiskutieren wollte.

Energiegeladen öffnete ich die Tür und nahm dem Pizzamann die drei Kartons ab. Sie dampften noch und ich belohnte die Schnelligkeit mit zwanzig Dollar. Ehe ich mich versah, hatte Adam mir das Essen abgenommen und hastete damit in die Küche, während Dean ihm folgte.

Ich schloss die Haustür, nachdem ich dem Lieferanten noch einen schönen Abend gewünscht hatte, und ging zu meinen Brüdern. Die hatten bereits ihre Gesichter über den köstlich duftenden Speisen hängen und schmatzten genüsslich. Ich zog einen der vier Stühle zurück und setzte mich an den großen Esstisch, an dem viel zu selten Gäste saßen. Bereits jetzt lag dieser unverkennbare Geruch nach gebackenem Teig, auf dem eine dicke Schicht Käse zerflossen war, in der Luft und mein Magen knurrte sehnsüchtig.

Dennoch mischte sich gleichzeitig das Gefühl von Übelkeit unter den Hunger. Bereits als Dad mir von dem Telefonat mit Sophie erzählt hatte, hatte der Drang bestanden, es sofort meinen Brüdern zu sagen. Es war zwar nicht in Ordnung, ihm dieses Gespräch vorwegzunehmen, aber ich hatte das Gefühl, es erst einmal allein mit ihnen besprechen zu müssen. In den letzten Jahren hatte sich unsere Bindung noch um ein Vielfaches verstärkt, sodass ich mit ihnen offen über fast alles reden konnte.

Nachdem sie ihre Pizzen aufgegessen hatten, wollten sie aufstehen und es sich im Wohnzimmer bequem machen.

Jetzt oder nie!

»Ich müsste mal was mit euch besprechen.«

Obwohl ich kaum einen Bissen gegessen hatte, fühlt es sich an, als würden in meinem Magen Steine wie in einem Betonmischer umherkullern. Innerlich jonglierte ich die Worte hin und her, doch um die Jungs nicht weiter warten zu lassen, musste ich endlich anfangen.

»Dad hat mir heute erzählt, dass Tante Sophie angerufen hat.« Ich atmete einmal tief ein und aus. Adam sah mich nachdenklich an, während Dean sich entspannt zurücklehnte.

»Sie lädt uns über die Feiertage zu sich nach Richmond Hill ein.«

Beide hielten einen Moment inne und warfen sich vielsagende Blicke zu. Das war die Art der stummen Kommunikation, die sie bereits als kleine Jungs verwendet hatten. Dann glitten zwei graue Augenpaare zu mir.

»Dad wollte eigentlich mit euch sprechen, aber irgendwie hatte ich das Gefühl, es vorher mit euch bereden zu müssen. Wenn er das Thema anspricht, tut also bitte überrascht, ja?«, sagte ich entschuldigend.

»Ist das deine einzige Sorge?«, fragte Adam und fuhr sich nachdenklich mit der Hand übers Kinn.

»Nicht nur, aber das steht ganz oben auf der Liste. Ich dachte, so habt ihr etwas Zeit, um darüber nachzudenken, was ihr wollt«, gestand ich.

Für mich war diese Einladung immer noch verwirrend, zumal wir kaum Kontakt zu unseren Verwandten hatten.

»Es klingt doch nach einer netten Abwechslung, als Weihnachten wieder mit chinesischem Essen bei einem schlechten Film zu verbringen«, sagte Dean äußerst pragmatisch und blickte dann zu unserem Bruder.

»Hm, auch wenn ich es anders ausdrücken würde, stimme ich Dean zu. Etwas Abwechslung wäre ganz schön und ich bin mir sicher, dass unsere Großeltern uns mit Sicherheit gern wiedersehen würden«, erläuterte Adam.

»Aber das spielt eigentlich keine große Rolle, denn es ist wichtiger, was *du* davon hältst«, fasste Adam zusammen und sah mich dabei eindringlich ein. Er tippte mit den Fingern auf dem Tisch herum.

Ich kaute nervös auf meiner Unterlippe und versuchte mein schnell schlagendes Herz zu beruhigen. »Ich hab dem Ausflug zugestimmt«, gestand ich zögerlich und fürchtete ihre Reaktion. Ich suchte in den Gesichtern meiner Brüder nach den Emotionen, die sich in ihrem Inneren wohl abspielten.

Doch da war nichts Genaues zu erkennen oder sie konnten ihre Gefühle deutlich besser verbergen als ich.

»*Das* hat Dad dir abgekauft?«, fragte Dean skeptisch und zog die Augenbrauen so zusammen, dass sich kleine Fältchen zwischen ihnen bildeten.

»Ich kann sehr überzeugend sein«, entgegnete ich und reckte stolz lächelnd das Kinn.

Meine Brüder brachen in schallendes Gelächter aus und es dauerte einige Augenblicke, ehe sie sich beruhigt hatten. Das war ein herber Schlag für mein Selbstbewusstsein.

»Du bist vieles, aber sicherlich keine gute Lügnerin. Er hat es vermutlich sofort durchschaut und aus Anstand nichts gesagt. So wie immer«, sagte Adam und bestätigte meinen Verdacht.

Ich sollte wirklich mal ein Training absolvieren, um mir nicht immer alles anmerken zu lassen. Sonst war das das Ende für meine nicht vorhandene Pokerkarriere.

»Ehrlich gesagt glaube ich, dass er es selbst eigentlich gar nicht möchte, sondern viel mehr aus Schuldgefühlen heraus zugestimmt hat. Immerhin waren wir nach ... Moms Beerdigung nicht mehr dort«, sprach ich meine Gedanken aus.

»Das kann ich mir nicht vorstellen«, entgegnete Adam und rieb sich übers Kinn, auf dem bereits reichlich Bartstoppeln sprießten. Er wollte sich einen Vollbart wachsen lassen, aber bei dem Tempo in

Sachen Haarwuchs würde das vermutlich erst der Fall sein, wenn er mit dem College fertig war.

»Du kennst Dad gut genug, um zu wissen, dass er nichts gegen seinen Willen macht. Schon mal daran gedacht, dass er es *wirklich* will?«, fragte Dean frei heraus und zog mir damit den Boden unter den Füßen weg.

Zugegeben, das war mir nicht in den Sinn gekommen. Es erschien mir einfach unwahrscheinlich, dass Dad wirklich nach Richmond Hill wollte. Immerhin vermisste er Mom ebenso sehr wie wir, wenn nicht sogar noch mehr. Wenn ich an Seelenverwandte dachte, dann hatte ich immer das Bild meiner Eltern vor Augen. Sie waren für mich einfach das perfekte Paar gewesen, dass heller gestrahlt hatte als alles andere. Ohne Mom verblasste Dad mit jedem Tag etwas mehr.

Es musste ihm doch ebenso wehtun, wieder an jeder Ecke an Mom erinnert zu werden.

»Glaubst du das wirklich?«, hakte ich nach.

»Ich bin mir sogar sehr sicher. Immerhin hat er dann auch die Möglichkeit, ihr Grab zu besuchen. Wir alle, besser gesagt. So seltsam, wie das auch klingen mag, aber es wäre schön, ihren Grabstein wiederzusehen. Irgendwie gibt es einem das Gefühl, als könnte man mit ihr reden«, offenbarte Adam.

Und mit jedem gesprochenen Wort wurde mir deutlicher, wie sehr er Mom vermisste. »Dann habt ihr also nichts dagegen?«, fragte ich nach, um ganz sicherzugehen, dass ich meine Brüder nicht falsch verstanden hatte.

Zustimmendes Nicken erfolgte und ich wusste nicht, ob ich deshalb erleichtert oder verängstigt sein sollte.

»Sophie und die anderen werden sich bestimmt darüber freuen«, sagte ich unverfänglich.

»Hast du überhaupt mal etwas von Maggie gehört?«, fragte Dean.

Bevor wir nach New York gezogen waren, hatten ich und meine

Cousine eine enge Freundschaft gepflegt, die sich aber auch mit der Zeit und über die Distanz abgeschwächt hatte.

»Um ehrlich zu sein, war der letzte Anruf an ihrem Geburtstag. Allerdings war sie da mit ihren Freundinnen beschäftigt. Man wird schließlich nicht jeden Tag achtzehn«, erklärte ich.

»Ein Grund mehr, sich über unseren Besuch zu freuen«, sagte Adam anschließend.

Damit stand es fest: Wir würden Weihnachten bei dichtem Schneegestöber in Richmond Hill verbringen.

02.

Vorfreude und Schulalltag

Nachdem ich mir später am Abend eine halbherzige Standpauke von meinem Dad hatte anhören dürfen, hatte ich meine Brüder innerlich verflucht. Warum machte ich immer wieder den Fehler und glaubte, dass sie ein Geheimnis für sich behalten konnten? Während Dad mehr als einmal betont hatte, dass es respektlos sei, nicht auf das, was er sage zu hören, hatte er immer mal wieder herzhaft gegähnt. Irgendwann hatte ich gar nicht mehr versucht mich zu erklären, sondern nur stumm genickt, damit er endlich in sein Bett verschwand. Die tiefen Augenringe hatte man bereits aus mehreren Metern Entfernung erkennen können.

Jetzt war es eine Stunde vor Mitternacht und ich schleppte mich in mein Zimmer.

Da ich nicht müde war, beschloss ich ein paar Bücher auszusortieren. Also verbrachte ich eine Stunde damit, jedes einzelne Regal zu durchforsten und Bücher herauszunehmen, die ich wahrscheinlich niemals lesen würde. Als ich danach immer noch vor überschüssiger Energie sprudelte, musste ich mir eine neue Aufgabe suchen. Wir würden zwar erst in einer Woche nach Toronto fliegen, aber ich fand einfach keine Ruhe. Wenn mein Koffer gepackt war, dann machte es die ganze Situation für mich realer.

Die Minuten vergingen und ich hatte erst zwei Teile im Koffer liegen. Zum wiederholten Male fragte ich mich, ob ich das wirklich wollte. Ob mir dieser Besuch mehr bringen würde als Schmerz und Kummer.

Das Piepen des Handys unterbrach meinen Sortierwahn. Eine Nachricht von Mel.

> Geh jetzt endlich schlafen, Emmi! Du bist morgen sonst unausstehlich.

Jeder andere hätte angenommen, dass meine beste Freundin eine Kamera in meinem Zimmer versteckt hätte. Nach drei Jahren inniger Freundschaft kannten wir einander aber so gut, dass sie wusste, was das Angebot meiner Tante mit mir anstellte. Das hier war erst der Anfang von zahlreichen schlaflosen Nächten bis zum Abflug.

Einen kurzen Moment war ich gewillt ihr zu antworten, ließ es aber. Stattdessen folgte ich ihrer liebevollen Anweisung und legte mich in das frisch bezogene Bett. Mein Blick glitt zum Fenster, dessen Vorhänge nur halb zugezogen waren. In New York war es fast unmöglich, die Sterne genau zu erkennen. Das war etwas, voran ich mich erst hatte gewöhnen müssen. Jetzt stellte ich mir immer vor, wie sie hell am Himmel strahlten und den Menschen den Weg wiesen.

Beim Versuch, die nicht sichtbaren Sterne zu zählen, schlief ich schließlich ein.

***

Vier Stunden später wurde ich durch das penetrante Klingeln meines Weckers unsanft aus dem Bett geholt.

Langsam ging ich ins Bad und stolperte dabei über den aufgeklappten Koffer.

Der Schmerz an meinen großen Zeh machte mich wacher als zehn große Kaffeetassen am Morgen. Fluchend setzte ich meinen Weg fort, bis das Pulsieren endlich aufhörte.

Kurz nach dem Aufwachen hatte ich in der flauschigen Wolkenwelt gelebt, in der Tante Sophie diese Einladung nie ausgesprochen hatte. Jetzt allerdings traf mich die harte Realität wie der Hartschalenkoffer meinen zierlichen Zeh. Wie sollte ich nur zwei Wochen in dem Haus überstehen … ohne Mom? Alles dort war mit ihr verbunden.

Ich schloss die Badtür und setzte mich auf den geschlossenen Toilettendeckel. *Einmal tief durchatmen, um all die wirren Gedanken zu ordnen.*

»Emmi, bist du das?« Die Stimme meines Vaters drang dumpf durch die geschlossene Tür und löste endlich die Starre.

»Ja.« Ich bemühte mich um eine feste Stimme.

»Beeil dich bitte, sonst schaffst du es nicht mehr zu frühstücken.«

Ich hörte, wie seine Schritte sich langsam entfernten.

Seltsam, sonst interessierte er sich nicht derart für meine Essgewohnheiten. Mit neunzehn war ich durchaus in der Lage, darauf zu achten, nicht zu verhungern.

Nachdem ich mir das Gesicht gewaschen hatte, versuchte ich die Müdigkeit mit etwas Make-up zu überdecken.

Ein absoluter Fehlversuch. Jetzt wirkte ich wie ein sehr müder Panda.

Bevor ich mich in einen sehr müden *und* schlecht geschminkten Panda verwandeln würde, beschloss ich es einfach dabei zu belassen und zum Frühstücken zu gehen. Meine Brüder saßen bereits am Esstisch und schlangen ein Sandwich nach dem anderen hinunter. Es war mir immer noch ein Rätsel, wie sie es schafften, so früh am Morgen diese Unmengen an Nahrung zu verputzen.

»Guten Morgen«, brachte ich immer noch leicht zerknirscht heraus.

»Morgen«, antworteten beide im Chor und einige Brotkrumen landeten auf dem Esstisch.

Igitt. Jetzt hatte ich erst recht keinen Hunger mehr.

»Ich muss jetzt los und bin wahrscheinlich auch erst heute Abend zurück. Momentan herrscht in der Kanzlei absolutes Chaos. Die

Tage vor den Feiertagen sind wirklich die schlimmsten.« Dad machte eine kurze Pause und sah uns langsam, aber bedeutungsvoll an. »Jungs, bitte versucht eure Schwester nicht bis zum Äußersten zu reizen. Emmi, nimm dir bitte genug zu essen mit in die Schule, sonst kannst du dich nicht konzentrieren.«

Wir nickten einträchtig und vermieden es, Dad darauf hinzuweisen, dass wir alt genug waren, um uns nicht wie Kleinkinder zu verhalten. Na ja, meistens zumindest.

Schon war er wieder verschwunden. Vermutlich würden wir ihn bis zum Abflug kaum zu Gesicht bekommen.

Ich goss mir eine große Tasse voll mit dem schwarzen Lebenssaft, Kaffee genannt, ein. Ich war quasi süchtig danach. Unsere Küche war klein und nur spartanisch eingerichtet, da außer Dad kaum jemand von uns am Herd stand. Ein gut gefüllter Kühlschrank und der Esstisch stellten die wohl wichtigsten Gegenstände in diesem ganzen Raum dar. Schließlich brauchte man Platz, um die bestellten Mahlzeiten zu lagern und zu essen. Nicht dass hier wirklich etwas übrig blieb. Meine Brüder sorgten meist dafür, dass es kaum Reste vom Vortag gab.

Dean beendete als Erster das Frühstück und räumte den Teller in den Geschirrspüler. »Ich bin heute Nachmittag bei Alice«, verkündete er fröhlich.

»Du lebst ja quasi dort«, gab Adam wieder und grinste ihn frech an.

»Im Gegensatz zu dir habe ich wenigstens eine Freundin.« Adam griff sich theatralisch an die Brust. »Oh, das hat gesessen. Ich glaube, heute Abend muss ich mich in den Schlaf heulen, wenn ich daran denke, wie glücklich *du* bist.«

»Sehr witzig«, sagte Dean trocken.

»Das war mein Ziel.«

Adam folgte unserem Bruder, während ich rasch die Kaffeetasse leerte und mir Brote für die Schule schmierte. Spätestens nach der ersten Pause würde mein Magen in der Kniekehle hängen und Hunger machte bekanntlich unzufrieden.

Zehn Minuten später war ich bereits auf dem Weg in die Schule, nachdem ich mir die Uniform angezogen und die dunkle Lockenmähne mit einem strengen Zopf gebändigt hatte. Das letzte Schuljahr war nun schon einige Monate vorangeschritten und ich fieberte bereits dem Abschluss entgegen. Zwar war ich mir wegen der genauen Wahl meines Colleges noch unsicher, aber das würde sich in den nächsten Wochen ergeben.

Mel wartete bereits vor der Schule auf mich. In all den Jahren, in denen ich sie kannte, trug sie bei jedem Wetter eine Sonnenbrille. Als ich sie irgendwann darauf angesprochen hatte, hatte sie nur gemeint: »Jeder berühmte Mensch braucht ein herausstechendes Merkmal. Bei mir ist es die schillernde Persönlichkeit.«

Sie hatte mir damals einen bitterbösen Blick zugeworfen, als ich in schallendes Gelächter ausgebrochen war. Irgendwie musste ich es dann doch geschafft haben, dass sie mich mochte. Denn seit diesem Tag waren wir unzertrennlich.

Trotz der Kälte bedeckte die Uniform bei Mel nur das Nötigste und sie reizte damit ein weiteres Mal die bestehende Schulordnung aus. Der grün-blau karierte Rock endete etwas über dem Knie und ich wusste, dass sie ihn hatte umändern lassen. Wenn sie darauf angesprochen wurde, meinte sie immer dreist, dass es wohl kaum ihr Vergehen wäre, wenn die Schule keine passenden Uniformen für die Schülerinnen bereitstellte.

Ich zog mir den Wintermantel noch etwas enger um den Körper, als mich ein eisiger Wind streifte.

»Du siehst aus, als hätte dich ein Wal versehentlich für Krill gehalten und dann wieder ausgespuckt«, begrüßte Mel mich herzlich. Ihre schulterlangen dunkelbraunen Haare bewegten sich sachte im Wind, während sie die Arme ineinander verschränkt hatte.

Meinem müden Gehirn fiel es schwer, ihre Worte zu entschlüsseln, bis mir schließlich wieder einfiel, dass Krill kleine, blasse Tierchen waren, die mit Vorliebe von Meerestieren gefressen wurden. Keine besonders schöne Vorstellung. »Herzlichen Dank«, gab ich grummelig wieder und ignorierte sie bewusst.

»Seit wann ist es ein Verbrechen, ehrlich zu sein?«, fragte sie und legte sich empört die Hand auf die Brust.

Ich überging ihre Frage. »Diese liebevolle Begrüßung am Morgen werde ich mit Sicherheit vermissen, wenn uns ungefähr achthundert Kilometer trennen.«

Ihr Grinsen wurde breiter. »Keine Sorge, ich schicke dir jeden Tag eine Nachricht, damit du mich auch von Richmond Hill aus vermissen kannst.«

Für einen kurzen Moment war der Gedanke verlockend, dass Handy in Kanada einfach auszuschalten und mir damit Dutzende von diesen *herzlichen* Nachrichten zu ersparen. Allerdings würde Mel dann höchstpersönlich vorbeikommen, um nach mir zu sehen.

»Vielleicht solltest du nicht so oft schreiben und mir die Chance geben, dich zu vermissen«, sagte ich, als wäre Mel ein klammernder Liebhaber. Natürlich meinte ich es nicht im Entferntesten ernst. Von all den Menschen, die es in meinem Leben gab, nervte mich Mel am wenigsten.

»Keine Chance«, winkte sie ab.

Meine beste Freundin schloss mich in eine herzliche Umarmung. Das war äußerst ungewöhnlich für sie, aber ein sicheres Anzeichen dafür, dass sie sich um mich sorgte. Ihr Duft nach Rosen mit einem Hauch Vanille stieg mir direkt in die Nase. Mel hatte für jeden Tag in der Woche einen anderen Duft zu ihrem Liebling auserkoren, sodass ich anhand des Parfums den Wochentag bestimmen konnte. Noch eine verrückte Angewohnheit, die ich aber liebte.

»Sehe ich wirklich so schlimm aus?«, fragte ich leise, sodass nur sie es hören konnte. Ich löste mich aus ihrer Umarmung.

Mel ließ den Blick langsam über mich gleiten. »Zwing mich bitte nicht, mir noch einmal eine umschmeichelnde Bemerkung zu deinem Äußeren einfallen zu lassen.« Sie presste die Hände flach aufeinander, als würde sie wirklich zu einer Gottheit beten.

»Gut, dann verzichte ich diese eine Mal auf deine hochgeschätzte Meinung«, sagte ich großmütig und sie gab die betende Haltung auf.

»Lass uns reingehen, sonst sind die besten Plätze bereits besetzt«, sagte sie trocken. Als wäre der Unterricht ein heiß begehrtes Konzert, an dem die halbe Stadt teilnehmen wollte.

Mit enormer Kraft schoben wir die schwere Eingangstür des Backsteingebäudes auf.

»Bei dem Geld, was die Schule jedes Jahr von unseren Eltern erhält, sollte man meinen, dass sie locker einen Portier einstellen könnten.«

»Oder ihr macht es wie Menschen mit Verstand und benutzt den Türöffner an der Seite«, gab eine weibliche Stimme wieder, die ich mehr als verabscheute.

»Es freut mich auch, dich zu sehen, Nicoletta«, antwortete Mel und war mir damit voraus. Unsere Mitschülerin zupfte sich gelangweilt eines ihrer langen wasserstoffblonden Haare vom Jackett und beachtete uns nicht weiter.

Die Hewitt Highschool war eine reine Mädchenschule und somit der absolute Albtraum für jedes Mädchen, das in die Pubertät kam. Plötzlich wurden aus Sandkastenfreundinnen erbitterte Feindinnen, die um den Platz der schönsten Schülerin konkurrierten. Dabei sollte man eigentlich meinen, dass solche Machtkämpfe weniger wurden, wenn es keine Kerle gab, die beeindruckt werden mussten. Scheinbar schafften es Frauen auch ohne das andere Geschlecht, sich untereinander zu entwerten.

Die meiste Zeit konnte ich mich aus solchen Zickereien heraushalten, aber nicht immer. Bei Nicoletta schwand meine Selbstbeherrschung mit jeder Minute, die ich mit ihr verbringen musste. Immerhin war sie der Hauptgrund, warum meine letzte Beziehung gescheitert war. Sie hatte sich einen Spaß daraus gemacht, Chris zu verführen, und es mir am nächsten Tag brühwarm erzählt. Selbstverständlich gehörten immer zwei dazu. Daher hätte ich ihr sogar verziehen, wenn sie nicht in der ganzen Schule damit angegeben hätte. Das Schlimmste war, dass sie gar kein Interesse an meinem Ex hatte. Nach dem One-Night-Stand hatte sie ihn links liegen lassen.

Es war dabei nur um mich gegangen und war die Rache dafür gewesen, dass ich in dem Jahr davor bessere Leistungen erbracht und ihr damit den ersten Platz weggenommen hatte. Nach der Trennung hatte sie ihr Ziel erreicht und meine Noten waren rapide bergab gegangen, sodass ich beinahe das Stipendium verloren hätte. Zum Glück war es Mel gelungen, mich wieder aufzubauen.

An diesen Tagen, an denen ich Nicoletta nicht aus dem Weg gehen konnte, wünschte ich mir sehnlichst mit meinen Brüdern auf einer Schule zu sein.

Adam und Dean gingen auf die Xavier, eine Schule nur für Jungs. Zu Beginn hatte ich es ganz angenehm gefunden, mal getrennt von den beiden zu sein, nachdem wir jahrelang auf der gleichen Schule gewesen waren und sie mich ziemlich genervt hatten. Jetzt allerdings fehlten sie mir. Durch das Training sah ich sie an manchen Tagen nur zum Abendbrot und am Wochenende. Selbst das wurde manchmal durch ein Spiel verhindert.

»Alles okay bei dir?« Mel flüsterte mir die Worte so leise zu, dass nur ich sie verstehen konnte.

»Alles gut. Ich bin nur froh, wenn ich diese dämliche Kuh nach dem Abschluss nie wiedersehen muss.«

»Das kann ich sehr gut verstehen, aber abgesehen von ihr ist das doch eigentlich ein nettes Schuljahr. Wir haben weniger Kurse und die Lehrer sind nachsichtiger, weil wir so viel pauken müssen und bald alle weg sind.«

Mel lächelte mich breit an und schon hellte sich meine Laune auf.

Sie wusste einfach, wie sie mich in jeder Situation aufmuntern konnte. In den Weihnachtsferien würde sie mir wirklich fehlen. Mit Schrecken dachte ich an die Zeit nach unserem Abschluss, wenn Mels und mein Weg sich zwangsläufig trennen würden. Aber jetzt in diesem Moment wollte ich einfach die Zeit genießen, die uns noch blieb. Das nachhaltige Klingeln verkündete vom baldigen Beginn der ersten Unterrichtsstunde.

»Jetzt aber los, bevor Mr Smith noch einen Tobsuchtsanfall bekommt wie beim letzten Mal.«

Die Wutausbrüche unseres Lateinlehrers waren legendär und jedes Jahr machte es sich jemand zur Aufgabe, ihn so lange zu provozieren, bis seine Gesichtsfarbe einen Purpurton annahm. Das Los entschied, wer die ehrenvolle Aufgabe bekam, und ich war dankbar noch nie gezogen worden zu sein. Vergangene Woche war es Steph geglückt, Mr Smith bis zur Weißglut zu treiben, als sie ihn gefühlt einhundert Mal gefragt hatte, wann wir endlich das Stargate, das Tor aus der gleichnamigen Serie, mit dem man in unterschiedliche Welten reisen konnte, sehen würden. Dass sie Science-Fiction mit einer alten Sprache verband, trieb ihn förmlich in den Wahnsinn. Als Strafe hatte sie einen Nachmittag lang nachsitzen müssen. Allerdings war sie von unserer Klasse gefeiert worden.

Diese Streiche würden mir wirklich fehlen, denn die ganzen Spielchen mit ansehen zu dürfen war durchaus komisch. Wie das Leben wohl später am College war? Hoffentlich würde es nicht so streng und arbeitsintensiv werden, wie ich befürchtete.

Was ich studieren wollte, wusste ich noch nicht genau. Als Richtung konnte ich mir gut Journalismus vorstellen, aber auch Sozialwissenschaften würden mich interessieren. Für Mel hingegen stand fest, dass sie nach der Schule für ein Jahr durch die Welt reisen würde. Ein Deal, den sie mit ihren erfolgsorientierten Eltern geschlossen hatte, die als einzige Bedingung herausragende Abschlussnoten gestellt hatten. Ein Kinderspiel für Mel. Allerdings bezweifelte ich, dass sie nach diesem Reisejahr wirklich Medizin studieren und später im Privatkrankenhaus ihrer Eltern arbeiten würde. Doch selbige spekulierten darauf, da war ich mir sehr sicher.

Das erneute Läuten der Glocke ließ die Gespräche im Klassenzimmer verstummen und lenkte die Aufmerksamkeit auf den Lateinunterricht. Ich kann nicht behaupten, dass alte Sprachen zu meinen Stärken zählten, und war dankbar, dass ich nicht ausgefragt wurde.

Der restliche Tag zog sich wie zäher Kaugummi und langsam holte mich der fehlende Schlaf ein. Es fiel mir immer schwerer, die Augen offen zu halten.

Auf dem Nachhauseweg fühlten sich meine Beine an, als wären sie aus Blei gegossen. Daheim angekommen legte ich mich hin und schlief sofort ein.

03.

Angst und Erinnerung

Die restliche Woche glitt so dahin, als wäre ich nur ein Zuschauer in meinem eigenen Leben. Es fiel mir schwer, dem Unterrichtsgeschehen zu folgen, weil meine Schlaflosigkeit mir nach und nach die Konzentration raubte. Heute musste Mel mehrfach verhindern, dass ich einschlief. Je weniger Schlaf ich mir gönnte, desto unruhiger wurde ich.

Meinen Brüdern schien es wirklich nichts auszumachen, nach Kanada zu fliegen, und obwohl mein Dad sich kaum blicken ließ, redete er freudig über unseren Urlaub. Mit keiner Silbe erwähnte er Mom oder einen Besuch auf dem Friedhof.

Manchmal glaubte ich, dass er nur darauf bestand, weiter in New York zu wohnen, um nicht ständig an ihrem Grab stehen zu müssen oder durch unsere Familie an sie erinnert zu werden. Ein Teil von mir verstand das gut, schließlich ging es mir genauso.

Jetzt war der Abend vor dem Abflug gekommen und ich hatte meinen Koffer bisher fünfmal aus- und wieder eingepackt. Ich konnte mich einfach nicht dazu durchringen, ihn endgültig zu schließen und zum Gepäck meiner Familie zu stellen. Es war zum Verrücktwerden.

Irgendwann kam dann Dad ins Zimmer und sah mich mitleidig an. Heute war einer der wenigen Tage, an denen er bereits vor mir zu Hause gewesen war und mit selbst gekochtem Essen auf uns gewartet hatte. Im Gegensatz zu mir war er ein ausgezeichneter Koch. Worin er allerdings schlecht war, war, offen über das zu reden, was in ihm vorging.

»Packen ist immer eine lästige Angelegenheit.« Er zwinkerte mir wissend zu und versuchte offenbar zu erfahren, wie es mir ging.

»Ich hatte es mir irgendwie leichter vorgestellt, ja, aber ich bin mir sicher, dass es beim sechsten Mal besser klappt«, entgegnete ich gelassen grinsend.

Er beugte sich zu mir herunter und gab mir einen Kuss auf die Stirn. »Ich bin mir sicher, du schaffst das, Emmchen.«

Damit verschwand er auch schon wieder und ließ mich allein mit meinen Grübeleien.

Als hätten sie sich abgesprochen, stand plötzlich Adam neben mir. »Sag mal, Schwesterherz, wolltest du dich nicht noch mit Mel treffen, um euch rührselig voneinander zu verabschieden? Immerhin seht ihr zwei euch ja fast zwei Wochen nicht.«, witzelte er, weil Adam genau wusste, wie eng unsere Freundschaft war.

»Wie spät ist es denn?«, fragte ich erschrocken.

Adam holte sein Handy aus der Hosentasche. »Halb neun«, sagte er trocken.

»Mist! Ich muss ihr absagen. Mein Koffer ist noch nicht gepackt und ich kann nicht verschwinden, wenn das nicht erledigt ist.«

Mein Bruder atmete einmal tief ein und aus. »Geh! Ich erledige das«, sagte er, als wäre es nur eine Kleinigkeit. »Wie bitte?« Verwundert hob ich eine Augenbraue.

»Du hast mich schon verstanden. Amüsiere dich noch etwas mit der Verrückten. Ich kann mir dieses Elend nicht länger ansehen.«

Etwas in mir protestierte gegen die Vorstellung, dass mein kleiner Bruder Klamotten für mich einpackte. Ein viel größerer Teil war aber einfach dankbar für die Hilfe und die stumme Botschaft dahinter. Ohne weiter mit Adam zu diskutieren, folgte ich seiner Anweisung. Ich schnappte mir einen dicken Wintermantel, sagte Dad Bescheid, dass ich in zwei Stunden wieder zu Hause sei, und ging zu Mel.

Sie wohnte nur zehn Minuten mit der U-Bahn entfernt, dennoch zählte ich jede einzelne Sekunde, bis ich bei ihr war. Mel war Einzelkind und lebte mit ihren Eltern in einer luxuriösen Stadtvilla. Als sie mich das erste Mal mit zu sich genommen hatte, hatte ich nicht aufhören können sie *Uncle Pennybag* zu nennen. Danach hatte sie mich eine Woche lang angeschwiegen. Das war unsere längste Funkstille gewesen. Danach hatte ich mir jedweden Spruch zum Thema Geld verkniffen, auch wenn es mir schwergefallen war. Vor allem, als Mels Eltern ihr zum sechzehnten Geburtstag nicht ein Pferd, sondern einen Pferdehof mit zehn Tieren geschenkt hatten. Bald wurde auch sie neunzehn und ich war schon gespannt, womit sie dieses Mal von ihren Eltern überrascht wurde.

Routiniert betätigte ich die Klingel und spürte sofort alle Linsen der Kameras auf mir, die auf dem gesamten Grundstück verteilt waren. Eine Stimme, die zu einem Roboter gehören könnte, begrüßte mich monoton.

»Guten Abend, wer sind Sie und was wollen Sie?«

Ich stieß genervt die Luft aus und konnte gerade noch ein Augenrollen unterdrücken. War ja nicht so, dass ich seit fast drei Jahren hier ein- und ausging, als wäre es mein zweites Zuhause.

»Ich bin Emma Wilson und möchte zu Miss Hardford«, versuchte ich die verzerrte Stimme zu imitieren.

»Werden Sie erwartet?«

»Das hoffe ich doch«, entgegnete ich knapp.

Ein Knacken ertönte und das eiserne Eingangstor öffnete sich wie von Zauberhand. Ich ging die Stufen zur Eingangstür empor – mit dem nicht enden wollenden Gefühl, beobachtet zu werden.

Ein Mann mit grauem Haar und einem eng sitzenden Anzug begrüßte mich. Mr Fitz, das Gesicht hinter der Computerstimme und mein persönlicher Kinderschreck. Die eiskalten Augen sahen mich abschätzend an, während er die leicht gebogene Nase rümpfte. Als ich ihn das erste Mal gesehen hatte, wäre ich beinahe die Treppe rückwärts hinuntergefallen. Noch nie zuvor war mir ein

Mensch begegnet, der so offenkundig zeigte, dass er alles und jeden hasste. Eine Eigenschaft, die Mels Eltern scheinbar gefiel.

»Guten Abend, Miss Wilson. Miss Hardford befindet sich in ihrem Zimmer. Soll ich Sie dahin begleiten oder möchten Sie den Weg allein gehen?«, sagte er in einer gleichmütig monotonen Stimme.

Ich setzte mein süßestes Lächeln auf, doch der Mann vor mir verzog keine Miene. Typisch. Ich hatte ihn exakt einmal lächeln sehen und das war gewesen, als Mel einmal die letzten beiden Stufen der Treppe hinuntergestolpert war und sich das Knie aufgeschlagen hatte. »Ich finde den Weg allein«, sagte ich schließlich.

Wortlos trat er zur Seite, sodass ich ungehindert das Haus betreten konnte. Sofort spürte ich den eisigen Blick von Mr Fitz im Nacken und versuchte mich nicht zu schütteln. Mels Zimmer befand sich im oberen Stockwerk der Villa und ich eilte die gewundene Treppe hinauf. Auf keinen Fall wollte ich ihren Eltern begegnen, die mich immer mitleidig ansahen. Selbst vier Jahre danach versuchten sie immer wieder das Thema auf den Unfall zu lenken. Als wäre es ihnen ein inneres Bedürfnis, über jedes Detail in Mels Leben genau Bescheid zu wissen. Und da ich ein Teil davon war, war ich unglücklicherweise nicht darüber erhaben.

Das letzte Mal war ich vor zwei Wochen hier gewesen und hatte festgestellt, dass mal wieder der Flur neu gestrichen und mit goldenen Bilderrahmen verziert worden war. Mels Mom arbeitete als Ärztin nur noch halbtags und verbrachte die andere Hälfte ihrer Zeit damit, dass Haus alle paar Wochen grundlegend umzugestalten. Unzählige Male hatten wir uns darüber lustig gemacht, auch wenn ein kleiner Teil von mir sie verstehen konnte.

Ich klopfte an Mels Zimmertür.

»Herein, wenn du nicht gerade wie Frankenstein aussiehst.« Frankenstein war Mels Kosewort für Mr Fitz.

»Nah dran«, sagte ich und öffnete die Tür zu einem Reich, in dem alles kunterbunt funkelte.

»Also, deinen Augenringen nach zu urteilen, bist du wirklich sehr nah dran.« Mel hatte die Schuluniform gegen einen schwarzen Tüllrock eingetauscht, der ihr bis zu den Knöcheln reicht. Obenrum trug sie eine rosa Rüschenbluse mit einer gigantischen schwarzen Schleife.

Sie schaffte es immer wieder, mich mit ihren Outfits zu begeistern. »Ich hoffe mal, das erledigt sich, wenn wir morgen landen. Ich weiß nicht, wie viele Tage ich noch mit nur drei Stunden Schlaf in der Nacht auskomme«, gestand ich und rieb mir demonstrativ die Augen.

»Das wäre doch ein Experiment wert.« Mel tippte sich nachdenklich ans Kinn. Sie hatte heute ihre roten Haare zu zwei kurzen Zöpfen gebunden und erinnerte mich damit an Pippi Langstrumpf.

»Ach, du darfst gern selbst Versuchskaninchen spielen«, schlug ich vor.

»Ich verzichte. Jetzt beginnen die Ferien und da möchte ich ausschlafen.« Sie hielt sich gespielt den Handrücken gegen die Stirn, als wäre sie vollkommen erschöpft.

»Lassen dich deine Eltern wirklich zwei Wochen in Ruhe?«, hakte ich nach und setzte mich auf einen hellblauen Sitzsack, in dem ich umgehend versank.

Mel platzierte sich in einem aufblasbaren neongelben Sessel, sodass sie mir gegenübersaß.

»Es ist eher so, dass der Unterricht dann ab Mittag stattfindet. Ausgenommen sind der Heilige Abend und der Neujahrstag. Du glaubst gar nicht, was es für ein Kampf war, die zwei Tage freizubekommen.« Mel schüttelte den Kopf.

»Ich kann es mir bildlich vorstellen, wie du vehement mit deinem Dad diskutierst, während deine Mom schon seit einer Stunde genervt den Raum verlassen hat«, gestand ich.

»Du kennst unsere kaputte Familie einfach zu gut. Möchtest du einen Kaffee?«, wechselte sie das Thema.

»Es ist gleich neun Uhr abends?«, erwiderte ich.

Mel schüttelte den Kopf. »Erstens kannst du eh nicht schlafen und ein Kaffee ändert nichts daran. Zweitens ist Kaffee ein Allrounder. Du kannst ihn zu jeder Tages- und Nachtzeit trinken und noch dazu wertet er jedes Outfit auf.«

»Ich glaub, ich brauch was Stärkeres«, sagte ich und stützte den Kopf mit der Hand ab.

»Espresso?« Mels braune Augen funkelten im Licht der Discokugel, die an der Zimmerdecke hing.

»Du wirst erst Ruhe geben, bis ich ein koffeinhaltiges Getränk in der Hand habe, richtig?«

»Wie kommst du nur auf die Idee?« Mel klimperte unschuldig mit ihren langen, geschwungenen Wimpern.

»Also schön, gib mir bitte einen Kaffee!« Ich blies die Wangen auf und entließ dann langsam die Luft.

»Um diese Uhrzeit? Bist du dir sicher?« Sie grinste mich breit an.

»Du machst mich fertig.«

Mit einem Schulterzucken erhob sie sich und ging dann rasch aus dem Zimmer, um fünf Minuten später mit zwei dampfenden Tassen zurückzukommen. Sie reichte mir eine davon.

»Bist du aufgeregt?«, fragte mich Mel.

Jeden anderen hätte ich jetzt angelogen, aber nicht sie.

»Ja.« Ich pustete in die Tasse und der Dampf kitzelte in meiner Nase.

»Es ist nicht so, dass ich mich nicht auf meine Verwandten freue. Bevor wir hergezogen sind, hatte ich viel Kontakt mit meiner Cousine Maggie, aber es fühlt sich einfach nicht mehr an wie mein Leben. Verstehst du, was ich meine?« Ich sah hinauf zu meiner besten Freundin.

»Natürlich verstehe ich dich, aber vielleicht solltest du es als Chance sehen.«

»Wie meinst du das?«, hakte ich nach.

Erneut setzte sie sich in den gelben Sessel, der ein aufdringliches Gequietsche von sich gab. »Wovor genau hast du Angst?«, überging sie meine Frage.

»Die Liste ist endlos lang.«

»Dann fang mit dem ersten Punkt an«, sagte sie etwas zu pragmatisch für meinen Geschmack.

Ich atmete einmal tief ein und aus. »Bestimmt sind alle wütend, weil wir nach Moms Tod den Kontakt auf ein Minimum reduziert haben. Ich frage mich, ob es sich noch nach einem Zuhause anfühlt ohne Mom. Und wenn nicht, weiß ich nicht, wie sehr es mich treffen wird. Was ist, wenn jemand fragt, ob ich noch tanze oder warum ich aufgehört habe?«

Mel reichte mir ein Taschentuch und erst da bemerkte ich die Tränen, die an meiner Wange entlangliefen und meine Klamotten benässten.

»Mir war klar, dass du irgendwann vor Sorge platzen würdest – und lieber passiert es hier als vor deinem Dad. Der würde sofort alles absagen.«

»Vermutlich«, stimmte ich zu und wischte mir das Gesicht ab.

»Emmi, glaubst du wirklich, deine Tante lädt euch für zwei Wochen zu sich ein, wenn sie euch hassen würde? Diese Dauer ist schon für Menschen schwierig, die man liebt. Das Haus wird immer dein Zuhause sein, denn dort bist du einen Großteil deines Lebens aufgewachsen und deine Mom hat es mit geprägt. Und wenn jemand fragt, warum du nicht mehr tanzt, dann sag einfach, du bist zu den coolen Kids gewechselt und bewegst dich jetzt nur noch zu Popmusik.«

Sie stellte die Kaffeetasse auf einem runden Tisch ab und ging dann zur Musikanlage, die sie laut aufdrehte. Dann kam sie zu mir und reichte mir demonstrativ die Hand. »Du wirst dich danach besser fühlen, versprochen«, schrie sie gegen die Musik an.

Einen winzigen Augenblick zögerte ich, aber irgendwas stachelte mich dazu an, ihrer Aufforderung zu folgen. Ich stellte meine Kaffeetasse neben ihre und ging dann auf die provisorische Tanzfläche, die eigentlich Mels giftgrüner Teppich war.

Dutzende Lieder später war ich vollkommen außer Atem, aber entspannt. Es war, als hätte ich mir die Last von der Seele getanzt.

Müde ließ ich mich auf den Sitzsack plumpsen, dessen kleine Kügelchen sich perfekt an meinen Körper schmiegten.

»Wer hätte gedacht, dass eine ehemalige Primaballerina derart gut die Hüften schwingen kann«, sagte Mel und nahm einen großen Schluck vom mittlerweile kalt gewordenen Kaffee.

»Tja, in mir schlummern eben verborgene Talente«, gestand ich.

»Das kannst du laut sagen. Nicht zu vergessen deine herausragenden Leistungen im Fotokurs unserer Schule. Du hast mir doch tatsächlich den ersten Preis vor der Nase weggeschnappt.« Sie fing an zu klatschen, um ihre Glückwünsche auszudrücken.

»In dem Kurs sind fünf seltsame Mädels und du fotografierst ständig nur mit einer Klappe vor der Linse. Es ist also keine große Kunst, besser als du zu sein.«

»Ich kann doch nichts dafür, wenn die Lehrerin mein schöpferisches Talent nicht erkennt.« Mel zuckte mit den Schultern und strich sich den Rock zurecht.

»Ich glaube, sie erkennt viel in dir, aber künstlerisches Talent sicherlich nicht«, gab ich zurück.

Mel fing an zu lachen und ich stieg mit ein. »Nimm bitte deine Kamera mit, damit ich auch etwas teilhaben kann.«

»Du weißt schon, dass ein Handy auch Fotos machen kann.«

»Ich bin ein Fan von Klassikern und da schlägt eine Kamera ein Handy um Längen. Tu mir also bitte den Gefallen.«

»Na schön, aber nur, weil du es bist.«

»Du bist ein Schatz.« Sie warf mir einen Handkuss zu.

»Ich muss jetzt aber wirklich nach Hause. Der Flug geht ziemlich früh«, sagte ich zähneknirschend mit dem Blick aufs Handy.

»Ein bisschen kannst du noch bleiben.« Mel zwinkerte mir zu und wusste genau, dass sie keinerlei Bemühungen brauchte, um mich zum Bleiben zu überreden. Schließlich war ihr Zimmer so was mein zweites Zuhause.

»Na schön, aber nur noch ein paar Minuten«, sagte ich ergeben.

***

Zwei Stunden, Dutzende alberne Lacher und zahlreiche Umarmungen später war ich auf dem Weg nach Hause. Es waren noch viele Menschen unterwegs. An einem Freitagabend blühte das Nachtleben der Stadt so richtig auf.

Während um mich herum die Lichter pulsierten, wirkte unser Haus durch die Dunkelheit irgendwie fehl am Platz. Offenbar lag meine Familie bereits in den Betten und ich gab mir Mühe, die Tür möglichst lautlos zu öffnen, um niemanden zu wecken. Wie Adam versprochen hatte, stand mein Koffer gepackt neben dem der anderen im Flur. Obwohl mir das Gespräch mit Mel etwas Angst genommen hatte, war das beklemmende Gefühl wieder da, als ich das Gepäck sah. Die Realität hatte mich zwar nicht in Mels Glitzerzimmer gefunden, aber jetzt doch brutal eingeholt.

Sachte zog ich die Schuhe aus und ging vorsichtig die Holztreppe hinauf. Dabei achtete ich auch penibel darauf, nur auf die Stellen zu treten, die nicht knarzten.

In meinem Zimmer angekommen zog ich rasch die Sachen aus, schlüpfte in meinen Lieblingspyjama und legte mich ins Bett. Gedanklich ließ ich den Abend Revue passieren und blieb bei unserer Tanzeinlage hängen. Zum ersten Mal seit langer Zeit schlief ich mit einem Lächeln auf den Lippen ein.

04.

Müdigkeit und Leidensdruck

Am nächsten Morgen war es endlich so weit. Nachdem ich erschrocken feststellte, dass aus irgendwelchen Gründen mein Wecker nicht rechtzeitig geklingelt hatte, musste ich mich jetzt in Rekordzeit umziehen. Fluchend und mit zerzaustem Haar lief ich die Treppe hinunter, wo meine Familie bereits auf mich wartete.

»Warum, zum Geier, habt ihr mich nicht geweckt?«, sagte ich anklagend, während ich mir meine Lederstiefel anzog.

»Wir waren mehrmals bei dir, aber du hast nach uns getreten wie ein Ninja im pinken Schlafanzug«, erklärte Dean mit einem Schulterzucken.

Ich blies mir eine meiner dunklen Locken aus dem Gesicht, die meine Sicht etwas einschränkte. Ein Haargummi wäre jetzt wirklich hilfreich, aber im morgendlichen Wettrennen gegen die Zeit hatte ich auf die Schnelle keins gefunden. Ein Taxi stand mit laufendem Motor bereits vor unserer Haustür und der Fahrer hupte im Rhythmus von *We Will Rock You*. Der Typ hatte wirklich eine humorvolle Art, seinen Gästen mitzuteilen, dass sie spät dran waren.

Als wir endlich eingestiegen waren und uns auf den Weg machten, beäugte uns der Fahrer nach und nach – als würde er versuchen herauszufinden, wohin genau wir fliegen wollten. Aber er sagte nichts weiter. Taxifahrer in New York waren eine Spezies für sich. Manche offenbarten dir ihr gesamtes Leben auf einer fünfminütigen Autofahrt, während andere dich über Stunden anschwiegen, aber niemals aus den Augen ließen. Zum Glück hatte ich darauf bestanden, an einer Tür zu sitzen, sodass ich mich an dem oberen Griff festhalten konnte. Autofahren war seit Moms Tod ein Problem für mich und Taxis vermied ich, so gut es ging.

Besonders als der Fahrer das Tempo etwas anzog, klammerte ich mich förmlich an dem Griff, während meine Handflächen langsam feucht wurden. Übelkeit stieg wellenartig in mir auf. Dean reichte mir seine Wasserflasche und nach einem großzügigen Schluck daraus ging es mir etwas besser.

Die Minuten zogen sich quälend langsam dahin, doch schließlich erreichten wir endlich unser Ziel und der Fahrer jagte uns förmlich aus dem Taxi. Nachdem mein Vater ihm das Geld gereicht hatte, fuhr er mit quietschenden Reifen davon.

Jetzt dauerte es nur noch eine Stunde, bis sich der Flieger in die Luft erheben würde.

Nach der gründlichen Gepäckkontrolle, in der ich meine Handtasche einmal komplett ausleeren musste, ging es schnell weiter zum Gate. Wir waren tatsächlich die letzten Fluggäste, auf die der Rest noch gewartet hatte.

Beim nächsten Mal sollte Dad unbedingt einen Flug nehmen, der nicht um acht Uhr morgens startete. Wir waren einfach nicht die organisierte Familie, die solche Aktionen überstand, ohne ins Schwitzen zu kommen. Zumindest wenn es nach mir ging. Vollkommen außer Atem verstaute ich meine lederne Handtasche über dem Fach der Sitzreihe und ließ mich auf den Platz am Fenster plumpsen, während Adam sich zu mir gesellte.

»Sag mal, Brüderchen, was hast du mir eigentlich alles eingepackt? Irgendwie kam mir der Koffer äußerst leicht vor, als ich ihn zum Taxi getragen habe?«

Mein Bruder grinste mich breit an. »Lass dich überraschen!« Das war gar nicht gut. Überraschungen bedeuteten bei meinen Brüdern meist Chaos auf ganzer Linie.

Bevor ich weiter nachfragen konnte, was genau er meinte, setzte er sich seine Kopfhörer auf und schloss die Augen. Das letzte Mal, als wir alle zusammen geflogen sind, war zum Umzug. Ich wusste noch, wie ich den ganzen Flug über nur geweint hatte und mich die anderen Gäste schon skeptisch beäugt hatten. Damals war es mir aber herzlich egal gewesen. Ich hatte einfach noch zu sehr in der Trauer um meine Mom festgesteckt.

Das Dröhnen der Triebwerke holte mich aus den Erinnerungen, sodass ich aus dem Fenster schaute. Überall um uns herum starteten oder landeten Flugzeuge aus allen Ländern der Welt und ich wünschte mir so sehr jetzt in einem anderen sitzen zu können. Ein Blick zu meiner Linken verriet mir, dass Adam seelenruhig seine Musik hörte. Im Gegensatz zu mir wirkte er vollkommen entspannt. Dean und Dad saßen auf der anderen Seite des Ganges und diskutierten heftig darüber, ob Dean die Speisekarte des Flugzeugs einmal rauf und runter bestellen konnte. In der Hektik hatten wir nämlich alle das Frühstück ausfallen lassen. Ein Fehler, der zumindest Dean sehr zu schaffen machte. Am Ende einigten sie sich auf drei Gerichte, die er bestellen durfte.

Als Alleinverdiener musste mein Vater mit dem Geld haushalten, trotz einer gut bezahlten Anstellung. Immerhin kosteten die Privatschulen mehrere Zehntausend Dollar im Jahr. Zum Glück hatten unsere Eltern für jeden von uns ein großzügiges Sparpolster angelegt. Da ich auch noch das Stipendium hatte, blieb genug Geld übrig. Dennoch war mein Dad der Ansicht, dass man alle unnötigen Ausgaben streichen konnte. Deans und Adams riesiger Hunger machte ihm da leider oftmals einen Strich durch die Rechnung. Unzählige Male hatte ich ihm angeboten mit einem Nebenjob etwas zur Haushaltskasse beizutragen, aber Dad wollte es nicht. Wir sollten uns alle auf die Schule konzentrieren.

Selbstverständlich hatte ich dagegen protestiert, aber am Ende hatte er das letzte Wort behalten. So war es meistens. Eine große Ausnahme bildete dieser Urlaub. Das Flugzeug wurde immer schneller und mehr und mehr wurde ich gegen das Polster des Sitzes gedrückt. Dieses Gefühl, wenn man immer weiter gen Himmel stieg, erinnerte mich an Funken, die umherflogen und sich dann in ein wahres Feuerwerk verwandelten.

Als wir endlich die vorgeschriebene Flughöhe erreicht hatten, war Adam immer noch in seine Musik vertieft und ich versuchte in dem Wolkenmeer unter dem Flugzeug irgendwelche Formen zu erkennen. Ein vollkommen sinnfreies Unternehmen, denn schließlich wirkte von hier oben aus alles weiß und lückenlos. Egal wie sehr ich mich dagegen wehrte, meine Gedanken kreisten unaufhörlich um mein früheres Leben.

Als ich fünfzehn war, sind wir von Richmond Hill nach New York gezogen. Das war jetzt vier Jahre her und obwohl ich mich freuen sollte meine Familie wiederzusehen, war da nur das Gefühl, in eine bodenlose Tiefe zu fallen. Ich bemerkte erst, dass ich dabei war zu hyperventilieren, als mich jemand sanft am Knie berührte.

Adam.

Er hatte die Kopfhörer abgenommen und sah mich jetzt besorgt an. Unmerklich schüttelte ich den Kopf und betete stumm, dass er verstand. Ich wollte auf keinen Fall, dass Dean oder Dad etwas davon mitbekamen.

Nachdem Adam sich vergewissert hatte, dass ich nicht dabei war, schreiend im Flugzeug auf- und abzurennen, setzte er sich wieder die Kopfhörer auf.

Das durfte nicht noch einmal passieren! Es ging hierbei schließlich nicht nur um mich, sondern auch um Dad und die Zwillinge. Sie verdienten eine schöne Zeit in unserer Heimat, ohne sich andauernd Sorgen um mich zu machen.

Ich holte meinen Zeichenblock und einen Bleistift heraus, die ich im Netz des vorderen Sitzes verstaut hatte, und fing an zu zeichnen. Ich versuchte das Chaos in mir auf Papier zu bringen.

Kurz vor der Landung ergaben die zarten Linien ein Gebilde, das mich an ein kleines Schloss hoch oben auf einem verschneiten Berg erinnerte. Mein Unterbewusstsein hatte doch tatsächlich das kleine Schneekönigin-Schloss aus der Schneekugel heraufbeschworen. Diese Geschichte wirkte wie ein Anker, an dem ich mich festhalten konnte.

Ich erinnerte mich noch genau daran, wie Henry mir die Kugel am ersten Weihnachtstag überreicht hatte. Er hatte sie ein Dutzend Mal mit Zeitungspapier und einer goldenen Schleife umwickelt, sodass das Geschenk deutlich größer aussah. Seine azurblauen Augen beobachteten mich neugierig beim Auspacken, während er ganz ruhig blieb. Das Gefühl, als ich die Kugel auspackte, war unbeschreiblich, so, als hätte jemand einen strahlenden Stern vom Himmel geholt und ihn mir geschenkt. Und das in einer Zeit, in der ich durch Moms Tod am Boden zerstört war. Ich war vollkommen überwältigt und Henry gab mir vor Glück einen Kuss auf die Wange. Bevor ich etwas zu ihm hatte sagen können, war er auch schon mit hochrotem Kopf verschwunden gewesen.

Noch heute musste ich lächeln, wenn ich an diesen Kuss zurückdachte. Er war so unschuldig gewesen und trotzdem auf eine Art magisch, die man einfach nicht in Worte fassen konnte.

Leider hatte dieser wundervolle Abend damit geendet, dass Dad mir von dem baldigen Umzug erzählt hatte. An diesem Abend hatte ich mich in den Schlaf geweint, denn mir war klar geworden, dass unsere Freundschaft diese Entfernung vielleicht nicht überstehen würde. Und ich sollte recht behalten.

05.

Ankunft und Wiedersehensfreude

Viele Menschen empfanden Erleichterung, wenn das Flugzeug sicher auf dem Boden ankam. Die Fluggäste applaudierten dem Piloten und waren dankbar für eine sichere Landung. Sie freuten sich auf den anstehenden Urlaub oder darauf, endlich wieder nach Hause zu kommen. Doch für mich fühlte es sich an, als würde eine Last auf meiner Brust liegen, die mir mehr und mehr die Luft zum Atmen raubte. Noch im Flugzeug hatte Adam mich dazu überredet, ein Sandwich zu essen, damit mein knurrender Magen endlich Ruhe gab. Angeblich hat dieses Knurren sogar die Musik seiner Kopfhörer übertönt.

Jetzt hatte ich das Gefühl, dass sich das Sandwich und der Stein auf der Brust gegen mich verbündeten. Es war albern, aber ich versuchte unsere Ankunft mit allen erdenklichen Mitteln hinauszuzögern. Wir waren die Letzten, die das Flugzeug verließen, weil ich angab, dass ich meine Handtasche nicht finden konnte, die wohlplatziert unter meiner Jacke lag. Dann war ich mir unsicher, ob der rosa Koffer aus dem Laufband wirklich meiner war, bis Dean schließlich vollkommen genervt danach griff. Es dauerte fast eine Stunde, ehe wir endlich fertig waren.

Obwohl mir meine Brüder finstere Blicke zuwarfen und die Verzögerungstaktik sofort durchschaut hatten, lächelte Dad gelassen und beklagte sich kein einziges Mal. Es schien fast so, als hätte er all seine Bedenken vergessen.

Tante Sophie erwartete uns freudestrahlend am Ausgang des

Flughafens. In einer Menge aus zumeist grauen Anzugträgern stach sie mit ihrer goldenen Jacke hervor wie ein bunter Hund. Soweit ich mich zurückerinnern konnte, war Sophie schon immer ein Paradiesvogel. In New York würde sie kaum auffallen mit ihrem ausgefallenen Look. Richmond Hill hingegen war einfach noch nicht bereit für so viel Mut zur Farbe.

Sophie hielt ein Schild mit unserem Familiennamen hoch, um den lauter rosa Blumen und Herzchen gemalt worden waren. Alles glitzerte im Sonnenlicht und an manchen Stellen konnte man noch Handabdrücke erkennen. Offenbar hatte mein kleiner Cousin das Schild in die Hand bekommen und über das Design entschieden. Robert kam mit seinen zehn Jahren in Sachen Farbe ganz nach seiner Mom.

Einige der Menschen im Flughafen beäugten Tante Sophie bereits skeptisch. Als wäre jemand verdächtig, wenn er sich derart überschwänglich freute. Man sollte meinen, um die Weihnachtszeit herum wären alle glücklicher als sonst. Diese Erkenntnis hatte man den gestressten Menschen hier im Flughafen allerdings wohl verschwiegen.

Früher wäre mir Sophies herzliche Art unangenehm gewesen, denn seien wir mal ehrlich, niemand wollte angestarrt werden. Jetzt jedoch versprühte sie eine Leichtigkeit, die ansteckend war.

»Da sind ja die New Yorker«, verkündete sie fröhlich und so laut, dass auch der letzte Mensch im Flughafen hören konnte, woher wir kamen. Peinlich berührt versuchte ich mein Gesicht hinter meiner Lockenmähne zu verbergen. Ein vollkommen aussichtsloses Unterfangen.

Sie schloss uns nacheinander in eine innige Umarmung und sogleich stieg mir der leichte Geruch nach Flieder in die Nase. Auch nach all den Jahren roch sie genauso wie früher. Manche Dinge änderten sich scheinbar nie.

»Emmi, du bist so groß geworden. Bei dir müssen die Jungs ja

Schlange stehen«, sagte meine Tante und Dean rief daraufhin: »Bingo!«

Das war ein Geschwister-Insider. Wir hatten vor ein paar Jahren angefangen uns ein Spiel auszudenken, als Dads Verwandtschaft und Arbeitskollegen uns vermehrt besucht und immer nur die gleichen Sätze wiederholt hatten. Unzählige Male war ich innerhalb von ein paar Monaten gefragt worden, wie denn die Schule lief, ob ich einen Freund hätte und so weiter. Meinen Brüdern war es ähnlich ergangen und irgendwann hatte Adam vorgeschlagen, ein Spiel daraus zu machen. Wir hatten uns also auf neun Standardformulierungen geeinigt, die jeweils einen Bingo-Punkt brachten. Wer die meisten Bingos erhielt, durfte entscheiden, welche Fast-Food-Kette wir als Nächstes besuchen würden.

Momentan ging ich also in Führung und sah Sophie entschuldigend an.

Durch ein Räuspern machte Dad deutlich, dass er diese Albernheiten nicht guthieß. Das stachelte die Zwillinge natürlich nur weiter an.

»Ich glaube, die meisten werden durch die reizenden Männer in unserem Haus vertrieben«, erwiderte ich schulterzuckend und betete, dass Sophie nicht weiter nachfragen würde.

Die Trennung von Chris war erst ein paar Monate her und es schmerzte immer noch, daran zu denken. Tagelang hatte ich heulend im Bett gelegen und an einem T-Shirt gerochen, das er bei mir vergessen hatten. Dean hatte mich mit Gewalt aus dem Bett zerren müssen, sonst wäre ich noch weiter in Selbstmitleid versunken.

»Das kann ich mir gut vorstellen.« Sophie fing an zu kichern und blickte vielsagend zu Dean, Adam und Dad. Sie führte uns zu ihrem lindgrünen Van, der genug Platz für uns und die Koffer bot.

Trotz anfänglichen Motorgestotters setzten wir uns schließlich in Bewegung.

»Sophie, wir hätten uns auch ein Taxi rufen können«, meinte Dad, weil ihm der Wagen nicht allzu sicher vorkam. Ich erkannte es an der Art, wie er jeden Millimeter des Fahrzeugs skeptisch musterte.

Sophie winkte ab und der Wagen folgte auf beängstigende Weise ihrer Bewegung.

»Sei nicht albern, Richard. Ihr seid doch meine Familie und die holt man persönlich ab.«

Mir entging bei ihren Worten nicht, dass Dad die Tür nach einem Haltegriff abtastete. Offenbar entsprach Sophies Fahrstil nicht ganz seinen Vorstellungen. Eine Meinung, die ich durchaus teilte.

Es dauerte ungefähr dreißig Minuten vom Flughafen nach Richmond Hill und ich bestaunte jedes Detail von Toronto.

Früher hatte ich mir immer vorgestellt, wie es wohl wäre, in dieser Metropole zu leben. Für mich hatte eine Großstadt als Kind ein nie enden wollendes Abenteuer und unzählige Möglichkeiten, Spaß zu haben, versprochen.

Richmond Hill dagegen kam mir trotz der knapp zweihunderttausend Einwohner wie ein verschlafenes Nest vor. Jetzt allerdings sah ich meine Heimat mit anderen Augen. Es war kein Ort im Dornröschenschlaf, sondern eine Schatztruhe voll mit Erinnerungen an eine glückliche Kindheit. Vorbei waren meine Ängste und Bedenken, denn es fühlte sich so an, als wäre Mom mir plötzlich näher. Sie hatte Kanada immer geliebt. Hier zu sein war so, als hätte jemand die Zeit zurückgedreht und all das Schlechte der Vergangenheit ausgelöscht. Das erdrückende Gefühl war endlich von mir abgefallen und ich konnte befreit aufatmen.

»Emmi, weißt du noch, wie Dean damals vom Steg gefallen ist und ich hinterherspringen musste?« Adam zeigte mit dem Finger auf den Lake Wilcox Park, in dem wir gefühlt jede freie Minute verbracht hatten. In diesem See hatte jeder von uns schwimmen gelernt.

»Na klar, er sah aus wie ein begossener Pudel, als du ihn endlich aus dem Wasser geholt hattest. Dean musste sich so lange in die

Sonne legen, bis seine Sachen getrocknet waren, damit Mom nicht mitbekam, dass wir schon wieder ohne einen Erwachsenen am See waren«, erklärte ich und Adam sah mich grinsend an.

»Tja, und was hat es gebracht? Als ich dann abends in die Badewanne sollte, hat sie getrocknete Algen an meinem Rücken gefunden und ich musste ihr alles erzählen«, seufzte Dean.

»Ja, und verpetzt hast du uns zwei auch noch«, ergänzte Adam und schüttelte den Kopf.

»Es war ja auch unmöglich, etwas vor Mom geheim zu halten. Sie hatte einen sechsten Sinn. Wäre sie ein Bösewicht gewesen, dann hätte nicht einmal *Iron Man* eine Chance gegen sie gehabt«, sinnierte Dean weiter und brachte uns alle, einschließlich Dad, zum Lachen.

Dieses Hochgefühl hielt an, bis wir bei unserem alten Haus ankamen. Es sah noch genauso aus wie in meiner Erinnerung. Ein Gebäude, dessen graue Steine mich etwas an Schottland erinnerten und nicht so ganz in die Gegend hier passten.

Sonst bestand Richmond Hill aus vielen Einfamilienhäusern, die in dichten Reihen nebeneinanderstanden. Doch als Mom und Dad damals ein Haus gesucht hatten, hatten sie etwas anderes für ihre zukünftige Familie im Sinn gehabt. Es sollte etwas versteckt liegen, damit man seine Ruhe hatte, und zentral genug, um alles mit dem Fahrrad oder Bus zu erreichen. Die Suche hatte wohl einige Monate gedauert, aber kurz bevor ich geboren wurde, hatten sie ihr Traumhaus gefunden und es *Hugo* getauft. Es bot genug Platz, um mindestens zwei Familie bequem unterzubringen, und daher war es auch oftmals so, dass *wir* die Familienfeiern ausrichteten. Jetzt hatte Tante Sophie diese Aufgabe übernommen und ging offensichtlich vollends darin auf. Ein gigantischer Weihnachtsbaum stand in dem Rondell vor der Einfahrt und war über und über mit Kugeln, Lametta und Lichterketten übersät. Mit der Menge hätte sie vermutlich die halbe Stadt mitversorgen können.

Wir parkten vor der Eingangstreppe und wurden sogleich von Maggie und Robert begrüßt. Sie hatten uns offenbar bereits erwartet und kamen die Treppe heruntergelaufen, um schnell bei uns zu sein. Maggies dunkle Haare, die den gleichen Haselnusston hatten wie meine eigenen, flatterten im Wind, während sie auf uns zulief. Roberts blonder Lockenkopf bildete dagegen einen starken Kontrast zu seiner großen Schwester. Maggie schloss mich in eine innige Umarmung, die ich sofort erwiderte. Meine Cousine war ein Jahr jünger als ich, aber sie überragte mich um gute zehn Zentimeter.

»Ich habe mich so gefreut, als ich gehört habe, dass ihr kommt. Mom hat das Haus geschmückt wie eine Irre, damit ihr euch auch ja wohlfühlt«, plapperte sie fröhlich drauflos.

Ihr vierzehnjähriges Ich war nicht halb so enthusiastisch gewesen. Sie schnappte sich Adam und zog ihn mit sich ins Haus. Er ließ es mit einem breiten Grinsen über sich ergehen. Robert hingegen quasselte gleich drauflos, wie wundervoll geschmückt das Haus sei und wie viel Mühe seine Mom und er sich gegeben hätten.

»Ihr werdet staunen«, rief er euphorisch und nahm meinen Dad an die Hand, um ihn ebenso ins Haus zu führen. Sophie zuckte entschuldigend mit den Schultern. »Sie waren so aufgeregt, dass sie die letzte Nacht kaum geschlafen haben. Die beiden haben euch wirklich sehr vermisst.«

Es war sicherlich keine Absicht, aber sofort bekam ich ein schlechtes Gewissen.

Nachdenklich folgte ich meiner Familie die Stufen hinauf, bis Dean mich zurückzog und mir etwas zeigte. In Großbuchstaben stand das Wort *HUGO* auf eine der Stufen geschrieben. Sie waren nach dem Hauskauf neu gegossen worden und Mom hatte darauf bestanden, sich darin zu verewigen.

»Weißt du noch, wie Mom uns die Geschichte immer und immer wieder erzählt hat?«, fragte Dean und schaute zu dem Namen.

»O ja, wie sie ein Spiel gegen Dad gewonnen hatte und daraufhin den Namen hier hinschreiben durfte. Sie hat immer erzählt, dass er fast eine Woche nicht mit ihr geredet hat.«

»Dabei ist die Geschichte doch wirklich einmalig«, sprach Dean meine Gedanken aus.

»Da hast du recht, vor allem, weil sie ihn im Schach besiegt hatte. Das hat danach nie wieder jemand geschafft«, ergänzte ich.

»Was ist mit euch?«, fragte Adam, der sich von Maggie losgerissen hatte.

Dean zeigte auf den Schriftzug und kurze Zeit später zeichnete sich auch auf Adams Gesicht ein sanftes Lächeln ab. Mom war überall und mir wurde eines klar: Niemand konnte sie jemals aus unseren Herzen entfernen.

Während Dean hineinging, bewunderte ich die Schnitzereien, die mich schon als kleines Mädchen fasziniert hatten. Ich zog die ledernen Handschuhe aus und strich ehrfürchtig über das Holz.

Das Gebäude stammte aus dem späten 19. Jahrhundert und war eines der ersten, die hier errichtet worden waren. Ich hatte die Vorstellung schon immer schön gefunden, Teil der Stadtgeschichte zu sein.

»Emma?« Dads Stimme drang aus dem Inneren und ich beeilte mich die Tür hinter mir zu schließen. Erst als mir die Wärme des Hauses entgegenschlug, wurde mir bewusst, wie kalt es draußen eigentlich war. Mein Herzschlag beschleunigte sich. Es war seltsam, aber ich rechnete jeden Moment damit, dass Mom die Treppe vor mir heruntergeeilt kam und sich darüber beschwerte, dass ich mit meinen Stiefeln den Flur schmutzig mache. Ich schluckte die schmerzhaft-schönen Erinnerungen herunter, aber sie wehrten sich dagegen, wieder in einer dunklen Ecke meines Geistes zu verschwinden. Stattdessen verschleierten Tränen meine Sicht und ich bemühte mich sie rasch wegzuwischen. Dean und Adam hatten bereits ihre Jacken ausgezogen und ich drehte mich weg, sodass sie nicht sehen konnten, was in mir vorging. Ich dachte, ich hätte das erdrückende Gefühl abgeschüttelt, aber es war noch da und schlug jetzt mit voller Härte zu. Dieses Haus ohne Moms Wärme zu erleben ließ mich innerlich aufschreien.

Ich versuchte mich abzulenken, indem ich gezielt nach Details suchte, die mich auf keinen Fall an Mom erinnerten. Im Inneren war das Haus genauso festlich geschmückt, wie Maggie es versprochen hatte – als wäre die Schneekönigin samt Palast und Bediensteten hier eingezogen.

Ein echtes Winterwunderland. Das hätte Mom auf gar keinen Fall *verbrochen*. Sie war ein Fan von schlichtem Design gewesen und stets genügsam.

Sophie hatte, wie es schien, jeden Winkel des Hauses verändert, und ich wusste nicht, ob ich das gut oder schlecht finden sollte. Obwohl es mir zugegebenermaßen gerade nützlich war.

Vom Flur aus führte eine Treppe hinauf in den ersten Stock, der sich in einen rechten und einen linken Flügel aufteilte. Das Geländer war mit Dutzenden Tannenzweigen dekoriert und mit grünem und rotem Lametta umwickelt. Vom Flur aus konnte man das Wohnzimmer betreten, in dem ein prasselndes Kaminfeuer loderte.

»Kommt mit nach oben, ich zeige euch eure Zimmer. Maggie und Robert werden hier unten bleiben, damit ihr in Ruhe Zeit habt, eure Sachen auszupacken und etwas durchzuatmen. Ihr müsst ja vollkommen erschöpft sein von der Reise. Richard hat mir erzählt, dass er den frühesten Flug gebucht hat, und das, obwohl ihr doch alle bekennende Langschläfer seid«, scherzte Sophie und ging die Treppe hinauf.

Während Dad bereits angeregt mit meinem Onkel Frank redete, der uns zur Begrüßung nur ruhig lächelnd zugewunken hatte, folgten wir unserer Tante. Sie zeigte uns das Zimmer für Adam und Dean, die zusammen schlafen würden.

»Aber hier oben gibt es doch an die zehn Räume. Ist denn kein anderes Zimmer frei?«, fragte Dean nach und schaute sich demonstrativ um.

»Doch, schon, allerdings sind fast alle Räume mit meinen Bildern zugestellt und wir beheizen nur den linken Bereich des Hauses, um Kosten zu sparen. Im Winter ist dieses Gebäude ein Fass ohne Boden.«

Für einen kurzen Moment konnte man Dean förmlich ansehen, wie er überlegte, lieber in einem eiskalten Zimmer zu schlafen als zusammen mit Adam. Als er jedoch seinen Koffer in das Zimmer stellte, war die Entscheidung getroffen.

»Ach, Jungs, die Tage vergehen wie im Flug und außerdem ist das doch auch eine einmalige Erfahrung«, sagte Sophie versöhnlich.

Sie konnte es nicht sehen, aber Adam rollte gespielt die Augen, während ich ein Lachen unterdrücken musste. Beinahe taten mir meine Brüder leid. Aber auch nur beinahe.

Sobald meine Tante den beiden den Rücken zukehrte, begann die Rangelei um das Bett, welches dichter am Fenster stand. Offenbar war es bei angehenden Männern wichtig, dass genug Luft um sie herum zirkulierte, um den Gestank von Schweiß und Testosteron zu überdecken.

»Komm, Emma. Jetzt zeig ich dir dein Reich.«

Wir gingen ein paar Schritte und standen plötzlich vor Dads alter Bibliothek. Während aus den übrigen Zimmern des Hauses das Thema Weihnachten förmlich herausgeschrien wurde, war dieser Raum seltsam karg und ich war froh darüber. Es spiegelte mehr wider, wozu dieser Raum einst gedacht war. Nämlich sich zurückzuziehen und in Ruhe in anderen Welten zu verschwinden.

»Dieses Zimmer habe ich nicht allzu sehr verändert, außer dem Bett natürlich, und ich dachte, das würde dir so zusagen.«

Eine Wand war komplett mit einem dunklen Bücherregal zugestellt, in dem sich englische Klassiker bis unter die Decke stapelten. Am anderen Ende befand sich ein riesiges Himmelbett, dessen helle

Vorhänge es sanft umrahmten. Auf dem Bett lagen Dutzende Kissen, die förmlich danach schrien, dass man das Gesicht darin verbarg. Die Wände waren in einem dunklen Blauton gehalten, der mich an einen Ozean erinnerte.

»Gefällt es dir?«, fragte mich Sophie und ihre grünen Augen sahen mich hoffnungsvoll an.

»Es ist perfekt, danke, Sophie.«

»Gut, dann lass ich dich mal auspacken. Wenn du fertig bist, kannst du gern runterkommen, denn der Kuchen steht schon bereit und deine Großeltern sind auch in einer halben Stunde hier.«

Bevor sie ging, zeigte sie mir noch kurz den Wandschrank und wies daraufhin, dass das Bett frisch bezogen sei und die Handtücher im Bad liegen würden. Jetzt kam ich mir vor wie ein Hotelgast. Dabei hatte ich mich Dutzende Mal in diesem Schrank versteckt, wenn meine Geschwister mich suchen mussten. Zugegeben, es war kein gutes Versteck gewesen, aber sie hatten mich nicht immer entdeckt. Im Nachhinein fiel mir auf, dass Adam und Dean mich immer dann *nicht* entdeckt hatten, wenn Mom ihren Lieblingskuchen gebacken hatte. Teilen war noch nie ihre Stärke gewesen, zumindest bei Süßigkeiten.

Ich legte den Koffer aufs Bett, öffnete ihn und erstarrte. Bis auf Unterwäsche und einen Schlafanzug war nichts darin zu finden.

Einmal kurz durchatmen, Emma.

Adam hatte mir nicht mehr eingepackt und ich Idiotin war zu naiv gewesen, um den Koffer zu kontrollieren.

06.

Herzklopfen und Ungeschick

»Emma, kommst du raus? Ich hab einen Bärenhunger und Adam erlaubt mir erst etwas zu essen, wenn du da bist«, drang Deans Stimme anklagend durch die Tür.

Schnell stand ich auf und öffnete ihm. Das Knurren seines Magens war selbst für meine Ohren wahrnehmbar und ich konnte mir ein Grinsen nicht verkneifen.

»Herzlichen Dank und jetzt lass uns bitte endlich etwas essen, Schwesterherz.«

Ohne weiter auf mich zu achten, ging er die Treppe hinunter und ich folgte ihm. Adam würde sich gleich etwas anhören dürfen. Beim Hinuntergehen konnte ich schon die Stimmen meiner Großeltern hören, die Dad über unser Leben in New York ausfragten. Er tat mir schon fast ein wenig leid. Jetzt war wahrscheinlich der falsche Zeitpunkt, um meinem Bruder eine Standpauke zu halten.

»Da bist du ja, Emmchen. Mein Gott, du siehst aus wie Rose. Das ist wirklich unglaublich.«

Meine Großmutter zog mich in eine innige Umarmung. Erst als sie mich losließ, fielen mir ihre feuchten Augen auf. Es musste grauenhaft sein, das eigene Kind zu verlieren. Das war einfach gegen den normalen Lauf der Dinge und dennoch etwas, was überall auf der Welt immer und immer wieder passierte. Nur glaubte man immer, es würde einen selbst nicht treffen.

»Es freut mich auch sehr, euch wiederzusehen«, sagte ich und drückte meinen Großvater.

Sie lebten beide ganz in der Nähe, sodass Sophie sich im Ernstfall um sie kümmern konnte. Seit Moms Beerdigung hatte ich sie nicht mehr gesehen und musste jetzt mit Erschrecken feststellen, dass sie deutlich älter aussahen als in meiner Erinnerung – als wären nicht nur vier, sondern zwanzig Jahre vergangen. Ich schämte mich, weil ich mich in der Vergangenheit nicht so oft bei ihnen gemeldet hatte, wie es richtig gewesen wäre. Doch kein vorwurfsvoller Ton kam über ihre Lippen. So waren sie einfach nicht.

»Könnten wir jetzt bitte etwas essen?«, fragte Dean Hilfe suchend.

»Deine Brüder waren schon schwer satt zu bekommen«, sagte Sophie lachend und begann damit, den Kirschkuchen anzuschneiden. Dean legte sie ein besonders großes Stück auf den Porzellanteller, das er dankbar annahm.

Wir nahmen alle Platz an der reich gedeckten Tafel.

»Und, Jungs, wie läuft es denn so in der Schule?«, fragte mein Großvater.

Das war ein Punkt für beide im Familienbingo.

»Es ist alles super und unser Trainer hat bereits angedeutet, dass wir Potenzial für ein Sportstipendium hätten«, antwortete Dean.

»Aber nicht jeder will ein Leben lang Football spielen«, ergänzte Adam.

Manchmal vergaß ich bei all den oberflächlichen Ähnlichkeiten der beiden, wie grundverschieden sie in ihren Ansichten waren. Während Adam seine Entscheidungen und Optionen immer gut abwägte, war Dean der Impulsivere von beiden.

»Ihr habt ja noch etwas Zeit.« Großmutter zwinkerte ihnen zu. »Emmchen, erzähl doch mal. Tanzt du immer noch?«

In diesem Augenblick fühlte ich mich, als hätte mir jemand kaltes Wasser über den Körper gekippt. Ich drückte die Fingernägel in die Handinnenfläche, um mich daran zu erinnern, ruhig zu bleiben.

»Nein. Ich habe das Interesse daran verloren«, gab ich mechanisch wieder und betete, dass sie nicht weiter nachfragen würden.

»Ach, wie schade. Du hattest solch ein Talent«, sinnierte meine Großmutter verträumt und mir tat es leid, sie enttäuschen zu müssen.

»Evelyn, ich habe dir doch vor Jahren bereits gesagt, dass Emma nicht länger tanzen möchte.« Dad sprang mir zur Seite, obwohl es nicht notwendig war. Meine Großmutter meinte es ja nicht böse.

»Das schon, aber es hätte doch sein können, dass sie ihre Meinung geändert hat. Schließlich ist sie noch zu jung, um sich festzulegen.«

Langsam wuchs mein Unwohlsein und ich drückte den Rücken fast schon schmerzhaft gegen die Stuhllehne.

»Ach, ich habe ganz vergessen euch zu sagen, dass Maggie bald einen Auftritt am Klavier hat. Ihre Lehrerin hält sie für äußerst talentiert.«

In diesem Augenblick hätte ich Sophie küssen können für das gelungene Ablenkungsmanöver. Von diesem Moment an wurde meine Cousine ausgefragt. Doch im Gegensatz zu mir schien sie die Aufmerksamkeit zu genießen und spielte uns sogar etwas vor. Maggie hatte wirklich einen Sinn für Musik, auch wenn sie erst vor zwei Jahren mit dem Klavierspiel angefangen hatte. Es war nie zu spät, ein schlummerndes Talent aufzuwecken und sich ganz der Leidenschaft hinzugeben.

Nachdem wir fast den gesamten Kuchen aufgegessen hatten, stand ein Spaziergang auf dem Plan. Meine Tante hatte unseren Besuch ziemlich eng durchgetaktet und Abweichungen waren keine Option.

Zugegeben, etwas Bewegung war nach dem Flug und dem Kuchen keine schlechte Idee. Wir zogen uns alle unter lautem Reden und Lachen an und unweigerlich musste ich an die Zeit im Ballett denken. Wenn alle Tänzer sich gleichzeitig in einer viel zu kleinen Umkleide umgezogen hatten, war es niemals leise gewesen. Genauso wenig wie jetzt.

Vereinzelte Schneeflocken fielen vom Himmel, sodass alles mit einer hauchdünnen Schneeschicht überzogen war. Meine Locken versuchte ich zum Großteil unter der Wollmütze vor der Nässe zu schützen. Andernfalls würden sie in kürzester Zeit aussehen, als hätte ich in eine Steckdose gegriffen. Zudem wickelte ich mir einen dicken Schal um den Hals, der mich vor dem eisigen Wind schützte. Ich hatte mich bei Dad untergehakt und wir gingen in den nahe gelegenen Lake Wilcox Park. Wie oft ich mich hier mit Henry oder meinen Freundinnen getroffen hatte, konnte ich nicht sagen. In diesem Park gab es viele wundervolle Erinnerungen, die ich vor dem Vergessen hütete. Die meterhohen Bäume ragten wie große Eiszapfen in den Himmel hinauf.

»Bist du sauer wegen deiner Kleidung?«, fragt Dad zögerlich und offenbarte damit, dass er in den Plan zumindest eingeweiht war.

»Ich versteh nur ehrlich nicht, warum ihr euch das ausgedacht habt, Dad«, gestand ich.

»Ehrlich gesagt war es meine Idee. Emma, nur weil ich manchmal nicht viel rede, heißt es nicht, dass ich nicht sehe, was du alles für die Familie tust. Du kümmerst dich liebevoll um deine Brüder und warst mir immer eine Unterstützung. Ich wollte, dass du einfach mal unbeschwert Zeit mit deiner Cousine verbringen kannst und dir ein paar schöne neue Sachen kaufst.«

»Das hätte ich doch auch in New York erledigen können«, warf ich ein.

»Nein, hättest du nicht. Du hättest zu mir gesagt, das ist vollkommen verschwenderisch und unnötig, stimmt's?« Dad sah mich eindringlich an.

Unglücklicherweise musste ich mir eingestehen, dass er recht hatte. »Wahrscheinlich«, gab ich zu.

»Tja, und so sind wir auf die Idee gekommen, dir gar keine andere Wahl zu lassen. Selbstverständlich geht alles auf mich, aber übertreib es bitte nicht!« Er reichte mir seine Kreditkarte mit einem

Zwinkern. Wir unterhielten uns selten über das Thema Geld, ich wollte einfach keine weitere Belastung in Dads Leben sein. Wahrscheinlich sollten Kinder nicht so denken, aber irgendwie war ich seit Moms Tod auch keines mehr.

»Weißt du noch, wie ihr hier versucht habt mir das Fahrradfahren beizubringen?«

Mein Dad schmunzelte und deutete auf eine längere Rasenfläche. »Dort hinten hast du dich bestimmt ein Dutzend Mal heulend auf den Boden geschmissen, weil du es nicht geschafft hast, allein zu fahren.«

»Ihr hättet euch aber auch eine leichtere Strecke aussuchen können als diesen unebenen Boden oder die Grasfläche.« Missmutig kräuselte ich meine Lippen.

»Das kann schon sein, aber du musst zugeben, dass du danach auf jeder Strecke fahren konntest«, sagte Dad und Stolz schwang in seiner Stimme mit.

»Das war wirklich ein geringer Trost für all die blauen Flecken«, warf ich ein.

»Aber du hast nie aufgegeben.« Dad sah mich mit einem stolzen Funkeln in den grauen Augen an. »Mein kleiner Sturkopf«

»Das habe ich mit Sicherheit von dir«, sagte ich und ließ ihn los, um diesen Ort in Ruhe auf mich wirken zu lassen.

»Ganz bestimmt.« Dad zog das Tempo etwas an, sodass er sich jetzt mit meiner Tante unterhalten konnte.

Meine Großeltern hatten es sich auf einer Parkbank gemütlich gemacht, während Maggie Dean mit einem Schneeball abwarf.

Das war der Beginn einer minutenlangen Schneeballschlacht, aus der Maggie als Gewinnerin hervorging und nach der sie lauthals von mir beglückwünscht wurde.

Ich hatte Mels Bitte nicht vergessen und wollte ein paar Szenen fotografieren. Gerade war ich dabei, Dean und Adam zu filmen, während sie ein paar Schritte auf einer Eisfläche machten.

Da passierte es.

Ich rutschte aus und schlug hart mit Rücken und Kopf auf dem zugefrorenen Boden auf. Helle Punkte tanzten vor meinen Augen und ich fluchte lautstark.

Jemand reichte mir seine Hand. Ich blinzelte gegen die Helligkeit der Sonne an, sodass ich das Gesicht meines Retters nicht erkennen konnte, und griff instinktiv nach der dargebotenen Hand. Ich wurde hochgezogen und blickte meinen Helfer an.

Dunkelblaue Augen, die von einem dichten Wimpernkranz umrahmt waren, sahen mich sorgenvoll an. Volle Lippen bewegten sich lautlos, in meinem Kopf herrschte nur schwarz-weißes Rauschen. Offenbar hatte mich der Sturz härter erwischt, als ich dachte. Ohne den Fremden aus den Augen zu lassen, wischte ich mir den Schnee von den Klamotten und langsam verstand ich auch seine Worte.

»Geht es dir gut?«, fragte er langsam. Seine Stimme hatte einen tiefen Bariton, der jedem Sänger Konkurrenz machen könnte.

Ich nickte nur mechanisch und war unfähig etwas Sinnvolles zu sagen. Als er offenbar bemerkte, dass ich keine ernsthaften Verletzungen hatte, zog sich einer seiner Mundwinkel hoch. Dieses schiefe Lächeln kam mir aus irgendwelchen Gründen bekannt vor. Genauso wie das herzförmige Muttermal an seiner rechten Wange.

»Emma, ist alles in Ordnung?« Maggie kam mit besorgter Miene auf uns zugelaufen.

Der Fremde sah von meiner Cousine schließlich wieder zu mir und etwas veränderte sich in seiner Mimik.

»Emma? Etwa Emma Wilson?«

»Ja?«, gab ich zögerlich wieder und wusste nicht, ob ich international gesucht wurde.

»Du hast keinen blassen Schimmer, wer ich bin, oder?«

Die vollen Lippen des Mannes bildeten ein sanftes Lächeln und aus irgendeinem Grund war ich geneigt es ihm nachzutun.

»Ach, Henry, du bist es«, sagte Maggie, als sie den Fremden vor mir erkannte.

In meinem vom Aufprall geschundenen Kopf fügten sich die einzelnen Puzzleteile zusammen.

Henry.

Ohne darüber nachzudenken, fiel ich ihm um den Hals und bekam dafür ein herzerwärmendes Lachen.

»Das hat aber gedauert, Emmchen.«

Endlich löste ich mich von ihm und war verunsichert, ob eine Umarmung überhaupt die angemessene Reaktion gewesen war.

Immerhin hatte ich nach Moms Tod den Kontakt einfach abgebrochen. Ich konnte damals keine weitere Person ertragen, die mir wieder und wieder versicherte, dass der Unfall nicht meine Schuld gewesen sei. Das hatte Dad bereits zur Genüge getan, auch wenn wir beide gewusst hatten, dass Mom noch leben würde, hätte ich nicht darauf bestanden, dass sie mich vor der Aufführung besuchte.

Ein Räuspern riss mich aus dem Sog an Schuldgefühlen. Maggie stand noch neben uns.

»Bist du auf dem Weg zur Arbeit?«, fragte meine Cousine neugierig.

»Nein, heute nicht. Ich erledige noch ein paar Weihnachtseinkäufe, bevor all die guten Sachen weg sind«, erklärte Henry und sein Blick ruhte die ganze Zeit auf mir. Ich wusste nicht, ob es Verlegenheit oder etwas anderes war, was mir auf einmal die Röte ins Gesicht trieb. Nervös zupfte ich an meinem grauen Mantel.

»Meine Damen, wir warten die ganze Zeit auf euch.«

Dad kam zu uns und wusste offensichtlich nicht, was passiert war. Er betrachtete den Mann vor mir skeptisch.

»Erinnerst du dich noch an Henry?«, fragte ich vorsichtig. Eine Denkfalte bildete sich kurzzeitig zwischen den Augenbrauen meines Vaters, doch dann lichtete sich seine finstere Miene.

»Aber klar! Henry, wie schön dich zu sehen«, sagte Dad und reichte meinem früheren besten Freund die Hand.

»Freut mich auch.« Henry erwiderte die Geste.

Auf einmal wirkte dieser gut aussehende Mann wieder wie der kleine Junge, den Dad damals unter meinem Bett erwischt hatte, weil ich ihn gebeten hatte, noch nicht nach Hause zu gehen. Der Wutausbruch meines Dads klang immer noch lautstark in meinen Ohren.

»Maggie, ich glaube, wir müssen jetzt weiter. Deine Großeltern warten bereits auf uns. Ganz zu schweigen von Dean und Adam, die ihr Unvermögen beim Eislaufen zur Schau stellen.«

Dad ging mit Maggie schon vor und ich blickte ihnen Hilfe suchend nach.

»Es war schön, dich wiederzusehen«, sagte Henry und lächelte mich sanft an. Ich öffnete den Mund, um etwas zu sagen, aber kein Ton kam heraus.

Was verflucht noch einmal sollte ich sagen? *Tut mir leid, dass ich unsere Freundschaft einfach so weggeworfen habe? Ich bin ein mieser Mensch, aber ich hoffe, du vergibst mir.* Schließlich nickte ich zustimmend und ging zu meinen Verwandten. Für den Bruchteil eines Moments überlegte ich, mich noch mal nach ihm umzudrehen. Einfach nur, um mir genau einzuprägen, wie er jetzt aussah, aber etwas hielt mich zurück.

Ich verringerte die Distanz zu meiner Familie, bis ich schließlich Maggie erreicht hatte.

»Sag mal, woher kennst du Henry eigentlich?«, sagte ich so leise, dass nur sie mich verstehen konnte.

»Du kommst ja schnell zum Punkt. Wir waren ein paar Monate zusammen«, sagte sie ernst.

Ihre Augen suchten mein Gesicht nach einer Reaktion ab, aber ich wusste nicht, wie ich mich fühlen sollte.

Plötzlich fing meine Cousine an lauthals loszuprusten.

»Das war nur ein Witz, Emma. Du weißt doch, dass Richmond Hill ein Nest ist und seine Arbeit liegt ganz in der Nähe meiner Musikschule. Wir sind uns ab und an über den Weg gelaufen und haben dann immer ein paar Minuten gequatscht. Nicht Aufregendes, aber dein erschrockener Gesichtsausdruck war wirklich einmalig ...«

»Ich hab mich gar nicht erschreckt«, wagte ich den Versuch, mich zu verteidigen.

»Gut, dann habe ich mir wohl eben eingebildet, dass dein Gesicht von Knallrot zu Kreideweiß gewechselt ist ... innerhalb von ein paar Sekunden.«

Einmal mehr verfluchte ich meine verräterische Haut. Schon als kleines Mädchen konnte man mir an der Gesichtsfarbe ansehen, wenn ich log.

»Außerdem hättest du dir doch auch denken können, dass ich ihn von früher kenne. Immerhin wart ihr als Kinder unzertrennlich und ich war oftmals zu Besuch und habe mit euch gespielt.«

»Natürlich, darauf hätte ich kommen können.« Ich fasste mir mit der flachen Hand an die Stirn.

»Es geht mich ja theoretisch nichts an, aber ist irgendwas zwischen euch vorgefallen?«, fragte Maggie und eine ihrer geschwungenen Augenbrauen hob sich.

»Nein, wie kommst du darauf?« Ich versuchte möglichst vage zu klingen.

»Ganz einfach ... wegen der Art, wie ihr euch angesehen habt. Als würde eine große Mauer zwischen euch stehen und ihr wolltet sie beide einreißen, wüsstet aber nicht, wie.«

»Das war ja sehr poetisch«, witzelte ich und hoffte inständig, dass Maggie nicht weiter rumbohrte.

»Also, hab ich recht?«, hakte sie unermüdlich nach und ich begann mich immer unwohler zu fühlen.

»Das ist kompliziert und ich will wirklich nicht darüber reden«, gestand ich offen.

Maggie blieb verdutzt stehen und musterte mich einen Moment mit ihren braunen Augen. »Tut mir leid, Cousinchen. Ich wollte dich bestimmt nicht verletzen. Es ist nur so: Er fragt immer, wenn ich ihn sehe, wie es dir geht.«

Etwas in mir schrie, dass sie aufhören sollte mir diese Dinge zu erzählen. Auch ohne die Informationen fühlte ich mich unsagbar schlecht. Doch die Neugier in mir wollte mehr von Henry wissen.

»Hast du ihn gefragt, warum er sich nicht bei mir gemeldet hat?«

»Selbstverständlich hab ich das und er hat geantwortet, dass du auf keinen seiner Anrufe reagiert hättest.«

Während ich immer lauter geworden war, war meine Cousine mit jedem Wort stiller geworden.

»So ist es, also können wir das Thema jetzt bitte beenden?«, sagte ich kalt und hasste mich selbst dafür.

»Wie du möchtest.«

Wir gingen noch ein paar Minuten schweigend nebeneinander her. Lediglich die Geräusche des Parks und das Knirschen des Schnees unter den Stiefeln waren zu hören.

07.

Stadtbummel und Überraschung

Am nächsten Morgen brauchte ich ein paar Minuten, um zu realisieren, wo ich mich genau befand.

»Ich bin in Richmond Hill«, flüsterte ich.

Immer wieder sagte ich mir diese fünf kleinen Worte – wie ein nie enden wollendes Mantra. Bis selbst die letzte Zelle in meinem Körper es auch wirklich verstanden hatte.

Unter dem Geraschel der Bettwäsche setzte ich mich aufrecht hin und ließ meinen Blick durch das Zimmer gleiten.

Das lautstarke Getrampel vor meiner Zimmertür konnte nur bedeuten, dass Adam und Dean ein Wettrennen zum Frühstückstisch veranstalteten. Schön zu wissen, dass sie ihrer Natur auch in Kanada treu blieben.

Sobald der Duft von Speck und frischen Eiern durchs Haus wehte, konnte man sie sogar aus einem Tiefschlaf holen. Immer noch müde und über meine gestrige Reaktion verärgert schlenderte ich zum Kleiderschrank. Dann fiel mir wieder ein, dass Adam mir lediglich frische Unterwäsche eingepackt hatte.

Ich stöhnte genervt auf und kniff einmal fest die Lider zusammen, in der Hoffnung, dass alles bloß ein schrecklicher Albtraum war. Als ich zaghaft das eine und dann das andere Auge öffnete, kam die bittere Ernüchterung. Kein Albtraum, denn der Kleiderschrank war immer noch nahezu leer. Verdammt! Also musste ich heute unbedingt in die Stadt, um mir saubere Sachen zu kaufen.

Jetzt hieß es also, den dunkelgrünen Pullover und die schwarze Jeans erneut anzuziehen. Yippie!

Als ich das Esszimmer betrat, war ich darauf bedacht, Adam einen bitterbösen Blick zuzuwerfen.

»Schwesterherz, ich glaube, du musst heute deine Shoppingtour machen. Es sei denn, du möchtest ab jetzt minimalistisch leben«, begrüßte er mich.

»Vorsicht. Ich hab noch keinen Kaffee getrunken und bin nicht in der Stimmung für Scherze«, warnte ich ihn und unterstrich meine Drohung mit dem Mittelfinger.

Adam goss mir fürsorglich eine Tasse heißen Kaffee ein und stellte sie an meinen Platz. Der herrliche Duft und das verheißungsvolle Versprechen, sich nach einem großzügigen Schluck aus der Tasse deutlich besser zu fühlen, stimmte mich schon fast wieder milde.

»Also dann machen wir heute einen Stadtbummel?« Maggies braune Augen leuchteten begeistert auf. Heute hatte sie ihre langen Haare zu zwei Zöpfen gebunden, wovon einer gerade dabei war, in den Kaffee getunkt zu werden.

»Es scheint so«, sagte ich ergeben grinsend und rettete die Haare vor dem Ertrinken.

Meditativ rührte ich die Milch in meinen Kaffee und schaute dabei zu, wie sich ein sanfter Cremeton daraus ergab.

Sophie hatte Pancakes vorbereitet und man konnte sie mit weiteren Zutaten selbst gestalten. Speck, Rührei, Früchte, Sahne und kanadischer Ahornsirup standen verteilt auf dem Tisch. Mein Blick fiel auf eine kleine Schale mit reifen Blaubeeren, die einen köstlichen Duft verströmten. Warum musste ich bei dieser Farbe an Henrys Augen denken? Seit unserer gestrigen Begegnung kreisten meine Gedanken unaufhörlich um ihn. Insgeheim ärgerte ich mich über mein Unvermögen und hätte ihn einfach gern um Verzeihung gebeten. Die Wahrheit war, dass ich vermutlich nichts sagen könnte, selbst wenn er vor mir stünde. Henry hatte etwas an sich, was mein Gehirn komplett lahmlegte. Nur konnte ich nicht sagen, ob das an den Hormonen oder an den Schuldgefühlen lag, die er in mir auslöste. Vor meinem geistigen Auge hatte ich das Bild von dem Jungen, der mir einst die Schneekugel geschenkt hatte. Jetzt war genau der plötzlich ein Mann, der mich so aus dem Konzept brachte. Wahrscheinlich sollte ich diese einmalige Begegnung vergessen, aber ich wusste genau, dass ich das nicht konnte. Ich wollte ihn wiedersehen.

»Was brauchst du denn alles, Cousinchen?«, fragte Maggie und holte mich damit aus den Grübeleien. Sie trug heute einen gestreiften Pullover und eine lässige Latzhose, die sie etwas jünger erschienen ließ, als sie eigentlich war.

»So ziemlich alles«, sagte ich und sah Adam aus zusammengekniffenen Augen an. Der hob ergeben die Hände.

»Emmi, Dad hat mich dazu angestiftet. *Ich* bin hier eigentlich das Opfer.«

»Ich bin mir sicher, dass du dich gegen diesen barbarischen Vorschlag vehement gewehrt hast.«

»Mit Händen und Füßen«, schwor er und legte feierlich die Hand auf die Brust.

»Das ist doch wirklich der Mädchentraum schlechthin, ohne Limit shoppen zu gehen«, mischte sich Dean ein und sowohl Maggie als auch ich blickten ihn wütend an.

»Chauvi, geht es eigentlich noch primitiver?«, fragt meine Cousine direkt.

»Wieso? Ist doch die Wahrheit«, sagte mein Bruder schulterzuckend.

»Nein, es ist sexistischer Bockmist. Nicht jede Frau liebt Shopping und nicht jeder Mann steht auf Fußball. Du solltest aufhören in solchen Kategorien zu denken.«

Maggie verschränkte die Arme, doch Dean schienen ihre Worte kaltzulassen.

»Also, meine Freundin liebt es, stundenlang sinnlos durch die Stadt zu laufen und in wirklich jeden Laden zu gehen.«

»Du verstehst es einfach nicht.« Maggie schüttelte den Kopf und trank einen Schluck Kaffee.

Offenbar war die Diskussion für sie beendet und auch ich wusste, dass es verschwendete Zeit war, Dean immer und immer wieder zu erklären, was an dieser Aussage falsch war.

Ich nahm mir einen der süßlich duftenden Pfannkuchen und verteilte ein paar Blaubeeren darauf.

»Wo ist eigentlich Dad?«, fragte ich Adam.

Dean hatte sich entspannt auf seinen Stuhl gesetzt und schaute abwechselnd zwischen mir und Maggie hin und her. Offenbar grübelte er immer noch darüber, warum seine Aussage bei uns diese Diskussion ausgelöst hatte. Eigentlich sollte er es besser wissen.

»Du weißt doch, wie unabkömmlich er in der Kanzlei ist. Gefühlt können sie keinen Fall ohne ihn bearbeiten. Er wird am Telefon hängen …«

Adam sagte das mit Gleichmut in der Stimme, aber ich wusste um die Wut hinter seinen Worten. Unzählige Male hatte ich mitbekommen, wie Adam und Dad aneinandergeraten waren, weil er zu fast keinem der Footballspiele kam. Oftmals war er auch zu spät. Wenn die beiden sich dann stritten, hielt ich es kaum zu Hause aus. Dean hingegen schien sich damit abgefunden zu haben und machte keinen Hehl daraus, dass ihn Dads Abwesenheit kaum verwunderte.

»Und Onkel Frank, Robert und Sophie?«, fragte ich, nachdem mein Blick einmal die Runde gemacht hatte.

»Mom ist mit einer Kaffeetasse in den Garten gegangen und macht danach ihren morgendlichen Spaziergang. Sie hat es sich zur Gewohnheit gemacht, all die Schönheiten der Natur in sich ›aufzunehmen‹.« Meine Cousine betonte die letzten Worte und machte damit deutlich, was sie selbst davon hielt.

»Dad und Robert haben eine schier endlos lange Liste von Mom erhalten mit Dingen, die am und im Haus zu erledigen sind. Jetzt versuchen sie sich gerade davor zu drücken, indem sie Lebensmittel einkaufen. Eine alljährliche Tradition zur Weihnachtszeit *bei Familie Wilson* genannt«, erklärte Maggie und wenn ich mich nicht täuschte, hörte ich da einen Hauch Schadenfreude heraus.

»Die Armen«, sagte Adam und verschlang dann weiter seinen Pancake.

»Vielleicht sollten wir so etwas Ähnliches auch einführen.« Ich blickte abwechselnd zu Adam und Dean. »Mir würden auch einige Dinge einfallen, die ihr beiden reparieren könntet.«

»Das vergiss mal schnell wieder«, winkte Dean ab.

»Also, Emma, wenn du ein paar neue Sachen brauchst, dann können wir ja einen gemütlichen Stadtbummel machen und ich zeige dir dann meine Musikschule«, versuchte Maggie das Thema wieder auf die Shoppingtour zu lenken.

»Sehr gern.«

Ich brachte es nicht übers Herz, Maggie zu sagen, dass mir überhaupt nicht der Sinn danach stand, stundenlang einkaufen zu gehen, aber ich wollte sie auch nicht vor den Kopf stoßen, wenn sie sich derart darüber freute.

Wir aßen das opulente Frühstück auf und ich musste erneut feststellen, dass Sophie wirklich eine ausgezeichnete Köchin war. Zwar hatte ich keinerlei Ambitionen in dieser Richtung, aber vielleicht könnte sie mir ja ein oder zwei Frühstückstricks zeigen. Schließlich konnte ich mich nicht ein Leben lang von Pizza und belegten Broten ernähren. Obwohl, so schlecht klang der Gedanke gar nicht.

Maggie stand bereits mit einem dicken Mantel bekleidet an der Tür und tippelte nervös von einem Bein aufs andere. Sophie wollte uns nach ihrem Spaziergang ebenso begleiten, weil sie noch ein paar Dekoartikel kaufen wollte. Ich traute mich nicht zu fragen, was genau sie *noch alles* schmücken wollte. Heute zog sie sich eine rubinrote Felljacke an, anhand derer man sie mit Leichtigkeit in einer Menschenmenge erkennen konnte.

»Deine Brüder scheinen ja einen mächtigen Appetit zu haben«, sagte Maggie, während ihr Blick zu Adam und Dean glitt, die sich einen Pancake nach dem anderen in den Mund schoben.

Bemerkenswert war daran, dass sie auf ihre eigene Art und Weise sogar miteinander redeten. Für Außenstehende klang es allerdings wie eine Mischung aus wohligem Grunzen, gepaart mit lauten Schmatzgeräuschen.

Sie hielten erst einen Moment inne, als sie bemerkten, dass wir sie angrinsten. Das hielt aber auch nur einen kurzen Moment, dann fing das Schauspiel von vorn an.

***

Sophie fuhr uns mit ihrem Van in die Stadt und ich war dankbar für die angenehme Ruhe im Auto. Sophie hatte lediglich das Radio aufgedreht und Maggie war in ihr Handy vertieft. Während in New York das Leben förmlich zu pulsieren schien, war es in Richmond Hill deutlich ruhiger. Hier fühlte man sich einfach mehr mit der Welt und den Menschen verbunden, während man in New York einer von Millionen war.

Wir fuhren vorbei an dem Park, in dem ich Henry über den Weg gelaufen war. Immer wenn ich an ihn dachte, empfand ich eine Mischung aus Freude und Scham. Es gab so vieles, was ich ihm sagen wollte und doch nicht konnte.

Trotz all der Jahre, die vergangen waren, wünschte ich mir, wieder ein Teil seines Lebens sein zu können. Doch das war egoistisch und unmöglich.

Bevor wir hierhergekommen waren, hätte ich niemals gedacht, dass ich derart viele Erinnerungen in meinem Gedächtnis aufbewahrt hatte. Wir fuhren an meinem alten Kindergarten vorbei und zumindest äußerlich sah er noch genauso aus wie früher.

Der Gelbton und die aufgemalten Bienen waren etwas ausgeblichen, aber dennoch versprühte dieses Gebäude den alten Charme. Ich konnte mich sogar noch daran erinnern, wie ich immer geweint hatte, wenn Mom mich morgens hinbrachte. Es war einfach schwer gewesen, mich für ein paar Stunden von ihr zu trennen, und jetzt war diese Trennung für die Ewigkeit. Ich tippte mit den Fingern auf meinen Knien herum und versuchte an etwas anderes zu denken.

Wir bogen links in eine schmale Straße ein und fuhren dann vorbei an meiner ehemaligen Schule.

»Der Richmond Hill Schule haben sie ja einen neuen Anstrich verpasst. Das wurde aber auch mal Zeit«, sagte ich mehr zu mir selbst.

»Maggie geht übrigens jetzt hierher«, sagte Sophie.

»Oh, das ist ja schön. Gefällt es dir denn dort besser als an deiner alten Schule?«, fragte ich und kam mir unweigerlich wie ein Kandidat für das Familienbingo vor.

Meiner Cousine musste ich nun wirklich nicht solche langweiligen Fragen stellen.

»Es geht so. Am Anfang war es schwierig, Anschluss zu finden, zumal viele der Mädchen wirklich anstrengend sind«, sagte sie und rollte dabei mit den Augen.

»Das kann ich mir sehr gut vorstellen.«

»Du gehst auf eine reine Mädchenschule in New York, richtig?«, fragte Maggie neugierig.

»Genau, deswegen kann ich auch gut verstehen, wie du dich fühlst«, gestand ich offen.

»Also vielleicht wäre eine reine Mädchenschule auch was für dich, Maggie«, sagte meine Tante. Kleine Lachfalten bildeten sich um ihre Augen, als sie in den Rückspiegel sah.

»Äußerst komisch, Mom.«

»Hm, vielleicht meine ich es ja auch ernst.«

Maggie wurde nach und nach ruhiger, während ihre Gesichtsfarbe aschfahl wurde. Sie ließ das Handy sinken und starrte jetzt ihre Mom an.

»Bleib ruhig, Liebes. Ich weiß doch, dass es ein Weltuntergang wäre, noch ein weiteres Mal die Schule zu wechseln. Außerdem steht übernächstes Jahr dein Abschluss vor der Tür und den möchte ich ungern wegen einem Schulwechsel gefährden.«

Endlich bekam Maggie wieder etwas Farbe ins Gesicht.

»Das ist wirklich nicht witzig«, betonte sie ein weiteres Mal.

»Kommt drauf an, von welchem Standpunkt aus man es betrachtet«, konterte Sophie und ich konnte mir ein Grinsen nicht verkneifen.

»Arbeitet Mr Sutton immer noch dort?«, fragte ich neugierig.

»O ja und er wird mit jedem Jahr griesgrämiger. Im vergangenen Schuljahr hat er einen Jungen zum Weinen gebracht, weil er dessen Sporthose zu kurz fand. Daraufhin haben sich einige Schüler eine Schere genommen und die Trainingshose von Mr Sutton gekürzt. Er musste damit in die Turnhalle und absolut jeder lachte darüber. Danach hat er so einen Wutanfall bekommen, dass sein Gebrüll in der ganzen Schule zu hören war. Zum Glück wird er bald in Rente gehen«, beendete sie ihre Erzählungen.

»Maggie, es ist keine nette Eigenschaft, sich darüber zu freuen, wenn jemand geht. Immerhin hat der Mann sein halbes Leben euch Schülern gewidmet.«

Sophie funkelte Maggie tadelnd aus dem Rückspiegel an.

»Entschuldige«, murmelte meine Cousine jetzt halbherzig und zwinkerte mir dann zu.

Da waren wir uns wohl einig. Es war für alle das Beste, wenn Sutton seinen Ruhestand in vollen Zügen genoss und nie wieder einen Fuß in eine Schule setzte.

»So, ihr Süßen, da sind wir.«

Sophie fuhr in das Parkhaus der Richmond Hilltop Mall und

Maggie quietschte fröhlich neben mir. Als Mädchen war ich auch noch begeistert davon gewesen, mit Mom die Läden unsicher zu machen. Sie war damals meine beste Modeberaterin. Ich erinnere mich noch daran, wie ich versucht habe ihren Stil nachzuahmen. Eine Zwölfjährige, die einen Blazer und eine farblich passende Stoffhose trug, war leider nicht annähernd so elegant wie eine Vierunddreißigjährige. Zwar hatte sie mir damals hoch und heilig versprochen, dass ich die hübscheste Tänzerin sei, die sie jemals gesehen habe, aber das hatte mir nicht genügt. Zu Hause hatte ich sogar heimlich ihr Make-up benutzt, allerdings dann auch ausgesehen wie ein Clown im Anzug.

An ihr glockenhelles Lachen konnte ich mich aber noch gut erinnern. Sie hatte nicht einmal mit mir geschimpft, sondern nur gemeint, ich solle das nächste Mal kein knalliges Rot für die Lippen nehmen und die Augen nicht unbedingt blau schminken.

Selbst in dieser Mall erinnerte mich so vieles an sie und dennoch war es seltsam, dass die Welt sich einfach weiterdrehte, obwohl sie kein Teil mehr davon war.

Während Maggie bereits im ersten Laden verschwand, suchte ich mir ein Café aus, in dem ich einen Cappuccino trinken konnte. Die letzte Koffeindosis war schließlich schon fast eine Stunde her.

Tante Sophie hingegen wühlte sich bereits durch Dutzende Tische mit Kleidung für meinen Cousin. Ich hoffte inständig, dass Robert die Farbe Lila ebenso mochte wie seine Mom, sonst würde das zu Hause eine böse Überraschung geben.

Ich trank den Kaffee genüsslich aus, während die Menschen um mich herum schwer mit ihren Einkaufstüten zu kämpfen hatten.

Offenbar arbeiteten noch viele ein paar Tage vor Heiligabend ihre Geschenkliste ab. Was für ein Glück, dass ich in dieser Hinsicht vorausschauend war und das ganze Jahr über Ideen sammelte. Sobald festgestanden hatte, dass wir nach Toronto flogen, hatte ich nach Rücksprache mit Dad kleine Aufmerksamkeiten für unsere Verwandten besorgt. Er hatte mir da freie Hand gelassen. Nach einem intensiven Einkauf an einem Nachmittag hatte ich die Liste abgearbeitet gehabt.

»Emma, möchtest du nicht in den Läden herumstöbern?«, fragte Maggie, nachdem sich mich endlich wiedergefunden hatte.

»Doch, gleich. Hast du alles bekommen, was du wolltest?«

»Nein, aber ich war ja auch erst in einem Laden.«

Ich schaute kurz auf mein Handy und stellte fest, dass ich ungefähr zwanzig Minuten hier gesessen hatte und sie die ganze Zeit in nur einem Geschäft verbracht hatte. Wow!

»Was brauchst du denn noch?«, fragte ich irritiert.

»So ziemlich alles«, stöhnte sie und setzte sich auf einen Stuhl mir gegenüber.

»Geht es auch etwas genauer?«

»Ich brauche noch ein paar Weihnachtsgeschenke und dann einen neuen Pullover sowie Schmuck und Schuhe.«

»Klingt ja sehr bescheiden«, witzelte ich.

»So bin ich eben.« Maggie klimperte unschuldig mit den Wimpern.

»Hast du einen Job?«, fragte ich neugierig.

»Nein, wieso?«, antwortete Maggie und legte die Stirn in Falten.

»Ach, ich war nur neugierig.«

»Jobbst du neben der Schule?«, fragte sie mich und offenbar verstand Maggie erst jetzt, dass ich wegen des Geldes nachgefragt hatte. Schließlich wollten ja all die Sachen auch bezahlt werden.

»Nein, aber nur, weil Dad es nicht möchte. Ich könnte mir gut vorstellen in einer Buchhandlung zu arbeiten.«

Maggie nickte und stand dann auf. »Also, ich würde vorschlagen, du suchst dir jetzt erst mal ein paar Klamotten aus.«

Trotz all der Läden, welche eher auf Teenager ausgerichtet waren, schaffte ich es, mir innerhalb von einer halben Stunde zwei Jeans und drei Pullover zu kaufen. Und noch eine Handtasche. Klar, die war jetzt nicht unbedingt nötig, aber sie rief einfach meinen Namen. Man konnte doch zu einer Handtasche nicht Nein sagen. Vor allem nicht, wenn sie runtergesetzt war.

Meine Cousine hatte nach ungefähr zwei Stunden ihre Einkaufsliste abgearbeitet und kehrte mit jeweils drei Taschen in einer Hand zum vereinbarten Treffpunkt zurück.

»Puh, ich bin erledigt.« Maggie ließ sich erschöpft auf die Bank neben mir nieder und ich legte das Buch beiseite, das ich in den vergangenen Minuten gelesen hatte.

»Ich traue mich kaum zu fragen, aber hast du denn *jetzt* alles gefunden, was du gesucht hast?«

»Ja, ich war kurz davor, Adam und Dean zwei Pullover für einen Partnerlook zu kaufen, aber ich hatte Angst, dass ihre Rache deutlich schlimmer ausfallen würde.«

Maggie zwinkerte mir wissend zu und ich konnte ihre Befürchtungen verstehen. Die Zwillinge waren schon als Kinder Meister der Streiche gewesen und ihren Zorn wollte man nicht heraufbeschwören.

»Das war eine weise Entscheidung«, pflichtete ich ihr grinsend bei. »Will ich wissen, was du stattdessen gekauft hast?«

»Einen Football und einen Schal. Nicht besonders ausgefallen, ich weiß.«

»Ach, der Wille zählt und ich bin mir sicher, dass meine Brüder *ihre* Geschenke erst in letzter Minute besorgen.« Ich nickte, um meine Worte zu unterstreichen.

»Dann bin ich ja beruhigt.«

»Da seid ihr zwei. Ich dachte schon, ich müsste eine Durchsage machen.«

»Es gibt da eine tolle Erfindung, die nennt sich Handy.« Maggie wedelte demonstrativ mit ihrem knallroten Smartphone.

»Blöd nur, dass diese sagenumwobene Erfindung bei euch auf

Lautlos gestellt ist, sodass keine von euch einen Anruf hört.« Ertappt schaute auch ich nun auf mein Telefon und stellte fest, dass sowohl Sophie als auch Mel mich mehrfach versucht hatten zu erreichen. Meine beste Freundin würde ich später anrufen, wenn ich im Zimmer etwas Ruhe hatte. Nichts war schlimmer als ein Telefonat in einer vollen Shoppinghalle. Wenn ich schon genervt war von Menschen, die lautstark telefonierten, dann würde ich das mit Sicherheit niemand anderem antun.

Dafür hatte Mel mit Sicherheit Verständnis.

»Tut mir leid«, sagte Maggie schulterzuckend.

»Kein Problem, wir haben uns ja jetzt wiedergefunden. Ich schlage vor, dass wir noch etwas essen gehen, und danach müsste ich noch für eine halbe Stunde zur Arbeit, weil ein paar Teilnehmer meines Kunsttherapie-Kurses ihre Arbeiten noch vor den Ferien abgeben sollten.«

»Okay, dann kann ich dir in der Zeit ja meine Musikschule zeigen«, sagte Maggie erwartungsvoll und ich nickte wortlos. Ein kleiner Teil von mir hatte sich gewünscht, dass das Thema Musikschule in Vergessenheit geraten war. Ich schätzte es sehr, wie sie sich bemühte mir einen Teil ihres Lebens zu offenbaren, aber es war mir momentan einfach zu viel.

Diese Stadt, die Menschen, alles um mich herum ohne Mom war erschreckend anstrengend. Doch ich wollte Maggie nicht kränken, also spielte ich die unbeschwerte Cousine.

»Was wollt ihr denn essen?«, fragte Tante Sophie und lenkte damit die Aufmerksamkeit auf sich.

»Nur einen Salat, weil mir das Frühstück noch schwer im Magen liegt.« Maggie rieb sich demonstrativ über den Bauch.

»Und worauf hast du Lust, Emma?«

»Da bin ich eigentlich flexibel, weil ich so ziemlich alles esse«, antwortete ich.

»Also, es gibt hier ein hervorragendes asiatisches Restaurant.

Wir können uns dort gern eine Kleinigkeit holen und dann den restlichen Tag gestalten«, schlug Sophie vor.

»Das klingt super.« Maggie schöpfte scheinbar neue Energie aus dem versprochenen Essen.

Mein knurrender Magen stimmte einvernehmlich zu.

Nach einer weiteren Stunde sackte ich auf dem Stuhl zusammen und schaute rüber zu Maggie, der es ebenso erging wie mir.

»Wie war das mit nur einem Salat?«, fragte ich und lächelte sie breit an.

»Es gab gebackene Bananen. Wer kann dazu schon Nein sagen, ich bin süchtig danach. Außerdem verführt ein Büfett immer dazu, noch mehr in sich hineinzustopfen, als eigentlich reinpasst. Ich bin hier also das Opfer diabolischer, manipulativer Energien.«

»Ja, du hattest keine Chance«, pflichtete ich ihr bei. Während ich entspannt dasaß, bemerkte ich, dass eine Fußmassage den Moment perfekt machen würde. Warum kamen die Prinzen im Märchen immer auf einem Pferd geritten, wenn die Fähigkeit zur Massage doch deutlich wichtiger wäre? Da sieht man mal wieder, dass die meisten Märchen von Männern geschrieben wurden. Vollkommen unrealistisch.

»Emma, ich möchte dir jetzt endlich meine Musikschule zeigen«, sagte Maggie schwungvoll.

Bevor ich auch nur daran denken konnte, Einwände aufgrund schmerzender Füße zu erheben, zog Maggie mich bereits mit sich, während Sophie die Restaurantrechnung bezahlte.

Sie rief uns noch hinterher, dass sie wohl doch etwas länger bei der Arbeit bleiben würde und wir ihr einfach schreiben sollten, wenn wir fertig wären.

Offenbar war meine Tante gerade dankbar dafür, dass ich mit Maggie unterwegs war und sie etwas Zeit für sich allein hatte.

Wir verließen die Mall mit ihrem zierlichen Brunnen in der Mitte und liefen durch die kleinen Gassen von Richmond Hill. Während sich in der Einkaufspassage die Menschenmassen die Klinke in die Hände gaben, war es in den Nebenstraßen umso ruhiger. Unweigerlich kam ich mir wie ein Tourist in meiner eigenen Heimat vor, der einige Perlen der Stadt zum ersten Mal entdeckte.

»Ich konnte Mom übrigens davon überzeugen, dass wir unbedingt zusammen ins *Wonderland* gehen sollten.«

»Du willst im tiefsten Winter in einen Freizeitpark?« Verwundert hob ich die Augenbrauen.

»Na klar. Adam und Dean sind auch mit dabei.«

»Klar sind sie das. Die beiden sind ja auch für jeden Blödsinn zu haben. Hauptsache, es gibt was zu essen und sie können sich austoben«, erklärte ich augenrollend.

»Sag bitte, dass du auch mitkommst.« Maggie schob ihre Unterlippe vor und sah mich treu an.

»Lass diesen Welpenblick! Ich bin mehr der Katzentyp und mir steht wirklich nicht der Sinn danach, bei Minusgraden durch die Luft geschleudert zu werden.«

»Versprich wenigstens, darüber nachzudenken.«

»Versprochen«, sagte ich halbherzig und betete, dass sie das Thema vergessen würde.

Die Minuten vergingen und meine Füße pulsierten bei jedem Schritt, während ich mich neugierig umsah.

»Sind wir bald da?«, fragte ich und versuchte in der Gegend ein Gebäude ausfindig zu machen, das wie eine Musikschule aussah. Meine Gedanken kreisten um einen überdimensionalen Notenschlüssel oder einen Taktstab, der auffällig an der Hauswand befestigt war.

»Gleich.« Maggie zog energisch an mir, als sie bemerkte, dass ich langsamer wurde. Ich wusste nicht, ob es sinnvoll war, ihr zu sagen, dass sie mich nicht wie einen nassen Sack behandeln musste.

Wir legten weitere Meter zurück und ich betete, dass sich in der Musikschule irgendwo ein Stuhl mit meinem Namen darauf befand.

Doch wir kamen gar nicht so weit, denn etwas anderes ließ mich abrupt innehalten. Maggie fluchte, als ich mich nicht mehr von ihr ziehen ließ. Doch nichts hätte mich dazu bringen können, *jetzt* einfach weiterzugehen.

Ich kannte diese Gegend.

08.

Tanzstudio und Pirouetten

Moms altes Studio war genau hier gewesen. Ich blickte mich ein weiteres Mal um, um ganz sicherzugehen, dass ich mich nicht irrte. Berauscht von dem Gefühl, das Gebäude zu sehen, in dem Mom sich ihren Lebenstraum erfüllt hatte, vergaß ich die schmerzenden Füße. Mein Herz begann zu hüpfen, als würde es mir gleich aus der Brust springen wollen, während meine Gedanken sich überschlugen. Wie ferngesteuert war ich jetzt diejenige, die Maggie zu dem blauen Haus führte, dessen breites Fenster im unteren Stockwerk zum Innehalten einlud. Das Gebäude war über und über mit Stuck verziert und das schönste im ganzen Viertel. Zumindest war es in meiner Erinnerung so. Jetzt allerdings war die Farbe nicht mehr so strahlend und ein Teil der Verzierungen bröckelte Stück für Stück ab.

Es hatte den alten Glanz ein wenig verloren, aber ich fand es noch genauso schön wie früher.

»Das hier war Moms altes Studio«, flüsterte ich ehrfürchtig und tastete mit meinen zittrigen Fingern über die blaue Wand, als wäre es ein Traum, den ich nur so wahrmachen konnte. »Ich hatte vollkommen vergessen, dass es sich in dieser Straße befindet«, gestand ich und schämte mich gleichzeitig dafür. Wie konnte ich nur vergessen, dass es *das hier* gab?

Ich weiß noch, wie sie mir das Haus zum ersten Mal gezeigt und gesagt hatte: »Das hier ist mein Traum, Schatz.« Sie trug an diesem Tag ein blaues Kleid, das perfekt zu dem Anstrich des Hauses passte und gleichzeitig ihre Lieblingsfarbe war. In diesem Moment kam sie mir wie eine Prinzessin vor, die ihr Schloss gefunden hatte.

Als kleines Mädchen verstand ich natürlich gar nicht, was ein leer stehendes Haus mit einem Traum zu tun hatte. Bevor es das Tanzen in meinem Leben gab, wäre der Traum gewesen, sich einmal komplett durch das Schlaraffenland zu futtern. Als ich schließlich alt genug gewesen war und Interesse am Tanzen gezeigt hatte, hatte Mom mich mitgenommen und mir meine ersten Tanzschuhe geschenkt.

»Ich wusste gar nicht, dass Tante Rose das Studio *gehörte*. Ich sehe hier öfter Mädchen in wunderschönen Tutus tanzen«, erklärte Maggie und lächelte sanft. Bildete ich es mir nur ein oder klang Maggies Stimme plötzlich anders?

»Wusste nicht, dass du so ein Faible für enge Kostüme und hübsche Kleidchen hast.« Ich zwinkerte ihr schelmisch zu.

»Du machst wohl Witze? Erinnerst du dich nicht mehr daran, wie ich immer versucht habe deine Ballettsachen anzuziehen?«

»Leider nicht«, gestand ich offen und durchforschte gleichzeitig meine Erinnerung nach diesen Momenten.

»Tante Rose hatte mir dann irgendwann angeboten mich im Ballett zu unterrichten, aber Mom hatte etwas dagegen. Sie meinte, dass der Druck für Mädchen und junge Frauen einfach zu groß sei und ich nur wegen der schönen Kleider tanzen wolle. Im Nachhinein muss ich sagen, dass sie recht hatte. Aber erzähl ihr das nicht.«

»Ich schweige wie ein Grab. Allerdings ist der Druck, gut zu sein, wirklich enorm, aber wenn man das liebt, was man tut, dann empfindet man es nicht so.«

»Das ist richtig. Hattest du denn immer Spaß?«, fragte meine Cousine beiläufig.

Ich überlegte einen Moment und beschloss dann ehrlich zu sein. »Nein. Es gab gute und schlechte Tage, aber wenn ich sah, wie glücklich Mom war, dann wollte ich es umso mehr. Das Tanzen hat uns auf einer tiefen Ebene miteinander verbunden«, gestand ich und die Bilder der Vergangenheit drängten sich in mein Bewusstsein. Wie stolz sie auf mich gewesen war, als ich meine erste Pirouette perfekt gedreht hatte – oder bei der ersten Aufführung. Das alles waren sehr glückliche Momente in meinem Leben gewesen, aber sie waren von Moms Tod überschattet worden und hatten ihre Bedeutung verloren.

Wir richteten unsere Blicke wieder auf das Fenster und man konnte dort einer Gruppe junger Mädchen beim Tanzen zusehen. Einige von ihnen bemühten sich sichtlich die Figuren perfekt zu tanzen, während andere weniger enthusiastisch dabei waren. Eines der Fenster war leicht geöffnet, sodass die klassische Musik nach außen drang.

»Wenn du mich fragst, klingen diese Ballettstücke immer sehr ähnlich«, flüsterte Maggie, um die Tänzerinnen nicht zu stören.

»Tschaikowsky und Strawinsky drehen sich gerade im Grabe um. Man sollte meinen, dass dein Gespür für Musik durch den Unterricht sensibilisiert wurde«, entgegnete ich und hoffte, dass niemand sie gehört hatte.

»Ach, ich bin eher für moderne Stücke zu begeistern. Wollen wir jetzt weiter, du erinnerst dich … meine Musikschule?«, fragte Maggie zögerlich, aber ich schüttelte vehement den Kopf.

»Einen Moment noch«, bat ich.

Ich wusste nicht warum, aber es machte mich unsagbar glücklich, dass jemand das Tanzstudio übernommen hatte. Als würde jemand Moms Vermächtnis weiterführen, weil sie es nicht mehr konnte.

Ich genoss diesen wundervollen Moment, bis ich die Stimme hörte, die den Tänzerinnen Anweisungen gab. Für einen kurzen Augenblick dachte ich, ich hätte mich verhört, aber diese Stimme kam mir bekannt vor.

Sie gehörte zu Henry.

Ich sah erneut durch die Glasscheibe ins Innere des Gebäudes. Mein bester Freund aus Kindertagen ging gerade zu einem der Mädchen und zeigte ihm, wie man die Attitude richtig machte. Aufmerksam lauschten die anderen Tänzerinnen seinen Anweisungen und nickten eifrig. Sogleich fingen sie von vorn an mit den Bewegungen, aber ich hatte nur Augen für diesen Mann. Er war ganz in Schwarz gekleidet und das T-Shirt bildete deutlich seine trainierten Muskeln nach.

»Wow! Henry sieht echt scharf aus«, sagte meine Cousine, die ich zu meiner Schande gerade vollkommen vergessen hatte.

»Er ist perfekt«, erwiderte ich.

»Wie bitte?«, fragte Maggie kichernd.

Verfluchtes Mundwerk!

»Nichts«, entgegnete ich rasch und machte eine wegwerfende Handbewegung.

»Und warum wirst du gerade rot?« Sie deutete mit dem Zeigefinger auf mein Gesicht und die Spiegelung des Fensters verriet mir, dass sie bedauerlicherweise recht hatte.

»Mir ist nur kalt«, log ich. »Jetzt lass uns einfach weitergehen. Ab zur Musikschule!«, sagte ich um Ablenkung bemüht. Doch es war zu spät.

Bevor ich es verhindern konnte, klopfte Maggie enthusiastisch gegen die Fensterscheibe des Tanzstudios und zog damit alle Blicke auf uns, einschließlich den von Henry. Vollkommen überfordert mit der Situation konnte ich nicht aufhören ihn anzustarren. Henry hingegen setzte sich in Bewegung und verließ den Raum, während die Tänzerinnen anfingen zu kichern. Konnte dieser Moment noch unangenehmer werden?

Noch bevor ich einfach verschwinden konnte, stand er plötzlich vor uns und lächelte auf die gleiche charmante Weise wie im Park. Wusste er eigentlich, was er mit diesem einnehmenden Lächeln anrichtete? Vermutlich wäre sogar die Weltherrschaft kein Problem für ihn.

»Das ist ja eine nette Überraschung.«

Seine tiefe Stimme ging mir mit jeder Silbe unter die Haut. So mussten sich die Seefahrer gefühlt haben, als sie von den Sirenen verführt wurden.

Verdammt, ich sollte irgendetwas sagen.

Los, Gehirn, zeig, was du kannst!

»Wir waren gerade in der Gegend und Emma wollte sich unbedingt das Tanzstudio ansehen.«

Meine Cousine hatte offensichtlich mein Totalversagen bemerkt und mir schützend unter die Arme gegriffen.

»Ach so. Dann kommt doch einfach rein und ich zeige euch alles, sobald die Stunde vorbei ist«, schlug er vor und strahlte uns weiter an.

»Das geht nicht, Tante Sophie wartet mit Sicherheit schon auf uns«, versuchte ich mich aus der Situation zu winden.

»Ach was, ich schreibe ihr fix eine Nachricht. Du kannst uns gern alles in Ruhe zeigen.«

»Gut, dann kommt mit«, sagte Henry freudig und wendete uns seinen durchtrainierten Rücken zu.

Während ich diese Muskeln betrachtete, schob sich mir unweigerlich das Bild in den Kopf, wie er mich mühelos in die Luft heben konnte. Streng genommen dachte ich gerade nicht nur an Hebefiguren.

Maggie schob mich sanft zur Eingangstür, in die Henry bereits verschwunden war. Meine Hormone jubelten ihr für diese Aktion zu.

»Was denkst du dir dabei?«, flüsterte ich.

»Muss ich dir das wirklich erklären? Du bist doch die Ältere von uns beiden«, erklärte sie monoton.

Als ob es vollkommen offensichtlich wäre.

Henry war bereits wieder im Probenraum verschwunden und wir warteten im Flur. Maggie hatte die Eingangstür kichernd hinter uns geschlossen und ich funkelte sie wütend an, bis mein Blick auf den Fußboden gelenkt wurde.

Das glänzende Mosaikbild zeigte eine Szene aus dem *Nussknacker. Nussknacker* und *Schwanensee* waren die Lieblingsballettstücke meiner Mom gewesen und sie hatte das Mosaik damals extra anfertigen lassen. Ich kniete nieder und meine Finger fuhren über die einzelnen Rillen zwischen den Steinen.

Moms Mosaik, ihr Tanzstudio und Henry, der sich mittendrin befand. Das war alles so unwirklich.

Eine einzelne Träne lief an meiner Wange entlang und tropfte auf eine dunkelgrüne Scherbe.

Maggie war sofort an meiner Seite.

»Ist alles in Ordnung? Wenn du willst, dann gehen wir jetzt einfach und kommen nie wieder her.« Ihre Augen suchten in meinem Gesicht nach irgendeiner Reaktion, doch ich schüttelte nur stumm den Kopf.

Ich wollte hier sein und Henrys Weg hierher hören. Das war mir wichtig.

Mit wackligen Beinen richtete ich mich auf, und zwar keine Minute zu spät, denn kurz danach kamen die Mädchen aus dem Probenraum gelaufen. Henry wünschte ihnen ein frohes Weihnachtsfest und winkte ihnen lachend hinterher.

Lautstark unterhielten sich die Mädchen in den Umkleidekabinen und ab und zu hörte man auch fröhliches Gekicher. Während sich die kleinen Tänzerinnen umzogen, war Henry damit beschäftigt, die Musik abzustellen und das Licht im Probenraum zu löschen. Nach und nach verschwanden die Kinder, bis schließlich nur noch Maggie, Henry und ich übrig waren.

Ich betete, dass man mir nicht ansah, wie aufgewühlt ich war. Momentan könnten schon ein paar Worte ausreichen, um den Damm zu brechen, der meine Emotionen zurückhielt.

»Was für ein Zufall, dass wir uns in so kurzer Zeit zweimal über den Weg laufen.«

Henry hielt mich mit seinen blauen Augen gefangen, die pure Freude widerspiegelten. Er meinte das, was er sagte, ehrlich, das konnte ich spüren.

»Ja, das ist wirklich ein merkwürdiger Zufall«, sagte ich stockend, als müsste jedes Wort gut durchdacht sein.

Hoffentlich glaubte er nicht, dass ich ihm nachspionierte.

»Jedenfalls freue ich mich sehr darüber, dass ihr den Weg hierhergefunden habt.« Er fuhr sich mit der Hand durch die kurzen blonden Haare, was ihm einen verwegenen Look verpasste.

»Ich mich auch«, flüsterte ich und war nicht in der Lage das Gespräch weiterzuführen.

»Du gibst hier also Ballettstunden?«, versuchte Maggie zu helfen, als sie mitbekam, dass nur weißes Rauschen in meinem Kopf herrschte. Wieder einmal versuchte meine Cousine mich zu retten, obwohl sie mich gerade erst in diese Situation gebracht hatte.

»Seit ungefähr einem Jahr. Meiner Eltern haben das Haus gekauft, aber ich zahle ihnen jeden Monat eine Rate, damit es irgendwann mir gehört. Sie lassen mir bis dahin den Freiraum, das Gebäude nach meinen Vorstellungen zu gestalten. Nach und nach werde ich alles renovieren. Immer wenn etwas Geld übrig ist, wird es in das Haus gesteckt«, erklärte Henry und tätschelte eine der Wände, als wäre das Gebäude ein alter Freund.

»Dann hast du auch das Mosaik erneuern lassen?«, fragte ich und schaute zu dem Kunstwerk zu unseren Füßen. Ich erinnerte mich daran, dass es damals leicht beschädigt gewesen war.

»Genau. Ich musste es einfach erhalten, weil es mich an unsere gemeinsamen Anfänge erinnert. Deine Mom war wirklich eine sehr geduldige Lehrerin.« Er zwinkerte mir zu und mein Herz machte bei seinen Worten einen kleinen Sprung.

»Ich wusste gar nicht, dass ihr gemeinsam von Tante Rose unterrichtet wurdet«, meinte Maggie.

»O doch ... und zu uns war sie äußerst streng. Wenn andere eine

Figur verpatzt haben, dann war das gar kein Problem, aber wir mussten sie wiederholen, bis sie saß«, erinnerte sich Henry. »Stimmt doch, oder, Emmchen?«

Emmchen. So hatte er mich früher immer genannt. Wie viel Vertrautheit in einem einzigen Wort liegen konnte ...

»O ja. Das eine Mal hat sie uns Bücher gegeben, die wir dann fünf Minuten mit der flachen Hand in einer Geraden balancieren sollten. Nur um die Körperspannung zu trainieren. Danach hatte ich schon Probleme damit, einen Stift in der Hand zu halten.«

An den Muskelkater danach konnte ich mich noch sehr gut erinnern, auch daran, wie die Zwillinge darüber gelacht hatten.

»Wow! Das klingt wirklich anstrengend. Zum Glück habe ich mich für das Klavier entschieden.«

Henry lächelte meine Cousine freundlich an und nickte dann zustimmend. »Hätte ich wahrscheinlich auch machen sollen, aber da ich so viel Zeit wie möglich mit meiner besten Freundin verbringen wollte, musste es eben Ballett sein.« Verlegen kratzte er sich am Hinterkopf, als wäre ihm dieses Geständnis unangenehm.

Mir war früher gar nicht bewusst gewesen, dass er nur meinetwegen mit dem Ballett angefangen hatte.

»Dafür hast du dich aber gut geschlagen«, sagte ich und blickte mich vielsagend um.

»Das stimmt, aber nur, weil ich dich beeindrucken wollte. Du warst so vernarrt in die männlichen Balletttänzer, dass ich dir unbedingt zeigen wollte, dass ich ebenso talentiert war wie sie«, gab er zu.

In diesem Moment wusste ich nicht, ob ich mich geschmeichelt fühlen oder doch eher beschämt sein sollte, weil ich es nie bemerkt hatte. Es war, als würden in diesem Moment zwei Personen vor mir stehen. Zum einen der kleine Junge, der einst mein bester Freund gewesen war und den ich dann einfach im Stich gelassen hatte, und zum anderen ein erwachsener Mann, der den Traum meiner Mom weiterlebte, weil sie es nicht mehr konnte.

Fang jetzt nicht an, vor ihm zu weinen!

Ich schluckte den Kloß in meinem Hals hinunter, aber schaffte es nicht, Henry weiter anzusehen. Stattdessen fixierte ich das Mosaik erneut. »Ich würde sagen, das ist dir spätestens jetzt gelungen. Es ist großartig, dass du Moms Traum neues Leben eingehaucht hast.« Und das meinte ich ehrlich so.

Ich spürte Henrys Blick auf mir und war dennoch unfähig ihn weiter anzusehen, bis Maggies Handy plötzlich klingelte.

Tante Sophie hatte bereits das Auto geholt und würde gleich vor dem Studio stehen.

Das war meine Rettung.

Als ich mich verabschieden wollte, kam Maggie mir zuvor.

»Hast du morgen schon was vor?«, fragte sie Henry neugierig.

Er hob verwundert eine Augenbraue. »Das war der letzte Kurs vor den Feiertagen, also habe ich jetzt frei, bis das neue Jahr beginnt.«

»Dann hast du bestimmt Lust, uns in *Wonderland* zu begleiten. Adam und Dean werden auch dabei sein.«

Das kann sie doch nicht einfach so tun.

Maggie lächelte mich zufrieden an, aber so, dass Henry es nicht sehen konnte. Auf einmal wurde mir bewusst, dass sie das hier von Anfang an geplant hatte.

»Wäre das für dich in Ordnung?«, fragte er an mich gerichtet.

Überflüssig zu erwähnen, dass ich nicht wirklich eine Wahl hatte. Schließlich hatte Maggie uns ja schon vor vollendete Tatsachen gestellt.

»Selbstverständlich.« Angestrengt versuchte ich zu lächeln und hoffte inständig, dass es überzeugender rüberkam, als es sich gerade anfühlte.

»Okay, dann gebe ich dir mal meine Nummer und du kannst mir dann die Details schicken«, meinte er.

Wortlos reichte ich ihm mein Handy und er tippte eifrig die Ziffern ein.

»Gut, dann würde ich sagen: Wir sehen uns morgen.«

Irrte ich mich oder leuchteten seine blauen Augen jetzt noch intensiver als zuvor?

Innerlich schrie ich mich selbst an, ihn nicht länger anzustarren wie ein verknallter Teenie einen Rockstar. Vergebens!

Erst das Hupen von Sophies Auto konnte den Bann brechen. Unschlüssig, wie ich mich jetzt verabschieden sollte, überließ ich es Henry. Zu meiner Überraschung entschied er sich für eine Umarmung. Dieses Mal dauerte sie deutlich länger an als bei unserer letzten Begegnung, sodass ich die Wärme seines Körpers deutlich spüren konnte.

Maggie hingegen winkte nur zum Abschied, als wir das Studio verließen. Ein Blick über die Schulter verriet mir, dass Henry im Türrahmen stand und uns nachsah.

Dem wohligen Kribbeln in meinem Bauch schenkte ich allerdings nicht allzu viel Beachtung.

Wir saßen kaum im Auto, als ich mich zu Maggie umdrehte.

»Sag mal, was genau sollte das? Du kannst doch Henry nicht einfach einladen«, sagte ich anklagend, während Sophie losfuhr.

»Warum nicht? Er war doch früher dein bester Freund«, verteidigte sie sich und betonte ihre Worte mit verschränkten Armen.

»Ja. Die Betonung liegt auf *früher*. Ich habe jahrelang keinen Kontakt zu ihm gehabt und jetzt soll er plötzlich mit uns in den Vergnügungspark kommen?«

»Das ist doch eine super Gelegenheit, um sich wieder anzunähern«, sagte meine Tante, die unser Gespräch verfolgt hatte, und zwinkerte mir zu.

Mir gefiel es nicht, in welche Richtung sich dieses Gespräch entwickelte.

»Einen Kaffee zusammen zu trinken wäre ein guter Einstieg gewesen. Außerdem bezweifle ich, dass Henry wirklich Interesse an einer erneuten Freundschaft hat.« Es auszusprechen war etwa tausendmal schlimmer, als es sich selbst immer wieder einzureden.

»Er hat aber doch Ja gesagt«, warf Maggie ein.

Genervt stöhnte ich auf. »Aber nur, weil er höflich sein und dich nicht vor den Kopf stoßen wollte. So ist er nämlich nicht.«

»Tja, dann ist er mir schon deutlich sympathischer als du gerade.« Maggie verschränkte die Arme jetzt demonstrativ. Als wäre sie hier die Person, die beleidigt sein durfte.

»Sag mal, Maggie, wusstest du, dass Henry hier arbeitet?« Meine Cousine kaute nervös auf der Lippe und ich deutete das als stummes Ja. »Fehlt bloß noch, dass du das gestern im Park auch geplant hattest«, sagte ich lauter als beabsichtigt.

»Na ja ...«, fing sie an und ich fiel fast vom Glauben ab.

»Wie jetzt? Und wusste Henry auch davon?«, hakte ich nach.

»Nein, nein. Du darfst ihm auch nichts sagen. Bei unserer letzten Unterhaltung ist mir rausgerutscht, dass du über die Feiertage hier bist.«

Sie machte eine Pause und ich merkte, dass meine Hände anfingen zu zittern. Tante Sophie sagte keinen Ton dazu und war nach ihrem kurzen Einwand nun deutlich auf den Straßenverkehr konzentriert. Vermutlich war es auch wirklich das Beste, sich aus dieser Unterhaltung herauszuhalten, außer man wollte live mitbekommen, wie ich im Begriff war zu explodieren.

»Du hättest sein Gesicht sehen sollen, als er erfahren hat, dass du nach all den Jahren herkommst. Emma, er hat dich so sehr vermisst und das konnte ich doch nicht einfach ignorieren«, versuchte Maggie zu erklären, aber ich wusste nicht, ob ich die Wahrheit hören wollte. »Also hab ich ihm gesagt, wann wir ungefähr im Park sein werden, denn ich kannte ja Moms Planung«, gab sie schulterzuckend wieder, als ob es eine Belanglosigkeit wäre.

»Das ist doch unfassbar! Es ist nicht okay, dich in mein oder Henrys Leben einzumischen.«

»Sie es doch einfach mal als Chance! Du hast es zwar nicht gesagt, aber ich sehe doch, was er dir nach all den Jahren noch bedeutet. Du hast ihn offensichtlich ebenso vermisst.«

»Selbstverständlich habe ich das, aber er ist jetzt nicht mehr Teil meines Lebens.«

»Und was ist mit mir?«, fragte sie leise.

»Was meinst du?«

»Bin ich noch ein Teil deines Lebens? Immerhin hatten wir die letzten Jahre auch kaum Kontakt zueinander.«

Das war der Moment, vor dem ich mich immer gefürchtet hatte. Ich öffnete gerade den Mund, um etwas zu erwidern, aber Maggie war noch nicht fertig.

»Du musst darauf nicht antworten und ich mache dir auch keinen Vorwurf. Jeder versteht, wie es dir damals ging, aber du solltest ebenso verstehen, dass man Beziehungen nicht einfach durch Kontaktabbruch beenden kann. Ganz besonders nicht, wenn der andere immer noch daran festhalten will. Henry braucht entweder einen richtigen Abschluss oder einen Neuanfang. Das beides kann er nur von dir bekommen. Wenn dir auch nur irgendetwas an ihm liegt, dann gib ihm die Chance für eines davon.«

Ohne auf meine Antwort zu warten, steckte Maggie sich Kopfhörer in die Ohren und drehte die Musik ihres Handys auf volle Lautstärke.

09.

Wonderland und Vergebung

Maggie hatte am gestrigen Abend kaum ein Wort mit mir gesprochen und jetzt saß sie schweigsam am Esstisch, während Adam und Dean sich lautstark darüber unterhielten, mit welcher Attraktion im *Wonderland* sie zuerst fahren wollten.

Ich fühlte mich schrecklich. Nicht nur, weil Maggie mit ihren Worten einen Nerv getroffen hatte, sondern auch weil ich sie unbewusst ebenso verletzt hatte wie Henry.

Den Marmeladentoast ließ ich unberührt auf dem Teller liegen und füllte stattdessen meinen Magen lieber mit Kaffee.

Adam wedelte mit der Hand vor meinem Gesicht herum.

»Was ist mit dir?«, fragte er und eine kleine Sorgenfalte bildete sich zwischen seinen Augenbrauen.

»Hm?« Ich sah ihn verwundert an.

»Ich habe dich gerade dreimal angesprochen und du hast nicht reagiert«, erklärte er ruhig und ließ mich nicht aus den Augen.

»Entschuldige bitte«, entgegnete ich knapp.

»Also?« Adam hob eine Augenbraue.

»Was war gerade deine Frage?«

»Womit. Möchtest. Du. Fahren?« Adam sprach ganz langsam, um sicherzugehen, dass ich ihn auch wirklich verstand.

»Keine Ahnung, ist mir eigentlich egal«, entgegnete ich und widmete mich dann wieder meinem Kaffee.

»Da hat aber jemand schlechte Laune und das trotz Kaffee«, witzelte Dean, aber mir stand nicht der Sinn nach Scherzen.

»Ich ziehe mir noch einen Pullover drüber.« Ich schob den Stuhl mit einem lauten Kratzen zurück und stand dann auf. Maggie sah nur kurz zu mir, sagte aber keinen Ton.

Als ich die Treppe hochging, holte ich das Handy aus der Hosentasche und wählte Mels Nummer. Als sie endlich ranging, war ich bereits in meinem Zimmer und schloss die Tür hinter mir.

»Wenn ich dich nicht so lieb hätte, dann würde ich mich jetzt lautstark beschweren. Seit zwei Tagen warte ich auf ein Lebenszeichen von dir und absolut nix passiert. Ich war kurz davor, den Geheimdienst anzurufen und weltweit nach dir fahnden zu lassen.«

Das leichte Pochen an meiner Schläfe kündete von den drohenden Kopfschmerzen, die durch Schuldgefühle entstanden. »Es tut mir leid«, versuchte ich sie zu beschwichtigen.

»Ist schon okay, aber es wäre nett gewesen, wenn du wenigstens eine Nachricht geschrieben hättest.«

»Du hast vollkommen recht. Es war hier nur wirklich turbulent und dann ...«

Ich stoppte mitten im Satz und wusste nicht, wie ich ihn beenden sollte. In all den Jahren hatte ich Mel nichts von Henry erzählt. Es schien mir nicht wichtig zu sein, weil er zu einem Leben gehörte, mit dem ich nach Moms Tod irgendwie abgeschlossen hatte.

»Was dann?«, hakte sie nach.

»Ach, gar nichts.«

»Emmi, du kannst mich nicht mit solchen vagen Informationen abspeisen. Ich höre doch an deiner Stimme, dass etwas passiert ist«, beharrte sie.

»Ich bin jemandem aus meiner Vergangenheit begegnet.«

»Und?«

»Irgendwie ist es seltsam und ich habe mich wie eine Idiotin aufgeführt.«

»Muss ich dir eigentlich jedes Wort aus der Nase ziehen?«

Ich stöhnte genervt auf und ging ein paar Schritte im Zimmer hin und her. Dann erzählte ich ihr von Henry. Die ganze Geschichte von der Freundschaft aus Kindertagen bis hin zu unserer gestrigen Begegnung. Als ich geendet hatte, war am anderen Ende der Leitung erst einmal nur Stille. Das war für Mels Verhältnisse wirklich ungewöhnlich, aber schließlich fand sie wieder zu sich.

»Wow. Das klingt wie der Beginn einer kitschigen Liebesgeschichte.«

»Herzlichen Dank. Du hast mir offensichtlich nicht richtig zugehört. Es geht nicht um irgendwelche romantischen Gefühle oder dergleichen. Ich weiß nur einfach nicht, wie ich mit ihm umgehen soll«, gab ich offen zu.

Am anderen Ende der Leitung hörte ich Mels Lachen.

»Wenn er nur ein Freund aus Kindertagen ist, dann dürfte doch eine normale Unterhaltung nicht schwer sein. Es kann doch ganz nett sein, über alte Zeiten zu reden.«

»Du hast recht. Ich weiß auch nicht, warum ich mich so sehr winde in seiner Gegenwart.«

»Mir fällt da schon ein Grund ein, aber den willst du ja sicher nicht hören.«

»Und was gibt es Neues bei dir?«, versuchte ich ungeschickt das Thema zu wechseln.

»Ich übergehe mal diesen plumpen Versuch. Hier ist alles wie gehabt. New York ist das Winterwunderland für Touristen und ich habe mir noch nie so sehr gewünscht auf den Bahamas zu leben.«

»Wir wissen beide, dass du nicht für die Wärme gemacht bist«, warf ich ein. Wenn die Temperaturen über die Fünfundzwanziger-Marke stiegen, verhielt sich Mel wie ein Vampir und verließ nur in der Dunkelheit das Haus. Leider kollidierte ihre Scheu vor der Hitze mit dem Unterrichtsplan der Schule.

»Das stimmt leider, aber die ganzen überzogen fröhlichen Menschen strapazieren meine Nerven.«

»Das tut jeder.«

»Stimmt auch wieder, aber du bist die Ausnahme«, gestand sie liebevoll.

»Zum Glück. Ich melde mich später noch einmal bei dir, aber jetzt muss ich mich für den Vergnügungspark fertig machen.«

»Lass mich raten, Henry wird auch dabei sein?«

»Bingo«, sagte ich und knetete dabei nervös meine Hand.

»Tja, dann wird dir bei den Minusgraden während der Fahrt bestimmt nicht kalt werden.«

Ich konnte ihr breites Grinsen deutlich hören.

»Du bist keine Hilfe.«

»Das bin ich selten.«

Genervt stöhnte ich auf.

»Also gut, wenn du eine etwas erwachsenere Meinung hören willst: Entscheide dich für oder gegen eine Freundschaft, aber sag es ihm dieses Mal deutlich ins Gesicht.«

»Du hast recht«, gestand ich.

»Selbstverständlich habe ich das, Schätzchen. Und jetzt genieße die Zeit mit deiner Familie und berichte mir, wie es lief.«

Dann legte sie auf und ich fühlte mich tatsächlich etwas besser. Dennoch musste ich eine Entscheidung fällen. Konnte ich einfach wieder eine Freundschaft zu Henry aufbauen, obwohl so viel passiert war? Erst einmal sollte ich versuchen noch einmal mit Maggie zu sprechen.

Fest entschlossen meine Gedanken umzusetzen, öffnete ich die Zimmertür und überraschte meine Cousine, die scheinbar gerade anklopfen wollte.

»Es tut mir leid«, sagte ich schnell.

»Mir tut es auch leid. Es war falsch, dir diese Sachen einfach an den Kopf zu schmeißen.« Sie betrachtete ausgiebig ihre Finger und vermied es, mir ins Gesicht zu sehen.

»Nein, du hattest vollkommen recht. Ich werde mich nicht wieder so verhalten und auch mit Henry reden«, schwor ich und endlich sah Maggie mich mit ihren warmen braunen Augen an.

»Das ist gut«, pflichtete sie mir bei.

»Wollen wir dann los? Adam und Dean warten schon ungeduldig«, sagte Maggie und rollte mit den Augen.

»Sie werden in ihren Herzen immer kleine Jungs bleiben«, pflichtete ich ihr bei.

»Da hast du recht. Ich weiß manchmal nicht, wie du es mit ihnen aushältst. Robert ist ja schon ziemlich anstrengend und wenn ich mir jetzt noch vorstelle, dass es ihn doppelt gäbe, würde ich durchdrehen.«

Ich nahm mir noch fix einen grauen Hoodie vom Bett und zog ihn über, während Maggie auf mich wartete.

»So kannst du das nicht sehen, denn sie sind ja auch sehr unterschiedlich.« Setzte ich mich gerade wirklich für meine Brüder ein?

Von unten hörte man plötzlich einen lauten Rülpser und dann folgte: »Respekt.«

»Ich glaube, ich überdenke meine Antwort noch einmal«, sagte ich dann.

»Das würde ich auch tun.«

Maggie schüttelte den Kopf und gemeinsam gingen wir die Treppe hinunter.

Neben meinen Brüdern stand auch Onkel Frank mit Robert, die sich bereits ihre Jacken angezogen hatten. Mein kleiner Cousin hüpfte fröhlich herum, während Maggie die Stirn runzelte. Offenbar war es nicht geplant gewesen, dass ihr Bruder mitkam. Mir hingegen machte es nichts aus, denn Robert hatte ein sonniges Gemüt und man musste ihn einfach lieb haben. Mit seinen blonden Haaren und den großen grünen Augen hatte er wenig Ähnlichkeit mit seiner großen Schwester. Seine Haare waren schulterlang und er hatte sie heute zu einem Zopf zusammengebunden.

»Mag, gehst du mit mir ins Riesenrad?«, fragte Robert und faltete die Hände flehend vor Maggie. Wenn er Maggies Spitznamen benutzte, fuhr er wirklich schwere Geschütze auf.

»Auf gar keinen Fall«, sagte sie abweisend und ließ ihn einfach stehen.

»Bitte, bitte«, flehte er weiter, aber meine Cousine ignorierte ihn einfach.

»Ich fahr mit dir«, sagte ich schließlich, weil ich es nicht ertragen konnte, dass er so enttäuscht war.

»Wirklich?« Roberts Augen leuchteten hell auf.

»Versprochen«, sagte ich und erntete damit eine feste Umarmung und ein herzerwärmendes Lächeln.

»Das hättest du nicht tun sollen«, flüsterte Maggie mir ins Ohr und ich runzelte bei ihren Worten die Stirn.

»Er hat doch aber so lieb gefragt und traurig ausgesehen.« Ich verstand nicht, wie sie ihrem kleinen Bruder etwas abschlagen konnte.

»Jedes einzelne Mal, wenn Robert in einem Riesenrad fährt, übergibt er sich nach der halben Fahrtzeit. Das bedeutet, dass man mindestens eine Runde lang das Erbrochene in der Nase oder im schlimmsten Fall auf der Kleidung hat. Was glaubst du wohl, warum niemand anderes ihm diesen Gefallen tun wollte?«

Adam, Dean und Maggie fingen gleichzeitig an zu lachen, während Robert und Frank bereits zum Auto gingen und sie nicht mehr hören konnten.

»Das ist nicht dein Ernst?«

Ich wusste nicht, was mich mehr schockierte. Die Tatsache, dass Robert darauf bestand, trotzdem mit dem Riesenrad zu fahren, oder dass mich keiner vorgewarnt hatte.

»Tut mir leid, aber du wolltest ja unbedingt die Heldin spielen.«

Maggie zuckte mit der Schulter, als ob es nichts wäre, und ich packte vorsorglich eine Tüte ein.

Onkel Frank startete bereits den Motor und wir beeilten uns ins Auto zu steigen.

Während der Fahrt zückte ich das Telefon und schrieb Henry, dass wir jetzt unterwegs waren. Er hatte sich in meinem Telefon unter »Tanzgott« eingespeichert und entlockte mir damit jedes Mal, wenn ich den Namen aufrief, ein Grinsen. Nach all den Jahren schaffte er es immer noch, mich mit solchen Lappalien zum Lachen zu bringen.

Ich wollte Maggies Ratschlag befolgen und endlich Henry erklären, warum ich mich nach Moms Tod nicht gemeldet hatte – und das ich gern einen Neuanfang hätte.

Der heutige Tag war meine Chance.

Mein Handy gab einen leisen Nieslaut von sich und Henrys Antwort wurde mir angezeigt.

Ich freue mich schon darauf, dich zu sehen.

Ich las diesen einen Satz wieder und wieder, bis ich sicher war jegliche Interpretation in meinem Kopf durchgespielt zu haben. Dennoch fuhren Dutzende Fragen in meinem Gedankenkarussell herum.

Freute er sich auf einen Tag im Vergnügungspark? Oder einfach darauf, mich zu sehen?

Mir schwirrte bereits der Kopf. Es war nur ein verfluchter Satz, nicht mehr oder weniger.

Mel würde vermutlich aus dem Lachen nicht mehr herauskommen, wenn sie meine Gedanken kennen würde. Meine Hände begannen zu schwitzen und ich wischte sie schnell an der Jeans ab. Je dichter wir dem Vergnügungspark kamen, desto schneller schlug mein Herz und obwohl ich unsicher war wegen dem Gespräch mit Henry, freute ich mich doch darauf, ihn wiederzusehen. Gleich waren wir da.

»Wow, es sieht noch genauso aus wie früher«, hörte ich Dean sagen, der seine grauen Augen fest auf eine Achterbahn gerichtet hatte, die schon von Weitem zu erkennen war.

»Aber das da ist definitiv neu.« Adam deutete auf ein Karussell, in dem einige Leute saßen, die hin- und hergedreht wurden.

»Der *Circle* ist richtig cool, aber ich darf da noch nicht rein.« Robert senkte enttäuscht den Kopf.

»Glaub mir, das ist für alle das Beste«, sagte dann Onkel Frank und klopfte ihm auf die Schulter.

Humor lag eindeutig in der Familie.

Wir fuhren auf den Parkplatz, der allerdings nur halb voll war. Offenbar war nicht jeder scharf darauf, im Winter mit einer Achterbahn zu fahren. Zudem war die Hälfte der Attraktionen geschlossen, weil die Minustemperaturen ein Benutzen unmöglich machten oder weil es Schwimmbecken oder Wasserrutschen waren. Nichts, was bei Minusgraden Besucher anlockte.

Onkel Frank zog gerade den Zündschlüssel aus dem Schloss, da sprang Robert auch schon aus dem Auto.

»Robert, du bleibst sofort stehen, sonst fahren wir umgehend zurück«, brüllte mein Onkel quer über den Platz und Robert reagierte zum Glück sofort.

Mit gesenktem Kopf schlich er zu seinem Dad zurück, der abwartend die Arme vor der Brust verschränkt hatte. Nach weiteren fünf Minuten, in denen Robert die Schultern hängen ließ und äußerst schuldbewusst dreinsah, konnten wir endlich gemeinsam in den Park gehen.

Während wir bezahlten und alle anderen bereits zur ersten Attraktion rannten, blieb ich hinter dem Ticketschalter stehen, an dessen Scheibe eine Übersichtskarte des ganzen Parks hing. In meiner Erinnerung kam mir das *Wonderland* irgendwie größer vor, aber Sichtweisen veränderten sich mit den Jahren.

Ich schaute ungeduldig auf mein Handy, aber ich hatte keine weitere Nachricht von Henry.

Offenbar war er noch unterwegs. Um sicherzugehen, dass ich ihm auch den richtigen Standort mitgeteilt hatte, scrollte ich unseren

Verlauf noch einmal durch. Eigentlich gab es hier keinen Spielraum für Missverständnisse, also hieß es jetzt: weiter warten.

Mit jeder Minute, die verging, wurde ich unruhiger. Warum, verdammt noch mal, war ich derart nervös? Es war ja kein Date oder dergleichen. Nur zwei alte Freunde, die sich verabredet hatten. Okay, jetzt klang es selbst in meinem Kopf lächerlich.

Nervös fing ich an auf und ab zu gehen wie ein Tiger, der in einem Käfig eingesperrt war. Erneut blickte ich auf mein Handy und schwor nach einer Frist von fünf Minuten zu den anderen zu gehen.

Wahrscheinlich hatte Henry es sich einfach anders überlegt.

»Emma«, rief da jemand und ich erkannte die Stimme sofort.

Mein Herz machte erleichtert einen Sprung und ich entspannte mich sofort. Henry trug einen dunkelgrauen Wollmantel, der seine breiten Schultern sichtlich betonte. Farblich passend dazu eine Schirmmütze, die ihm einen Vintage-Look verlieh. Als wäre er ein Gentleman aus einem vergangenen Jahrhundert.

»Entschuldige bitte die Verspätung. Eine Freundin von mir brauchte Hilfe beim Umzug und ich konnte mal wieder nicht Nein sagen. Es waren noch drei große Schränke und ich wollte die anderen Jungs nicht hängen lassen.«

»Ist schon in Ordnung«, sagte ich und lächelte freundlich.

»Wirklich? Du siehst aus, als würdest du mich am liebsten schütteln.«

Ich musste eindeutig an meiner Mimik arbeiten. »Eine Nachricht wäre schön gewesen«, gestand ich etwas leiser.

»Emmchen, wir kennen uns, seitdem ich laufen kann. Es ist überflüssig, mich anzulügen. Wenn du also zu Recht sauer bist, weil ich mich verspätet habe, dann kannst du es gern sagen. Ich bin nämlich kein Fan von unterschwelligen Botschaften.« Er lächelte mich herzerwärmend an und vergessen waren die letzten Minuten und die Aufregung vor dieser Begegnung. »Und du hast vollkommen recht, ich hätte eine kurze Nachricht schreiben sollen. Es tut mir leid«, sagt Henry erneut.

Während er redete, überlegte ich fieberhaft, wie und wann ich das Thema ansprechen konnte. Schließlich entschied ich mich für die Pflastermethode: schnell und schmerzhaft.

»Wollen wir jetzt zu den anderen gehen?«, fragte Henry und sah sich um.

»Warte noch, ich wollte dir etwas s…sagen«, stotterte ich, bevor mir mein Kopf wieder im Weg stand.

»Ja?« Henry hob verwundert eine Augenbraue und seine Körperhaltung wirkte auf einmal verkrampft.

»Es tut mir leid, dass ich mich damals nicht mehr gemeldet habe. Ich war einfach überfordert mit allem und als die Zeit verstrichen war, wusste ich nicht, wie ich den Kontakt wiederaufbauen sollte«, gestand ich und fühlte mich gleichzeitig so, als würde ich einen Teil von mir entblößen, den ich niemals jemandem hatte zeigen wollen.

Henry sah mich lange an, ohne etwas zu sagen, und ich schluckte schwer, weil ich Angst vor seiner Reaktion hatte. Dann nahm er mich in den Arm. Ganz sanft. So, als hätte er Angst, dass ich diese Geste nicht erwidern würde, aber das tat ich. Seine Nähe beruhigte sofort mein schlagendes Herz und ein Teil von mir wünschte sich, dass dieser Moment nie vorbeiging.

Doch irgendwann ließ er mich los und augenblicklich vermisste ich die Wärme seines Körpers.

»Emma, du bist mir keine Rechenschaft schuldig. Du hast den Albtraum jedes Kindes durchgemacht und das getan, was für dich in diesem Moment am besten war.«

Henrys Worte linderten die Schuldgefühle ein wenig, dennoch wusste ich, dass niemand die vergangenen Jahre einfach löschen konnte.

»Meinst du, wir können wieder Freunde sein?«, fragte ich zaghaft und kam mir wie ein Schulkind vor, das eine Zettelbotschaft im Klassenraum verschickte.

»Für mich waren wir nie etwas anderes«, antwortete er und die Last, die mir von den Schultern fiel, musste fast schon hörbar sein. »Sollen wir denn jetzt los? Maggie und deine Brüder sind mit Sicherheit schon Dutzende Male mit der Achterbahn gefahren«, sagte er und blickte vielsagend in die Richtung, in die die meisten Besucher strömten.

»Davon kannst du ausgehen. Sie haben mit Sicherheit vergessen, dass es uns gibt, und amüsieren sich ganz allein«, pflichtete ich ihm bei.

»Dann lass uns das schnell ändern.«

Wir schlenderten gemütlich zur Achterbahn und tatsächlich standen meine Brüder und Maggie gerade an.

»Ihr seid ja nicht weit gekommen«, meinte ich und wunderte mich, weil der Andrang deutlich geringer war als erwartet.

»Wir sind schon fünfmal gefahren«, klärte Maggie mich auf.

»Wahnsinn und wie oft hattet ihr insgesamt noch geplant? Immerhin gibt es ja ein paar mehr Attraktionen hier«, fragte Henry und sah sich demonstrativ um.

»Eine Runde geht noch, außerdem dachten wir, dass ihr auch mindestens einmal mit dem *Knochenbrecher* fahren wollt«, sagte Maggie und grinste diabolisch.

»Die Bezeichnung verspricht Spaß.« Ein mulmiges Gefühl breitete sich in meinem Magen aus, aber Henry zwinkerte mir aufmunternd zu.

»Hast du etwa Angst?«, flüsterte er mir ins Ohr und eine Gänsehaut überzog meinen gesamten Körper. Ich sah ihm fest in die Augen.

»Niemals.«

»Gut, denn das Mädchen, das ich kannte, kletterte furchtlos auf Bäume und sprang vom Steg aus in den See, obwohl dort überall fiese Algen waren. Während andere schreiend vor Spinnen und Insekten davonliefen, hat es damit gespielt.«

»Klingt so, als wäre dieses Mädchen vollkommen irre gewesen«, warf meine Cousine ein.

»Nein, sie war perfekt und meine beste Freundin«, sagte Henry mit so viel Liebe und Hingabe in der Stimme, dass mir das Herz ganz leicht wurde. Ich hatte ihn so sehr vermisst.

»Alter, ich weiß ihr habt ein paar Jahre nicht miteinander geredet, aber das hier ist einfach zu kitschig«, prustete Dean los und die anderen fingen an zu lachen.

Henry sagte nichts dazu, aber ich spürte seinen Blick auf mir, auch wenn er dachte, ich würde es nicht bemerken. Trotz meines mulmigen Gefühls wollte ich dem Mädchen von damals gerecht werden. Ich hatte früher wirklich vor nichts Angst gehabt. Als Kind lebte man in einer eigenen Welt, in der nichts Schlimmes passieren konnte, bis zu dem Zeitpunkt, der einen eines Besseren belehrte.

Jetzt allerdings war mein Leben angereichert mit einer Menge Angst. Die Angst, wieder jemanden zu verlieren, keine Zukunft zu haben, allein zu sein, keine Freude mehr empfinden zu können. Die Liste meiner Ängste reichte von hier bis zum Mond und dennoch wollte ich diesem Idealbild, das Henry von mir im Kopf hatte, entsprechen.

Wir stiegen gemeinsam in einen Wagen ein, während meine Cousine hinter uns Platz nahm und Adam und Dean vor uns in einstiegen.

»Danke«, sagte ich leise genug, sodass nur Henry mich hören konnte.

»Jederzeit.« Er griff nach meiner Hand und zeichnete mit dem Daumen kleine Kreise auf meinen Handrücken.

Mit einem Ruck setzte sich die Bahn in Bewegung, doch Henry ließ meine Hand nicht los, sondern verstärkte seinen Griff. Erneut sah ich Henry mit anderen Augen. Nicht mehr als den kleinen Jungen, der mir meinen ersten Kuss geschenkt hatte, sondern als Mann – einen Mann, der den Traum meiner Mutter weiterführte. Einen Mann, der sich nach all den Jahren scheinbar danach gesehnt hatte, mit mir wieder Kontakt aufzunehmen. Und einen Mann, der mir bedingungsloses Verständnis entgegenbrachte.

Allerdings wusste ich gerade nicht, was ich mit diesen neuen Gedanken anfangen sollte. Bevor sich alles in eine falsche Richtung entwickelte, entzog ich ihm meine Finger.

»Entschuldige bitte, ich glaube, ich habe mich von meinen Ängsten leiten lassen«, rief er gegen den Wind an.

»Ist schon okay.«

Seine kommenden Worte verstand ich nicht mehr, denn plötzlich ging es bergab und ich konnte nur noch lautstark schreien. Zu meiner Erleichterung war meine Cousine deutlich lauter als ich.

10.

Übelkeit und Wintergefühle

Zwei Stunden später hatten Maggie und ich kitschige Lebkuchenherzen um den Hals hängen, die wir uns gegenseitig geschenkt hatten. Auf Maggies stand in zuckriger Schrift *Engelchen* und auf meinem *Chaos Queen*. Henry hatte mich verwundert angesehen, als ich mich für dieses Herz entschieden hatte.

»Seit wann bist du die Königin des Chaos?«, fragte er nach.

»Das müsstest du nicht fragen, wenn du mit Adam und Dean unter einem Dach leben würdest. Ich bin eine wahre Meisterin darin, in ihrem Chaos all die verloren geglaubten Dinge wiederzufinden. Wenn das keine königlichen Fähigkeiten sind, dann weiß ich es auch nicht«, gab ich schulterzuckend wieder.

Henry, Adam und Dean waren gerade dabei, bei einem der Weihnachtsstände, die man hier für zwei Wochen aufgebaut hatte, ein paar Blechdosen mit Bällen umzuwerfen. Die zwei Footballspieler sahen im Vergleich zu Henry doch tatsächlich alt aus. Er warf den Tennisball mit einer Präzision, die selbst den Standinhaber zum Staunen brachte. Maggie und ich klatschten vor Begeisterung, während die Zwillinge uns böse anfunkelten.

Als Gewinn durfte er sich eins von den überdimensionalen Plüschtieren aussuchen, die am Stand befestigt waren. Seine Wahl fiel auf einen braunen Dackel, doch als meine Cousine ihn um das rosa Einhorn anbettelte, gab er ihrem Wunsch nach. Maggie quietschte fröhlich, sodass es selbst mir in den Ohren wehtat.

»Du weißt schon, dass du sie jetzt nicht mehr loswirst. Sie wird dir auf ewig dankbar sein«, sagte ich zu Henry.

»Das befürchte ich auch, aber sagen wir so: Ich hatte noch etwas gut bei ihr. Außerdem hätte ich den Dackel sowieso nur als längliches Kopfkissen benutzt oder als eleganten Türstopper.«

Ich konnte mir ein Grinsen nicht verkneifen. »Als Kopfkissen wäre es wohl angemessener. Schließlich kannst du einen niedlichen Dackel doch nicht einfach aus dem Bett schmeißen, du Monster«, sagte ich gespielt empört.

»Du hast recht, das wäre ein wahrhafter Frevel.«

»Hey, da seid ihr ja.« Mein Onkel und Robert kamen zu uns. Robert hatte noch Zuckerwatte in der Hand, wobei er bereits einen Großteil verputzt hatte. Kaum zu glauben, dass in diesen kleinen Kerl derart viel hineinpasste.

»Emma, können wir jetzt bitte ins Riesenrad? Dad will nämlich bald nach Hause«, sagte Robert mit seinen großen grünen Augen.

»Natürlich.« Ich reichte meinem kleinen Cousin die Hand und er ergriff sie fröhlich. Es war ungewohnt, die Hand von einem kleinen Menschen zu fassen, und ich konnte mich nur dunkel daran erinnern, wie ich Adam oder Dean an der Hand gehalten hatte. Sie waren ebenso wie ich viel zu schnell erwachsen geworden und in solchen Momenten wurde mir das schmerzlich bewusst.

Wir waren bereits einige Meter entfernt, als Henry uns hinterherkam. »Ich glaube, ich möchte auch eine Runde mit euch drehen«, sagte er und erntete damit einen misstrauischen Blick von Robert. Offenbar war die Erinnerung an Henry mit den Jahren aus Roberts Gedächtnis verblasst. Oft, wenn meine Tante bei uns zu Besuch gewesen war, hatte Henry begeistert mit Robert gespielt, weil er selbst keine Geschwister hatte.

»Ich wusste gar nicht, dass du ein derartiger Liebhaber der Langsamkeit bist.« Ich stupste ihn sanft an und erntete ein glückliches Lachen.

»Wenn ich ehrlich bin, dann bin ich froh, mit etwas Ruhigerem fahren zu dürfen. Deine Brüder kennen wirklich kein Erbarmen. Was ist nur aus den süßen kleinen Jungs geworden?«

»Große Kerle, die sich gern in allem messen«, pflichtete ich ihm bei.

»Zum Glück kennen sie mich noch von früher, sonst hätte ich wohl zuerst mit ihnen kämpfen müssen, um dich sehen zu dürfen.«

»Das ist gut möglich«, meinte ich grinsend.

Wir stiegen in eine der Gondeln ein und fuhren langsam nach oben. Robert schaute sich fröhlich um und bestaunte die Lichter der Stadt. Die Sonne war bereits untergegangen, die Kälte kroch mir unter die Haut und ich rieb mir über die Arme. Robert hingegen schien sich an den kalten Temperaturen nicht zu stören.

»Das ist wirklich wunderschön«, sagte ich und bestaunte die Aussicht. Ein leichter Wind wehte und eine meiner Haarsträhnen löste sich aus dem Zopf. Sofort war Henry zur Stelle und strich sie mir sanft zurück. Innerhalb weniger Stunden gab es jetzt schon zwei Augenblicke, in denen ich nicht wusste, wie ich mich verhalten, geschweige denn, was ich fühlen sollte. Vielleicht bildete ich mir das Ganze auch nur ein und es war nur eine nette und unschuldige Geste. Dennoch schlug mein Herz bei jeder Berührung höher. Das war doch verrückt!

»Weißt du noch, wie wir hier als Kinder waren? Du wolltest partout nicht aussteigen, obwohl du gar kein Geld mehr für weitere Runden hattest«, schwelgte Henry in Erinnerungen.

»Und dann hast du mir deinen letzten Dollar gegeben, obwohl du eigentlich ein Eis haben wolltest«, ergänzte ich seine Erzählungen und musste schmunzeln.

»Bedeutet das, ich bekomme jetzt ein Eis von *dir*?«, fragte er hoffnungsvoll.

»Du möchtest im Winter ein Eis essen?«, fragte ich verwundert.

»Eis essen geht ja wohl immer, da wirst du mir doch zustimmen, oder?«

»Auf jeden Fall«, mischte sich Robert ein und brachte Henry zum Schmunzeln.

»Vielleicht«, gab ich unverfänglich wieder.

»Du weißt gar nicht, wie oft ich mir vorgestellt habe mit dir in diesem Riesenrad zu sitzen und dir all die Geschichten zu erzählen, die du verpasst hast«, flüsterte er mir zu, sodass nur ich ihn verstehen konnte.

Robert seinerseits hatte sich wieder der Umgebung zugewendet und schien kein Interesse an der weiteren Teilnahme am Gespräch zu haben.

»Das klingt nach einem schönen Wunsch«, gestand ich. Jetzt stieg Hitze in mir auf, obwohl der Wind alles andere als warm war.

»Und auf einmal ist es wahr.«

»Ich hab dich sehr vermisst, Henry.« Ich sah meinen Freund aus Kindheitstagen an und musste daran denken, dass es so etwas wie Schicksal wohl wirklich gab. Trotz all der Dinge, die geschehen waren, hatten wir wieder zueinandergefunden.

»Erzähl mir von den Geschichten.«

Ich lehnte mich an Henrys Schulter und der Duft seines Aftershaves kitzelte in meiner Nase.

»Also einmal habe ich dem schönsten Mädchen, das ich kannte, eine Schneekugel geschenkt, weil sie mir immer vom Märchen der Schneekönigin erzählt hat. Ich war damals so nervös, weil ich Angst hatte, dass ihr das Geschenk nicht gefallen würde. Aber als ich die leuchtenden Augen sah, traute ich mich ihr einen Kuss zu geben, wie die Prinzen es immer im Märchen taten. Das war einer der schönsten Augenblicke meines Lebens. Und der Tag, an dem sie das Land verließ, war der schlimmste für mich. Das ist die Geschichte von meiner ersten Liebe und wie ich sie verlor.«

»Das ist sehr traurig«, sagte ich mit belegter Stimme, während mein verräterisches Herz immer höherschlug.

»Ich glaube, die Geschichte bekommt doch noch ein Happy End«, flüsterte er mir ins Ohr. »Weil ich jetzt viel besser küsse und keine Mädchen mehr in die Flucht schlage«, fügte er noch hinzu.

Gegen meinen Willen musste ich lachen und löste mich von seiner Schulter, um ihn direkt anzusehen.

»Ist das so?«, fragte ich.

»O ja!«

Henry kam mir so nah, dass unsere Lippen nur wenige Zentimeter voneinander entfernt waren. In diesem Moment wollte ich nicht daran denken, wie seltsam das Leben war, sondern nur den Moment genießen.

Bis ich plötzlich Würgegeräusche hörte und dann in das blasse Gesicht meines kleinen Cousins schaute.

»O nein«, sagte ich und kramte nebenbei die Tüte heraus, während Henry besorgt zu Robert sah.

Gerade noch rechtzeitig schaffte ich es, dem kleinen Kerl die Tüte zu reichen, und sprach ihm gut zu, während er immer wieder von Neuem anfing zu würgen.

Als das Riesenrad endlich stoppte, schubste ich ihn förmlich aus der Gondel. Er setzte sich käseweiß auf eine Bank und atmete mehrere Minuten tief durch. Langsam bekam er wieder etwas Farbe im Gesicht.

»Emma, es tut mir so leid«, betonte der Kleine immer wieder, obwohl ich ihm nicht böse war. Ich zog ihn hoch und wir gingen schweigend zu den anderen zurück, während ich mir selbst stumm dankte, dass ich Robert rechtzeitig die Tüte gegeben hatte.

Meine Gedanken drifteten ab. Beinahe hätte ich Henry geküsst ... Von der Seite musterte ich ihn, aber sein Blick war fest auf den Weg vor uns gerichtet.

Bevor ich wusste, was ich tat, streifte meine Hand seine und ein zaghaftes Lächeln zeichnete sich auf Henrys Gesicht ab. Dean und Maggie grinsten uns breit an, als sie die Tüte in Roberts Hand sahen. Erst jetzt konnten wir sie samt Inhalt wegschmeißen, da hier endlich ein Mülleimer stand. »Geht es dir gut?« Onkel Frank beugte sich zu seinem Sohn hinunter und musterte ihn besorgt.

»Ja«, gab dieser einsilbig wieder und blickte beschämt nach unten.

»Robert, es ist nicht nötig, dass du weiter so tust, als wäre *dir* schlecht geworden. Ich musste mich übergeben und er wollte nicht, dass ihr euch über mich lustig macht. Also hat Robert die Tüte getragen und so getan, als wäre er es gewesen«, sagte ich und wurde fragend von Robert angesehen. Dann schließlich kapierte er, was ich damit bezwecken wollte, und lächelte mich dankbar an.

»Also, Schwesterherz, wir würden dich doch niemals auslachen.« Adam legte fürsorglich den Arm um mich. Manchmal half eine Lüge dabei, dass sich alle besser fühlten, und dann war sie auch gerechtfertigt. Zumindest redete ich mir das ein.

»Du musstest es ja nicht mit ansehen«, witzelte Henry und unterstrich damit meine Schummelei.

»Ich kann mir vorstellen, dass der Anblick grausam war, aber ich hoffe, du wirst ihn irgendwann vergessen«, erwiderte ich.

»Auf keinen Fall.« Henry sah mich mit seinen blauen Augen an, als gäbe es nur uns zwei, und ich verstand die Botschaft dahinter. Dieser Moment oben in der Gondel war für immer in unseren beiden Herzen versiegelt.

»Ach, Henry, was anderes: Maggie hat mir damit in den Ohren gelegen, wie schön sie es finden würde, wenn du morgen zum Weihnachtsessen bei uns vorbeischauen würdest«, sagte Onkel Frank.

Sofort schnellte mein Blick zu meiner Cousine, die mich unschuldig anlächelte. Sie konnte es scheinbar einfach nicht lassen.

»Das ist wirklich sehr nett. Eigentlich wollte ich den Abend mit Instantnudeln und einem Serienmarathon verbringen, da meine Eltern über die Feiertage verreist sind, aber das Angebot klingt deutlich verlockender. Allerdings möchte ich mich wirklich nicht aufdrängen.«

Ich konnte sehen, wie er mit den Fingern gegen seinen rechten Oberschenkel trommelte. Offenbar war ihm die Situation etwas unangenehm.

»Wir würden uns freuen und ich glaube, ich spreche hier für alle«, sagte mein Onkel und ließ damit keinen Raum für Zweifel.

Dean und Adam nickten gleichzeitig.

Das bedeutete dann wohl ein gemeinsames Weihnachtsfest und mein Herz machte bei dieser Vorstellung einen Salto. Und das, obwohl ich doch eigentlich sauer auf Maggie sein sollte.

11.

Weihnachtsabend und erster Kuss

Nach einem schnellen Abendessen ging ich auf mein Zimmer. Ich war völlig erschöpft und wollte noch Mel anrufen, um ihr von meinem Tag zu erzählen.

»Das ist doch verrückt«, sagte ich nach der kurzen Zusammenfassung meiner Erlebnisse am Telefon. Ich tigerte unruhig in meinem Zimmer auf und ab, weil es gegen meine Natur war, brav sitzend zu telefonieren.

»Findest du wirklich?«, fragte sie verwundert nach.

»Selbstverständlich.«

»Also wenn ich die Fakten sehe, dann ist es vollkommen natürlich, dass du dich zu ihm hingezogen fühlst. Überleg doch mal. Du hast gesagt, er sieht gut aus. Richtig?«

»Umwerfend gut. Muskulös, aber nicht zu sehr. Klare blaue Augen, die einem sofort auffallen. Ein süßes Muttermal auf der rechten Wange.«

»Emma?«

»Ja?«, fragte ich unsicher.

»Ich kann dich bis hierher sabbern hören.«

»Herzlichen Dank.« Zum Glück konnte keine anderer das Gespräch mitverfolgen.

»Also, er sieht offensichtlich sehr gut aus, du kennst ihn seit deiner Kindheit und hast dementsprechend auch ein gewisses Vertrauen zu ihm. Zudem ist er allem Anschein nach lieb, zuvorkommend und deine Familie mag ihn sehr. Und nicht zu vergessen ... als Kirsche auf diesem gigantischen Männer-Eisbecher: Er führt das Tanzstudio deiner Mom weiter. Ich meine, das klingt wie in einem Märchen. Selbst ich fange an ihn zu mögen, obwohl ich ihn nicht einmal kenne.«

»Aber meinst du nicht, das geht alles zu schnell?«, fragte ich nach.

»Schätzchen, du bist nur noch ein paar Tage da. Sorry, wenn ich dir das so direkt sagen muss, aber wenn du mehr für ihn empfindest als Freundschaft, dann musst du leider etwas Gas geben. Es sei denn, du hast vor für immer dortzubleiben, dann lass es ruhig langsam angehen.«

»Du weißt, dass das nicht geht«, sagte ich trocken.

»Na ja, es gibt mit Sicherheit gute Colleges in Kanada und ein Teil deiner Familie wäre auch dort. So abwegig finde ich den Gedanken gar nicht«, zählte Mel ungehindert die Fakten auf.

»Es wäre doch albern, wegen einem Mann gleich herzuziehen.«

»Da gebe ich dir recht. Dennoch wollte ich nur sagen, dass es eine Chance für euch beide gibt, sofern du es möchtest.«

»Ich will keine von diesen Frauen sein, die wegen romantischer Gefühle aufhören an ihr eigenes Leben zu denken«, entgegnete ich.

»Das weiß ich doch.« Mel machte eine kurze Pause am Telefon. »Auch wenn ich Henry noch nicht kennengelernt habe, so hört er sich doch nach einem Mann an, den es so kein zweites Mal gibt. Ich kann dir die Entscheidung nicht abnehmen, ob du ihm eine Chance geben solltest.«

»Aber glaubst du denn wirklich, dass er mehr in mir sieht als nur eine alte Freundin.«

Genervtes Aufstöhnen folgte als Antwort. »Emma, du weißt, ich liebe dich, aber bei so was bist du manchmal wirklich schwer von Begriff. Frag ihn doch einfach. Ist ja nicht so, als hätte es Dutzende Signale gegeben.« Mels Sarkasmus versüßte mir wie immer den Tag.

»Du hast recht.«

»Selbstverständlich habe ich das. Ich wünsche dir schon mal ein frohes Fest, Süße.«

»Ich dir auch.«

Dann legten wir zeitgleich auf und ich grübelte darüber nach, wie ich diese ganze Situation am besten angehen sollte. Zum einen war die Erleichterung riesig, Henry wieder in meinem Leben zu haben, zum anderen war da diese Anziehung, die ich definitiv nicht leugnen konnte.

Ich schaute auf mein Handy, aber es kamen keine neuen Nachrichten. Warum sollte er auch schreiben? Bestimmt hatte ich mir alles nur eingebildet.

Ich beschloss den restlichen Abend mit einem Buch zu verbringen.

***

An Heiligabend stocherte ich unsicher in Sophies köstlichem Essen herum und fühlte mich wie ein kleines Mädchen, das nicht wusste, wie man mit einem Jungen sprach. Warum war das nur so schwer? Es war doch nicht das erste Mal, dass wir Zeit zusammen in diesem Haus verbracht hatten, aber dennoch war jetzt alles anders.

»Henry, Maggie hat mir erzählt, du leitest jetzt das Tanzstudio«, warf Tante Sophie ein.

»Das ist richtig«, sagte er freundlich.

Heute Abend trug er ein weißes Hemd, das sich perfekt an seinen Körper schmiegte. Eine dunkelblaue Jeans ließ sein Outfit trotzdem nicht zu förmlich wirken. Ich hingegen hatte mich beim Shopping für ein dunkelgrünes Kleid entschieden, das ich jetzt trug. Der weiche Stoff umschmeichelte meine Figur und betonte meine Kurven. Henry saß neben mir und mein Körper reagierte verräterisch auf seine Nähe.

»Und läuft es gut?«, hakte Dad nach und lenkte damit die Aufmerksamkeit auf sich.

»Ich bin zufrieden. Die Schüler sind alle motiviert und es macht Spaß, dabei zuzusehen, wie sie sich stetig verbessern. Außerdem ist die Nachfrage so groß, dass ich überlege jemanden einzustellen, der die zusätzlichen Kurse leitet«, erklärte Henry.

»Das klingt großartig.« Meine Großmutter klatschte anerkennend in die Hände.

»Das ist es«, pflichtete ihr Henry bei.

»Ich finde es wunderbar, dass du Rose' Traum weiterführst. Sie hat so viele Menschen inspiriert und jetzt übernimmst du diese Aufgabe«, meinte mein Vater.

Ich konnte in diesem Moment nicht sagen warum, aber ein Teil von mir fühlte sich durch Dads Aussage gekränkt. Die Art, wie er das gesagt hatte, gab mir das Gefühl, ich hätte an Henrys Stelle das Studio übernehmen sollen. Schließlich war ich ihre Tochter und sie hatte viel Zeit und Nerven investiert, um mich auszubilden.

Meine Familie stimmte Dads Aussage zu, daher beschloss ich die Schuldgefühle zu verdrängen.

Niemand macht dir einen Vorwurf!

Henry berührte mich mit dem Finger an meiner linken Hand, die sich in der Tischdecke verkrampft hatte. Unauffällig löste ich den starren Griff und sah ihn dankbar an. Er sagte nichts, aber sein fragender Blick sprach Bände.

Dennoch war ich nicht bereit, meine Gedanken mit ihm zu teilen. Zumindest nicht in diesem Moment.

»Und wie ist das Leben in New York?«, fragte Henry in die Runde, aber sein Blick blieb wieder bei mir hängen.

»Es ist sehr laut und man bekommt nur schwer ein Taxi«, sagte ich unverbindlich grinsend.

»Das klingt wirklich schrecklich.« Henry lächelte mich gespielt mitfühlend an.

»Man gewöhnt sich daran.« Ich füllte mir einen Schluck Eggnog in ein kleines Glas und reichte die Flasche dann an Henry weiter, der sich ebenfalls einschenkte. Er beugte sich zu mir herunter und sein Aftershave stieg mir sofort in die Nase.

»Erinnerst du dich noch an Weihnachten vor sechs Jahren?«

Henry hob sein Glas mit der zähen gelben Flüssigkeit und prostete mir zu.

Dann wusste ich, was er meinte. »Meine Mom ist ausgerastet, als sie mitbekommen hat, wie wir die Flasche Eggnog geklaut und heimlich in meinem Zimmer ein paar Schlucke davon getrunken haben. Ihr Gezeter war im ganzen Haus zu hören«, erzählte ich lächelnd und konnte ihr rot angelaufenes Gesicht genau vor mir sehen. Sie trug ihre schulterlangen Haare damals offen und hatte sie sich während ihrer Schimpftirade zu einem strengen Zopf gebunden. Eine Eigenheit, die sie immer dann an den Tag gelegt hatte, wenn sie wirklich aufgebracht war.

»Richtig sauer geworden ist sie erst, als du sie ausgelacht hast, Emmchen«, ergänzte Henry.

»Aber doch nur, weil die Angewohnheit mit dem Zopf in diesem Augenblick so witzig und ich etwas beschwipst war«, versuchte ich mich zu rechtfertigen.

»Das war es.« Henry zwinkerte mir zu und wandte sich dann an meine Brüder. »Wollt ihr denn irgendwann wieder zurückkommen?«

Diese Frage ließ sie in ihrem lautstarken Hin und Her innehalten. Der Gedanke schwebte seit Moms Tod unausgesprochen über unserer Familie. Direkt nach dem Unfall war es mein größter Wunsch gewesen zurückzukehren und ich hatte Dad unter Tränen angefleht alles zu verkaufen. Doch die Wochen danach waren wie in einem Albtraum vergangen und dann war dieser Fluchtgedanke irgendwann abgeebbt.

»Wir werden sehen ... vielleicht später einmal, wenn Adam und Dean fertig sind mit ihrem Abschluss. Vorerst wurde mein Vertrag aber verlängert und die Kanzlei überlässt es mir, ob ich bleiben möchte oder nicht«, erklärte Dad.

Henry hatte offenbar bemerkt, dass er ein sensibles Thema

angeschnitten hatte, und war jetzt bemüht um einen Themenwechsel. »Belegst du irgendwelche speziellen Kurse in der Highschool, Emma?«

»Ich habe wegen meiner besten Freundin Fotografie gewählt und dann ist da noch ein recht interessanter Psychologiekurs. Außerdem noch freies Schreiben«, antwortete ich und schnappte mir ein Lebkuchenmännchen, dem ich mit Vorliebe zuerst den Kopf abbiss. Henry grinste mich breit an und machte es mir nach.

»Und bei euch?«, fragte er Adam und Dean, nachdem er den Lebkuchenmann genauso schnell verschlungen hatte wie ich. Früher hatten wir immer einen Wettbewerb daraus gemacht, wer die meisten innerhalb von fünf Minuten vertilgen konnte.

Selbstverständlich hatte ich fast immer gewonnen.

»Bei mir ist es hauptsächlich Football«, entgegnete Dean mit vollem Mund, was für allgemeine Belustigung sorgte.

»Ich versuche meine Interessen etwas breiter zu fächern, falls es mit dem Sportstipendium nicht klappt«, fasste Adam kurz zusammen.

»Kunst hast du hoffentlich nicht gewählt oder hast du deine Fähigkeiten auf diesem Gebiet verbessert?«, fragte Henry mich.

»Was soll das denn bitte heißen?«, wollte ich gespielt empört wissen.

»Dass deine Zeichnungen auch in der fünften Klasse noch aussahen, als hätte sie ein Kindergartenkind angefertigt. Ein sehr untalentiertes noch dazu.«

Das Gelächter war auf Henrys Seite.

Wir tauschten Erinnerungen aus, über unsere Kindheit und den schwierigen Start in New York. Ich hatte dort eine Klasse wiederholen müssen, daher war ich auch etwas älter als der Rest meines Jahrgangs. Henry hingegen war bereits vor zwei Jahren fertig geworden und besuchte neben der Arbeit im Tanzstudio noch ein paar Kurse am College.

Ich erzählte Henry von Mel und dass ich ihr alles anvertrauen konnte. Dann begann er von seinen Freunden zu berichten, betonte aber dabei immer wieder, dass er niemanden gefunden hatte, der mir auch nur annähernd das Wasser reichen konnte.

»Dann studierst du also Sportwissenschaften?«, hakte ich nach, während er mir von den Kursen am College erzählte.

»Richtig. Es ist eine gute Ergänzung zu meiner Tätigkeit im Studio, allerdings unterstützten mich meine Eltern noch bei vielen Dingen. Zum Beispiel ist die Buchhaltung für mich schwierig, aber ich kämpfe mich durch«, sagte er optimistisch und ich glaubte ihm.

Er kannte seinen Weg.

Der Abend verging mit gemütlichen Unterhaltungen, Plätzchengenasche und jeder Menge Alkohol. Adam und Dean unterhielten sich eine Ewigkeit mit Henry über die Spiele und über die ein oder anderen Frauengeschichten. Eigentlich wollte ich davon nichts wissen, dennoch konnte ich nicht verhindern ein paar Informationen aufzuschnappen. Offenbar hatte sich Henry vor ein paar Wochen von seiner Freundin getrennt. Mir entging auch nicht, dass er durch die Hintertür versuchte meine Brüder über mich auszufragen. Selbstverständlich musste ihm Adam die Geschichte mit Chris erzählen. Nachdem wir uns getrennt hatten, war ich eine Zeit lang ein Wrack gewesen. Auch dieses Detail ließ mein geliebter Bruder nicht aus.

Nach dem Dessert hatte ich wirklich das Gefühl, alles wäre wieder wie früher. Als wären die letzten Jahre nie geschehen. Ich hatte es zuerst nicht zugeben wollen, aber Henry einzuladen war wirklich eine wundervolle Idee gewesen.

Ich ging zu meiner Cousine, die gerade dabei war, ihren Teller abzuräumen, und flüsterte ihr zu: »Danke, dass du Henry eingeladen hast.«

Sie lächelte mich an und sah dann wieder zu Henry. »Ich habe ein gutes Gespür dafür, zwei Menschen zu finden, die zueinander gehören.«

Ich sah mich um und hoffte inständig, dass niemand sie gehört hatte. »Wir sind nur Freunde«, zischte ich.

»Emma, ich bin nicht blind. Ihr beide seht euch an, als würdet ihr am liebsten übereinander herfallen.«

Bei ihren Worten wurde mir heiß und kalt zugleich. War das so offensichtlich?

Wir räumten die Teller und das Besteck weg und ich vermied das Thema. Wenn sie so weitermachte, dann würde ich hier bald mit einem hochroten Kopf herumlaufen.

Henry half gerade meinen Brüdern dabei, *Activity* zu suchen, das meine Tante in einem gigantischen Schrank aufbewahrte.

»Seit ein paar Jahren ist es Tradition bei uns, an Heiligabend zu spielen«, erklärte ich Henry, als er mir fragend das Spiel überreichte.

»Wie könnt ihr in diesem vollgefutterten Zustand noch daran denken, euch großartig zu bewegen? Schach könnte ich ja noch verstehen, aber ein Spiel, bei dem man Pantomime machen muss? Fehlt bloß noch, dass ihr *Twister* herausholt«, scherzte er.

»Das spielen wir in der nächsten Runde«, sagte ich ernst und beobachtete vergnügt, wie er nervös seine Hände knetete.

Offenbar gefiel ihm die Vorstellung nicht, mit vollem Bauch in der Gegend rumzuturnen.

»Du kannst ganz beruhigt sein. Niemand muss mitspielen oder denkst du, dass meine achtzigjährigen Großeltern sich voller Elan ins Spiel stürzen?«, fragte ich und deutete auf meinen Großvater, der sich bereits gemütlich in einen Sessel neben dem Kamin gesetzt hatte.

»Du hast dich kein bisschen verändert«, sagte er und ich hielt in der Bewegung inne.

»Doch, allerdings.«

In Gedanken fügte ich noch hinzu, dass ich nicht mehr tanzte, aber ich sprach es nicht laut aus. Zu groß war die Angst vor seiner Reaktion und den Fragen, die darauf folgen mussten. Das Tanzen war immer unsere Gemeinsamkeit gewesen. Als ich es aufgegeben hatte, hatte ich auch einen entschiedenen Teil meiner Vergangenheit abgelegt.

Henry sah mich verwundert an, doch ich erklärte ihm meine Gedanken nicht.

»Ich bin gespannt darauf herauszufinden, um welche Veränderungen es sich handelt«, sagte er verschwörerisch.

»Vielleicht dass ich heimliche *Activity*-Meisterin bin und jahrelang alle in meiner Familie geschlagen habe?«

Ich tippte mir gespielt nachdenklich mit dem Zeigefinger ans Kinn.

»Lass dir nichts vormachen, Henry. Emma ist bei Weitem die schlechteste Spielerin. Aber wenn du mit ihr in einem Team sein willst, dann werde ich dich sicherlich nicht davon abhalten.« Adam grinste Henry an.

»Das Risiko gehe ich ein«, antwortete dieser.

Wenig später sangen Henry und ich lautstark *We Are the Champions,* während die anderen sich die Ohren zuhielten.

»Ich muss gestehen, mit dir wird *Activity* wirklich zu einem Event. Noch nie zuvor habe ich miterlebt, wie jemand versucht hat das Wort *Weidezaun* mit Dutzenden Tiergeräuschen zu beschreiben, anstatt einfach zu sagen, dass es etwas ist, was Lebewesen auf einer Grünfläche zusammenhält.«

Ich warf einen schnellen einen Blick auf die letzte Spielkarte und tatsächlich hätte ich es genau so beschreiben können, ohne mich zum Vollidioten zu machen. *Mist.*

»Ach, warum einfach, wenn es auch kompliziert geht«, sagte ich und machte eine wegwerfende Geste.

»Da hast du selbstverständlich recht und so ist es auch viel unterhaltsamer. Ich bin dann jetzt bereit für *Twister*«, witzelte er.

»Also, Kinder, wir gehen jetzt nach Hause«, sagte meine Großmutter, während sie und Großvater sich die Mäntel anzogen.

Wir verabschiedeten uns von ihnen und meine Tante brachte dann auch schon Robert ins Bett.

»Richard, ich wollte dir doch noch die limitierte Ausgabe dieses englischen Literaten zeigen«, sagte Onkel Frank zu meinem Dad.

Jeder hier wusste, dass das der Code war für »Lass uns einen guten englischen Scotch in der Bibliothek trinken, wo niemand uns stören kann«. Mein Dad grinste über beide Ohren und folgte meinem Onkel. Es tat gut, ihn einmal nicht arbeiten zu sehen, und anscheinend freute er sich darauf, mit Frank allein reden zu können. Während alle »Alten« dabei waren zu verschwinden, überlegten meine Brüder und Maggie, was man mit dem jungfräulichen Abend noch anstellen könnte.

Henry schaute auf sein Telefon und hob verwundert die Augenbraue. »Oh, es ist ja schon superspät, ich sollte jetzt besser gehen.«

»Du kannst gern länger bleiben«, sagte ich schnell und hoffte, dass es nicht verzweifelt klang.

»Bist du sicher?« Er kratzte sich nachdenklich am Hinterkopf und blickte sich zweifelnd um. Offenbar versuchte er herauszufinden, wie müde der Rest von uns war – oder er wollte einfach nicht aufdringlich wirken.

»Spiel doch noch eine Runde *Wer bin ich?* mit uns«, schlug Maggie vor.

»Also gut, aber nur noch eine«, gab Henry sich geschlagen.

»Perfekt.« Maggie sprang vom Sofa auf, holte einen Stapel mit gelben Klebezetteln und fing an etwas draufzuschreiben. Dann klebte sie Dean den Zettel auf die Stirn. Der wiederum machte dasselbe für Adam. So ging es weiter, bis Henry schließlich an der Reihe war, sich eine Person für mich auszudenken – und ich tat dasselbe für ihn. Als er fertig war, kam er dicht an mich heran und drückte mir sanft den Zettel auf die Stirn. Er war ganz behutsam und dennoch blieb der Zettel kleben. Zu mir musste er sich leider etwas herunterbeugen, damit ich das Stück Papier mit »Pjotr

Tschaikowsky« an seiner Stirn befestigen konnte. Henry mochte den *Nussknacker* sehr, zumindest war es früher so gewesen.

Nachdem jeder einen dieser Zettel an der Stirn kleben hatte, begann die Fragerunde.

Maggie hatte am schnellsten erraten, dass sie der *Grinch* sein sollte. Denn eigentlich machte sich meine Cousine nicht viel aus Weihnachten. Immer mehr von uns errieten die Person, bis nur noch ich und Henry übrig waren. Bis jetzt wusste ich nur, dass ich weiblich war, in einem Märchen vorkam, aber keine reale Person war.

»Bin ich Cinderella?«, fragte ich hoffnungsvoll, aber ein einstimmiges Nein ließ mich weitergrübeln.

»Habe ich etwas mit Ballett zu tun?«, fragte Henry. Er war dem Sieg schon deutlich näher als ich.

»Ja«, sagte ich, nachdem ich erschrocken festgestellt hatte, dass meine Brüder den Namen googeln mussten.

Offenbar war Musik nicht gerade ihre Stärke, dabei hätte ich schwören können, dass selbst ihnen dieser bekannte Komponist etwas sagte.

»Hat es etwas mit dem *Nussknacker* zu tun?« Gleich hatte er die Lösung. Ich nickte.

»Tschaikowsky«, rief er dann fröhlich.

»Herzlichen Glückwunsch. Dann bin jetzt nur noch ich übrig.«

»Willst du denn noch weiterraten?«, fragte Maggie und gähnte.

»Selbstverständlich. Aufgeben ist keine Option.«

»Aber du hast doch schon verloren«, warf Dean ein.

»Nur wenn ich aufgebe.« Ich zwirbelte eine meiner Locken um den Finger und überlegte fieberhaft, welche Figur ich sein könnte. »Bin ich eine Hexe?«

Wieder ein einträchtiges Nein.

»Eine Fee?«, fragte ich in meiner Verzweiflung. Plötzlich erhellten sich die müden Gesichter.

Okay, es wurde eindeutig wärmer.

»Die gute Fee von Cinderella«, sagte ich dann hoffnungsvoll.

»Komm schon, Emma. So schwer ist das doch nicht«, sagte Maggie und fasste sich mit der flachen Hand gegen die Stirn.

»Einen Moment.« Mein müdes Hirn arbeitete auf Hochtouren.

»Tinkerbell?«, fragte ich zögerlich und wurde mit Jubel belohnt.

»Das war aber eine schwere Geburt«, sagte Adam und alle anderen stimmten ihm nickend zu.

»Ich kann ja nicht bei allen Spielen gewinnen«, gab ich schulterzuckend zurück.

»Da hast du natürlich vollkommen recht«, pflichtete Henry mir bei.

»So, Leute, es war sehr schön, aber Adam, Maggie und ich haben noch eine Verabredung zu einer Netflix-Nacht.« Dean stand auf und die anderen beiden folgten ihm eilig.

Und plötzlich war ich mit Henry vollkommen allein.

»Die Treppe knarzt noch genauso schrecklich wie früher«, sagte er schmunzelnd, während die anderen die Stufen hinauf in die erste Etage gingen.

»O ja, aber dadurch wussten wir immer, wann meine Eltern hochkamen, um dich rauszuschmeißen, weil du mal wieder heimlich übernachten wolltest.«

»Ganz oft war ich einfach nur das Opfer. Du hast immer gesagt, du wolltest nicht allein schlafen, weil die Äste der Bäume sich nachts in ein Monster verwandeln würden.« Unwillkürlich musste ich an die vielen Momente denken, in denen ich Henry angebettelt hatte zu bleiben. Es waren Dutzende und er hatte niemals Nein gesagt.

»Ich schwöre dir, da draußen war wirklich etwas.«

»Mit Sicherheit.«

Henry tippte nervös mit den Fingern auf seinem Knie herum. »Hör mal, Emma, ich weiß nicht so recht, wie ich es sagen soll, aber das mit gestern tut mir leid. Ich weiß auch nicht, was in mich gefahren ist. Ich war einfach nur froh, dich wieder in meinem

Leben zu haben und irgendwie sind dann die Gefühle mit mir durchgegangen«, erklärte er und ich wusste nicht, was ich *davon* nun halten sollte.

»Ich weiß genau, was du meinst«, versuchte ich ihm entgegenzukommen.

»Wirklich? Ich finde, ich klinge ziemlich erbärmlich, denn immerhin war ich siebzehn, als du weggezogen bist. In den letzten Jahren ist so viel passiert und doch war der Wunsch immer da, alles mit dir zu teilen. Wenn ich also mit der gestrigen Aktion etwas kaputtgemacht habe, dann tut es mir sehr leid. Ich hatte auch überlegt, ob es überhaupt sinnvoll ist, heute herzukommen, aber absagen wollte ich dann auch nicht.« Er atmete einmal tief ein und aus, als würden ihn die folgenden Worte Überwindung kosten. »Was ich eigentlich mit diesem ganzen Geschwätz sagen will: Ich bin froh, dass wir uns noch mal gesehen und über alles gesprochen haben. Vielleicht können wir uns mal schreiben, wenn du wieder in New York bist.«

Er sah mich mit seinen blauen Augen an und mein Herz zog sich schmerzhaft zusammen. Was auch immer das hier war – Freundschaft oder der Beginn von etwas anderem –, es hatte keine Zukunft. Zumindest nicht in den nächsten Monaten. Statt etwas zu sagen, nickte ich nur und Henry schloss mich in eine innige Umarmung. Ich wusste nicht, wann ich mich das letzte Mal derart geborgen und verloren zur selben Zeit gefühlt hatte. Schließlich ließ er mich wieder los und schaute auf die Uhr.

»Ich denke, es ist jetzt Zeit zu gehen. Kommst du ohne mich klar oder hast du immer noch Angst vor den Zweigen?«, witzelte er.

»Mittlerweile weiß ich, dass Bäume eine furchtbare Angst vor Feuer haben, und trage deswegen immer ein Feuerzeug bei mir. Außerdem schlafe ich jetzt in Dads alter Bibliothek.«

»Die mit diesem gruseligen Wandschrank?«, fragte Henry und rieb sich über die Oberarme, als ob ihm plötzlich kalt wäre.

»Du bist schrecklich.«

»Warum?«, fragte er überrascht und grinste über beide Wangen.

»Weil du mir mit Absicht Angst einjagen willst«, beschuldigte ich ihn.

»Vielleicht will ich einfach nur, dass du mich als den Ritter in strahlender Rüstung siehst.«

»Das tue ich und jetzt kannst du nach Hause galoppieren.«

»Zu Befehl, Mylady.«

Henry stand auf und verbeugte sich gespielt von mir. Zur Belohnung warf ich Popcorn nach ihm, was in einem heillosen Chaos endete. Schließlich begleitete ich ihn zur Garderobe und sah dabei zu, wie er sich seinen Mantel anzog.

»Es war wirklich ein toller Abend«, sagte er und ich stimmte ihm zu.

Gerade als er die Klinke der Haustür herunterdrücken wollte, hielt er noch mal inne und drehte sich zu mir um. »Am zweiten Weihnachtsfeiertag wird der *Nussknacker* aufgeführt. Dieses Mal bin ich die zweite Besetzung für die Hauptrolle, aber so, wie es jetzt aussieht, komme ich gar nicht zum Einsatz. Als Entschädigung wurden mir Karten angeboten, aber leider fällt mir niemand ein, der außer dir daran Interesse hätte.«

Es dauerte einen Moment, bis ich begriff, was genau er damit sagen wollte. »Du möchtest, dass ich dich begleite?«, fragte ich und legte den Kopf schief.

Henry nickte stumm und seine Finger tippten unruhig auf seinem rechten Oberschenkel herum. »Wenn du es nicht möchtest, ist es natürlich vollkommen in Ordnung. Ich bin dir nicht böse.« Seine blauen Augen sahen mich erwartungsvoll an.

»Ich weiß es nicht«, gestand ich offen und konnte sehen, wie er in seiner Bewegung stoppte.

Wahrscheinlich hatte er sich eine andere Antwort erhofft, aber ich wusste nicht, ob ich dazu bereit war, mir das anzusehen. Die Vorstellung, auf eine Bühne zu blicken und anderen beim Tanzen zuzusehen, schürte die Panik in mir und raubte mir die Luft zum Atmen.

Plötzlich nahm Henry meine Hand in seine. Die Wärme, die er verströmte, erdete mich sogleich. Eine Sorgenfalte zeichnete sich auf seinem markanten Gesicht ab und die blauen Augen suchten nach irgendetwas. »Ist alles okay?«, fragte er zögerlich.

Alles in mir schrie: *Nein. Ich bin kaputt und werde nie wieder heil sein. Verschwende deine Zeit nicht an mich!* Doch neben diesem überwältigenden Gefühl der Verzweiflung war auch ein leises Flüstern, das Henry anflehte, mich nie wieder loszulassen. Wann hatte ich mich das letzte Mal so sehr nach einer Berührung gesehnt wie in diesem Augenblick?

»Emma?«

Er umfasste vorsichtig mein Kinn, sodass ich ihn ansehen musste. O Mann, diese Augen brachten mich noch um den Verstand. »Mir geht es gut«, log ich.

»Das glaube ich dir nicht.«

Seine Ehrlichkeit zog mir den Boden unter den Füßen weg, während ich stumm flehte, dass er mir einfach vertraute.

»Was ist los?« Er strich sanft über meine Wange und meine Knie wurden weich.

»Gar nichts«, sagte ich schwer und schluckte meine Emotionen herunter. Das Tanzen war immer etwas gewesen, was uns verbunden hatte, und ich konnte ihm nicht sagen, dass ich es abgelegt hatte – und damit auch einen Teil von ihm.

»Also, falls du eine Entscheidung getroffen hast, dann kannst du dich gern bei mir melden. Ich werden den Platz in jedem Fall für dich frei halten … und für die anderen könnte ich notfalls auch noch welche herkriegen«, sagte er schließlich, weil er offensichtlich bemerkt hatte, dass ich nicht weiter darüber reden wollte.

»Ich werde dir morgen Bescheid sagen.«

»Das ist schön. Ach, und eine Sache wäre da noch.« Henry griff in eine der Manteltaschen und holte ein kleines Päckchen hervor. Es war liebevoll eingepackt und mit einer samtroten Schleife versehen. »Frohe Weihnachten«, sagte er und überreichte mir das Geschenk.

Gerade als ich es öffnen wollte, hielt er mich davon ab.

»Pack es später aus, dann sehe ich nicht, falls du enttäuscht bist.«

»Das bin ich sicherlich nicht«, sagte ich empört.

Bevor er Einwände erheben konnte, hatte ich das Papier bereits entfernt. Zum Vorschein kam eine kleine hölzerne Schatulle.

Zaghaft öffnete ich sie, obwohl Henry bereits protestierte. Dann hörte ich etwas Zartes, Leises. Es war die Melodie von *Schwanensee.* Eine kleine Ballerina und ein niedlicher weißer Schwan drehten sich unermüdlich im Kreis. Erst auf den zweiten Blick bemerkte ich, dass in dem Kästchen eine kleine Schublade verborgen war. Als ich sie herauszog, kam ein kleines, selbst gemachtes Buch zum Vorschein. Es war gerade einmal so groß wie meine Handinnenfläche und die Seiten waren bereits vergilbt.

»Oh, das kannst du mir geben.«

»Was ist das?«, fragte ich neugierig.

»Nur Kritzeleien, die ich vor ein paar Jahren begonnen habe.«

Bevor er es mir wegnehmen konnte, betrachtete ich es genauer und fing an es im Eiltempo durchzublättern. Es zeigte ein kleines einsames Mädchen mit einem Ball, bis plötzlich eine Junge auftauchte und sie gemeinsam spielten. Die Figuren wurden sichtbar älter und fingen an zu tanzen. Am Anfang fielen sie noch öfter hin und die ein oder andere Träne wurde vergossen, aber dann tanzten sie perfekt. Und ganz zum Schluss, als ich die letzte Seite erreichte, da küssten sie sich.

Ich sah zu Henry auf, der meinem Blick auswich. Offenbar war ihm das Ganze unangenehm.

»Es tut mir leid, ich wusste nicht mehr, dass das Buch noch da drin war. Ich habe mir die Schatulle vor ein paar Jahren gekauft und das Buch dort hineingelegt. Als dann die Einladung von deiner

Cousine kam, dachte ich, es wäre das ideale Geschenk. Gibst du mir das Büchlein?« Er streckte die Hand aus.

»Nein.« Ich schüttelte vehement den Kopf, sodass meine braunen Locken hin und her schwangen, und drückte das Buch fest an meine Brust.

»Dann versprich bitte, es wegzuschmeißen.«

»Auf gar keinen Fall. Es ist wunderschön und ich werde es behalten. Vielen Dank für die Schatulle ... Sie ist wirklich zauberhaft und erhält einen Ehrenplatz neben deiner Schneekugel«, sagte ich.

»Die hast du noch?«, fragte er verwundert.

»Selbstverständlich. Daran hängen so viele wunderbare Erinnerungen, dass ich sie für immer behalten möchte«, gestand ich und dachte mit Kribbeln im Bauch an Henrys Kuss.

»Hab noch einen schönen Abend, Emmchen«, sagte er, ohne auf meine Worte einzugehen, und öffnete die Tür.

»Das wünsche ich dir auch.«

Ich sah Henry nach, wie er hinaus in den Schnee ging. Ein paar Herzschläge lang betrachtete ich das Geschenk und besonders die Zeichnung des Pärchens, das sich küsste. Gerade als ich die Treppe hochgehen wollte, entschied ich mich um. Ich lief aus der Haustür und rannte, so schnell ich konnte, Henry hinterher.

Ehe er etwas sagen konnte, fiel ich ihm um den Hals und küsste ihn. All die Gefühle und Erinnerungen vereinigten sich zu einer gigantischen Explosion, sodass ich in diesem Augenblick nur mich und ihn wahrnahm. Henry hüllte mich in eine Umarmung und erwiderte den Kuss. Er war sanft und seine weichen Lippen fühlten sich unbeschreiblich gut an.

Irgendwann löste er sich schwer atmend von mir.

»Auch wenn ich mich am liebsten nicht mehr von dir trennen würde, wir haben Minusgrade hier draußen und du hast keine Schuhe an. Ich wäre ungern schuld daran, wenn du eine Lungenentzündung bekommst.«

Erst jetzt nahm ich die Kälte um mich herum wahr und fing lachend an zu fluchen. Ich wollte mich gerade umdrehen und ins Haus zurückrennen, da wurde ich sanft hochgehoben. Henry trug mich auf seinen Armen bis zur Haustür.

»Wow!«, war alles, was ich dazu sagen konnte.

»Ich hebe täglich ein paar Frauen hoch, da darf ich doch nicht aus der Übung kommen.«

»Stimmt, das können wir nicht riskieren«, sagte ich zustimmend und erntete ein tiefes Lachen.

»Emma, du solltest jetzt die Tür wirklich hinter dir zumachen und dich umziehen. Sonst wirst du echt krank.«

»Ich mach ja schon.«

»Ich werde es dir leichter machen.«

Er gab mir noch einen langen Kuss und ging dann wirklich. Eine kurze Zeit sah ich ihm noch nach. Es war, als müsste ich mir jedes Detail einprägen, damit ich auch begriff, dass das hier gerade wirklich passiert war. Ich hatte Henry geküsst. Und es hatte sich so verflucht gut angefühlt, dass ich es am liebsten jedem auf diesem verdammten Planeten erzählt hätte.

Schließlich schloss ich die Tür und wurde mit leisem Klatschen in Empfang genommen.

»Das wurde ja auch Zeit«, sagte Maggie und meine Brüder pflichteten ihr bei.

Sie blickten vom oberen Stockwerk herunter.

»Habt ihr etwa alles mit angesehen?«, fragte ich stockend.

»O ja und zwischendrin war ich wirklich versucht dir zuzurufen, was du zu tun hast. Aber du hast es ja allein hinbekommen.«

Ich ging kopfschüttelnd die Treppe hinauf, während meine Cousine wieder mit meinen Brüdern im Zimmer verschwand.

Diese Familie war wirklich vollkommen irre und ich liebte sie dafür.

Zunächst ging ich ins Bad, um mich umzuziehen, denn schließlich war die Strumpfhose an den Füßen triefend nass. Eine Jogginghose mit einem weiten Hoodie reichte aus für den restlichen Abend. Obwohl ich es besser wissen sollte, schaute ich immer wieder aufs Handy, um zu sehen, ob er mir geschrieben hatte. Natürlich war das albern, ich hatte ihn ja gerade erst verabschiedet. Dennoch vermisste ich ihn bereits jetzt.

Je mehr Zeit verstrich, desto stärker wurde die Ernüchterung. Wir hatten keine Zukunft und ich war dabei, mich in ihn zu verlieben. Das war doch absolut irrsinnig und dennoch war es real. Es fühlte sich einfach richtig an.

Bevor ich noch mehr Zeit mit dem Anstarren meines Handys verbringen konnte, beschloss ich in das Zimmer meiner Brüder zu gehen. Leise öffnete ich die Tür und fand die drei vor einem Fernseher sitzend, während sie Popcorn aßen.

»Sagt mir bitte, dass ihr einen Horrorfilm guckt?«, fragte ich hoffnungsvoll.

»Was anderes würde mir nie einfallen«, erwiderte Dean und klopfte auf den Platz neben sich.

12.

Geschwisterliebe und Andenken

Der Tag nach dem Kuss fühlte sich genauso surreal an wie die gesamte Zeit, die ich bisher in Kanada verbracht hatte.

Meine Brüder und Maggie hörten nicht auf mich anzugrinsen, aber scheinbar hatten sie wenigstens Dad nichts davon erzählt. Der saß den ganzen Tag mit Kopfschmerzen im Sessel und bewegte sich wirklich nur minimal. Er hatte eindeutig zu tief ins Glas geschaut. Ebenso wie mein Onkel, der direkt neben ihm saß und bitterböse Blicke von meiner Tante erntete. Vermutlich war die limitierte Ausgabe dieses englischen Literaten doch nicht so spannend gewesen.

Alles in allem genoss ich diesen ruhigen Tag, dennoch schaute ich immer wieder auf mein Handy, um nachzusehen, ob es neue Nachrichten gab. Als ich gestern Nacht noch Mel angerufen und ihr von allem berichtet hatte, war ihr einziger Ratschlag gewesen, dass ich es einfach genießen und endlich damit aufhören sollte, jedes Detail zu zerdenken.

Selbstverständlich wusste ich, dass sie recht hatte. Dennoch konnte ich die Stimme in meinem Kopf nicht stumm stellen.

»Mir fällt gerade ein, dass Henry mich zum Ballett eingeladen hat. Die alljährlich Weihnachtsaufführung vom *Nussknacker* am zweiten Weihnachtsfeiertag, um genau zu sein. Ich habe noch nicht abschließend zugesagt, aber eigentlich würde ich sehr gern hingehen und es wäre toll, wenn ihr auch dabei wärt. Er könnte euch Karten besorgen.«

Ich sah meine Brüder an und hoffte, dass sie die unterschwellige

Botschaft dahinter verstanden. Ein Teil von mir wollte die Aufführung sehen und dennoch war da diese Angst. Ich brauchte meine Familie um mich.

»Ich bin gern dabei«, sagte Adam und lächelte mich an. In diesem Moment hätte ich ihn wirklich küssen können.

»Ernsthaft?«, fragte Dean nach. Adam nickte stumm und funkelte ihn finster an. Dean rollte genervt mit den Augen. »Na gut, ich bin auch dabei«, sagte er ergeben.

Dad und Onkel Frank waren momentan, so sah es zumindest aus, kaum dafür zu begeistern, in naher Zukunft die Sessel zu verlassen.

»Dann haben wir ja einen Grund, uns morgen so richtig herauszuputzen, was?«, zwinkerte mir meine Cousine zu.

»Genau.« Ich zückte mein Telefon und schrieb Henry, dass nicht nur ich, sondern auch meine Brüder und Maggie morgen dabei wären.

Es dauerte keine fünf Minuten und ich bekam einen freudigen Smiley zurück. Die genauen Angaben zur Uhrzeit schickte er in einer separaten Nachricht.

»Was haltet ihr von einer Pizza zum Abendessen?«, schlug ich vor und erhielt jubelnden Zuspruch von meinen Brüdern.

»Aber ich hatte ein größeres Menü für heute Abend geplant«, wandte Tante Sophie ein.

»Schatz, wir alle lieben deine Kochkünste, aber so kannst du dich auch einfach mal entspannen und wir machen uns einen gemütlichen Abend. Dann muss niemand in der Küche stehen und der Abwasch wird vermutlich auch nicht allzu lang dauern.«

Mein Onkel umarmte meine Tante von hinten und gab ihr einen zärtlichen Kuss auf die Wange. Während mein kleiner Cousin Würgegeräusche machte, fand ich diese Geste irgendwie niedlich. Die beiden waren schließlich auch schon seit zwanzig Jahren verheiratet und wirkten auf mich immer noch so verliebt wie am ersten Tag. Mein Blick glitt zu Dad, der sich die Augen rieb. Erst als ich ihn genauer betrachtete, bemerkte ich, dass er offenbar mit den Tränen kämpfte. Ihm fiel auf, dass ich ihn beobachtete, und er lächelte mir aufmunternd zu. Bei all der Aufregung hatte ich vollkommen vergessen, wie er sich fühlen musste. Immerhin steckte dieses Haus auch für ihn voller Erinnerungen an seine verstorbene Frau. Ich wusste nicht, ob es richtig oder falsch war, aber ich stand auf und umarmte ihn, wie ich es schon viel eher hätte tun sollen.

Plötzlich wurden wir ebenfalls von zwei Paar starken Armen umfasst. Meine Brüder hatten Dads Trauer ebenfalls erkannt. Und ich war mir sicher, dass Mom auch bei uns war. Jetzt in diesem Moment.

»Okay, die nächste Umarmung gibt erst wieder bei Emmas Abschluss, wenn wir aus ihrem Zimmer ein zusätzliches Badezimmer machen«, sagte Dean und alle stimmten mit einem Lachen ein.

»Das bedeutet aber, dass ich bei einem von euch schlafen muss, wenn ich euch besuche«, warf ich ein.

»Eine Luftmatratze passt doch bestimmt ins Bad«, meinte Adam grinsend.

»Na schön, aber dann wird dieses Bad auch den ganzen Tag nur von mir besetzt sein.« Ich nickte, um meine Worte zu unterstreichen, und erntete Protest von meinen Brüdern.

»Spätestens beim Duft von Pizza wirst du herauskommen«, sagte Dad.

»Da hast du recht«, musste ich eingestehen.

»Ich dachte, du weißt noch nicht genau, was du nach dem Abschluss machen willst?«, fragte Maggie nach.

»Na ja, ich glaube, Journalismus wäre was für mich.«

»Wie kommst du darauf?«

»Ich schreibe gern Geschichten.«

»Das klingt … etwas unüberlegt«, wandte Maggie ein und hatte damit genau ins Schwarze getroffen.

Ich wusste noch nicht so recht, was ich tun sollte. Es gab Millionen von Möglichkeiten und durch meinen Abschluss standen mir so ziemlich alle Türen offen, aber ich wusste nicht, durch welche ich gehen sollte.

»Na ja, ich werde schon noch sehen, was sich ergibt. Ein paar Bewerbungen fürs College sind raus und da habe ich mich für die Richtungen Geschichte, Journalismus und Wirtschaft beworben«, sagte ich schulterzuckend. »Weißt du denn schon, was du wählst?«, fragte ich meine Cousine.

»Verhaltensbiologie«, sagte Maggie trocken, als ob die Frage überflüssig wäre.

»Wow, das klingt ja sehr präzise«, sprach Adam das aus, was wir alle dachten.

»Maggie wusste schon immer genau, was sie machen wollte«, meinte Onkel Frank.

Das wusste ich bis vor Moms Tod auch, dachte ich traurig. Während die anderen eifrig dabei waren, unser Abendessen zu organisieren, war ich in Gedanken versunken.

Selbst als mir eine halbe Stunde später der würzige Geruch von geschmolzenem Käse und Kräutern in die Nase zog, fühlte ich mich traurig. Den restlichen Abend verging mit nettem Plaudern und ich versuchte mich nach Kräften zu beteiligen, aber es wollte mir nicht recht gelingen.

Später ging ich nach oben und schnappte mir eine Taschenlampe, die ich zufällig gestern auf der Suche nach Batterien in einer Kommode gefunden hatte. Mein Ziel war das alte Arbeitszimmer meines Vaters, in dem jetzt meine Brüder einquartiert waren. Ihre Kleidungsstücke lagen kreuz und quer im Raum verteilt. Nicht einmal die Betten hatten sie ordentlich gemacht. Bei Gelegenheit sollte ich ihnen sagen, dass sie das Zimmer nicht so lassen konnten – oder ich überließ Dad diese undankbare Aufgabe. Adam und Dean waren nicht gerade Fans von Ordnung und es ihnen beizubringen brachte mich regelmäßig zur Verzweiflung.

Ich suchte in dem Chaos nach der langen Stange, um die Luke zum Dachboden zu öffnen. Schließlich fand ich sie hinter der Zimmertür und kletterte wenig elegant auf den Dachboden.

Als wir klein gewesen waren, hatten meine Brüder und ich uns hier sehr oft versteckt. Es war unser geheimer Rückzugsort gewesen. Dad und Mom hatten eine Ewigkeit gebraucht, bis sie uns hier das erste Mal gefunden hatten. Hätte Dean nicht lautstark gelacht, wäre unser Versteck damals niemals aufgeflogen.

In meiner Erinnerung war hier oben jedoch deutlich mehr Platz, was entweder an meiner Körpergröße oder an den Kisten lag, die sich wie von Zauberhand vermehrt hatten. Offenbar hatte Tante Sophie einen Teil des Dachbodens für sich eingefordert, während die linke Seite noch vollkommen unberührt schien.

Unzählige Male hatten wir auf dem Dachboden Zuflucht gesucht, wenn unsere Eltern mit uns ins Museum oder in ein Musical hatten fahren wollen.

In einen der Dachbalken hatten wir sogar unsere Initialen geritzt. Es gab noch alte Kisten, in denen Fotos und Spielzeug von uns lagen. Wir hatten die Sachen immer nach New York holen wollen, aber irgendwann war das alles hier in Vergessenheit geraten. Dieser einmalige Geruch nach alten Büchern lag in der Luft und vermischte sich mit einem anderen Duft. Er war kaum wahrnehmbar, doch ich folgte meinem Gefühl. Der Duft kam eindeutig von einer der unteren Kisten, also legte ich die Taschenlampe so hin, dass sie den Bereich vor mir ein Stück weit beleuchtete. Kiste für Kiste kam ich diesem Geruch näher und wurde immer nervöser. Was war das nur? Was, um alles in der Welt, war mir derart vertraut – ohne dass ich diesen Geruch genau zuordnen konnte? Dann endlich hatte ich den letzten Karton erreicht. Er war ohne eine Beschriftung und daher blieb mir nichts anderes übrig, als ihn zu öffnen.

Mit zittrigen Fingern löste ich das Klebeband, was noch erstaunlich gut haftete, und klappte dann eine Seite der Pappschachtel hoch. Dann die andere, bis ich Kleidungsstücke erkennen konnte. Nach und nach packte ich ein Teil nach dem anderen aus und der Geruch wurde immer stärker, bis ich nach etwas Kühlem, Kantigem griff. Als ich den Gegenstand, von dem der Geruch ausging, in das Licht der Taschenlampe hielt, wäre er mir beinahe heruntergefallen.

Das war Moms Lieblingsparfüm.

Sie hatte sich fast jeden Tag damit eingesprüht, als wir noch hier gelebt hatten. Wie hatte ich das nur vergessen können? Immerhin war es *ihr* Duft gewesen!

Jetzt bemerkte ich, dass der Flakon am Verschluss oben etwas undicht war. Wahrscheinlich hatte Sophie vor Kurzem die Kisten verschoben und dabei hatte die Flasche Schaden genommen. Oder Robert könnte hier oben gespielt haben und dabei gegen die Kiste gekommen sein.

Mir kam das Fläschchen jetzt fast wie ein Geschenk vor. Ich wusste nicht warum, aber das hier fühlte sich an, als hätte ich gerade eine Nachricht von meiner Mom erhalten. Eine letzte Erinnerung, die sie mir geschenkt hatte. Meine Aufmerksamkeit fiel auf einen grauen Pullover, der unter dem Flakon gelegen hatte. Ich holte ihn hervor: Eine kleine Ballerina war darauf abgebildet. Das war einer ihrer liebsten Pullover gewesen. Ich drückte ihn so fest an mich, wie ich nur konnte, und bildete mir ein, sie wäre jetzt hier. In diesem Moment hörte ich ein Knarzen und ich richtete die Taschenlampe auf die Öffnung der Dachkammer.

Mein Herzschlag ging auf einmal so schnell, dass ich dachte gleich ohnmächtig zu werden. Ich konnte mich erst entspannen, als ich Adam erkannte, der langsam die Treppe heraufkam.

»Ich habe noch nie so eine große Maus gesehen«, sagte ich und senkte die Lampe, um Adam nicht weiter zu blenden.

»Und was ist mit der riesigen Ratte hinter dir?«, sagte er todernst.

»Was?«, quietschte ich und drehte mich rasch um, doch da war nichts. Mein Bruder lachte hämisch über meine Reaktion. »Was willst du hier?«, fragte ich leicht genervt.

»Dasselbe wie du.«

»Und das wäre?«

»In Erinnerungen schwelgen und mich Mom näher fühlen«, sagte er ehrlich und augenblicklich tat mir meine ruppige Art leid.

»Mein Verstand dreht in diesem Haus wirklich ein wenig durch. Gerade bilde ich mir sogar ein, sie zu riechen. Das ist doch irre, oder?«, sagte er schulterzuckend.

»Nein, ist es nicht.«

Wortlos zeigte ich ihm den Flakon und den Pullover.

»Weißt du noch, wie Dad sich geweigert hat mit ihr vor die Tür zu gehen, wenn sie das Teil trug?«, fragte Adam.

»O ja ... und dann hat sie sich fix etwas anders drübergezogen und dann, wenn sie weit genug von zu Hause entfernt waren, hat sie wieder in ihrem Lieblingsteil dagestanden.«

»Am Ende hat sie es nur gemacht, um Dad auf die Palme zu bringen. Manchmal hatten die beiden wirklich einen schrägen Humor«, sagte mein Bruder und ich musste ihm zustimmen.

»Wie das eine Mal, als Dad ihr eine Gummispinne ins Bett gelegt hat. Danach hat Mom sich eine Woche geweigert neben ihm zu liegen.«

»Richtig.«

Wir begannen beide zu lachen und es fühlte sich einfach gut an. Ich zog eines der Fotoalben heraus, das hauptsächlich Adam zeigte. Die von Dean waren in einem eigenen Karton. »Erinnerst du dich noch an diesen schrecklichen Tag im Zoo, als die Ziege meine Jacke angefressen und Mom dann versucht hat dem Vieh auf ruhige Art zu erklären, dass das nicht gehe.«

»Ja ... und die Ziege hat erst aufgehört, als Dad dich aus dem Gehege gezogen hat«, sagte ich lachend.

Adam zeigte auf ein Foto mit einer angefressenen Jacke, die an einem heulenden Adam hing.

»Du hast mich wochenlang danach *Ziegenfutter* genannt«, sagte mein Bruder vorwurfsvoll.

»Ach komm, *Ziegenfutter* klingt doch ganz nett.« Ich stupste ihn sanft mit dem Ellenbogen an.

»Wenn dich mal eine Ziege attackiert, werde ich dir nicht helfen«, schwor er und wir beide fingen an zu lachen.

»Wo ist Dean?«

»Ach, der telefoniert noch mit seiner Freundin und da wir uns das Zimmer teilen, muss ich mir dann immer sein schnulziges Gerede mit anhören. Gestern war ich kurz davor, mir das Trommelfell durchzustechen, nur um endlich seliges Rauschen zu hören.«

»Ich liebe es, dass du die Dinge immer vollkommen rational betrachtest«, sagte ich und war wieder einmal dankbar für die gute Beziehung, die ich besonders zu Adam hatte.

Auf dem nächsten Bild war ein braunhaariges Mädchen zu sehen, dessen Eis auf dem Boden lag. Ein kleiner Junge zeigte darauf und lachte herzhaft.

»Du warst schon immer so einfühlsam«, sagte ich und zeigte Adam das Bild.

Das ging noch eine ganze Zeit so weiter, bis sich langsam die Müdigkeit bemerkbar machte und ich gähnte.

Gerade als ich aufstehen und hinunter in mein Zimmer gehen wollte, hielt Adam mich zurück.

»Ich hab Angst, sie zu vergessen«, gestand mein Bruder und mein Herz zog sich bei seinen Worten schmerzhaft zusammen.

»Als ich noch kleiner war, konnte ich mich an jedes Detail ihres Gesichts erinnern. An das Muttermal auf ihrer rechten Hand, das aus mehreren kleinen Punkten bestand, und an ihre grünen Augen, die immer aufleuchteten, sobald sie dich tanzen sah. Doch ich habe vergessen, wie sich ihre Stimme anhörte. Ich erinnere mich nicht einmal mehr daran, welche Lieder sie uns zum Schlafen vorgesungen hat.«

Meinen Bruder derart verzweifelt zu sehen tat weh. Ich ging zu ihm und umarmte ihn, während Adam anfing zu schluchzen.

Immer wieder strich ich sanft über seinen Rücken, bis er sich beruhigt hatte.

»Die Erinnerungen verblassen mit der Zeit, aber das Schöne ist, dass du dich nicht allein erinnern musst. Wenn du etwas vergisst, dann kannst du Dad, Dean oder mich fragen und wir erinnern uns gemeinsam daran.« Ich machte eine kurze Pause und atmete einmal tief ein und aus. »Mom hat uns immer *LaLeLu* vorgesungen, aber weil sie nur den ersten Abschnitt kannte, hat sie den immer wiederholt, bis wir eingeschlafen sind. Ungefähr so:

La le lu,
nur der Mann im Mond schaut zu,
wenn die kleinen Babys schlafen,
drum schlaf auch du.«

Ich versuchte ihre Stimmlage zu treffen und Adam beruhigte sich etwas, als ich geendet hatte.

»Danke«, sagte er sanft.

»Hey, habt ihr hier eine Katze versteckt oder warum klang es hier eben so schrecklich?« Dean kam nun ebenfalls die Treppe hoch.

»Sehr charmant«, antwortete ich.

Zu meiner Verwunderung hatte er ebenfalls eine Taschenlampe dabei, also hatten wir drei alle die gleiche Idee gehabt.

»Ich nehme an, dass ihr euch auch ein paar Fotos anschauen wolltet? Ich war mir nicht sicher, ob Tante Sophie hier noch welche aufgehoben hat.«

Wortlos gab ich Dean einen Ordner und er blätterte tief versunken darin herum. Mir entging nicht, dass Adam in der Zwischenzeit versuchte sich die Tränen aus dem Gesicht zu wischen. Obwohl er nur ein paar Minuten älter war als Dean, meinte er immer der Starke von beiden sein zu müssen.

»Vielleicht können wir ein paar der Fotos mit nach Hause nehmen?«

»Willst du das wirklich?«, fragte ich verwundert.

»Warum nicht? Hier oben verstauben sie ja doch nur und so haben wir wenigstens wieder ein paar Erinnerungen an Mom. Die Fotos, die ich von ihr besitze, sind teilweise schon ausgeblichen oder haben Cola- oder Kaffeeflecken abbekommen.«

Dean zeigte selten seine verletzliche Seite, aber dafür berührte es mich jetzt umso mehr.

»Du hast recht. Wir sollten sie mitnehmen«, stimmte Adam unserem Dean zu.

»Wollt ihr noch etwas hierbleiben?«, fragte ich meine Brüder.

»Ich denke, ja«, antwortete Adam stellvertretend für sie beide und ich reichte ihm die Taschenlampe.

Langsam ging ich zum Ausgang und war schon halb die Treppe heruntergestiegen, als er noch sagte: »Du singst übrigens ganz grausam, aber jetzt weiß ich wieder, wie wundervoll Mom gesungen hat.«

»Das war der Plan«, entgegnete ich und ließ meine Brüder mit ihren Erinnerungen allein.

13.

Ballett und Offenbarung

Der Zeitpunkt der Aufführung rückte immer näher und mit jeder vergehenden Minute wurde meine Nervosität größer. Der gestrige Abend hallte noch in mir nach und auch das Bild von meinem traurigen Bruder hatte sich eingebrannt. Ich hatte ihn das letzte Mal bei Moms Beerdigung weinen sehen. Auch wenn Adam erst siebzehn war, wirkte er auf mich oftmals schon sehr erwachsen, sodass ich manchmal vergaß, dass ich die Ältere von uns war. Umso schöner war es, ihn jetzt einfach mit Dean herumalbern zu sehen. Egal was um sie herum passierte, solange sie einander hatten, war ihre Welt einigermaßen stabil.

Ich tippelte nervös von einem Bein aufs andere, während sich immer mehr Menschen vor der Eingangshalle versammelten.

Es war seltsam, hier zu sein ... ohne Mom. Ein großer Teil, den ich nur mit Mühe unterdrücken konnte, sträubte sich an einer Ballettaufführung teilzunehmen. Aber das konnte ich Henry nicht sagen. Denn das zuzugeben wäre gleichbedeutend mit dem Herausschreien meiner Schuldgefühle, die mich wie ein Schatten stetig verfolgten.

»Ich freue mich sehr«, sagte Maggie und blickte mich erwartungsvoll an.

»Ich mich auch.« Schon wieder eine Lüge. Wann war das eigentlich zur Gewohnheit geworden?

»Glaubst du, Henry wird eine enge Strumpfhose tragen?«, fragte meine Cousine und fing an zu kichern.

»Das hoffe ich doch nicht. Schließlich ist er ja nur ein Besucher wie wir auch.«

»Aber vielleicht fällt ja die erste Besetzung doch aus«, sagte Maggie hoffnungsvoll.

»Ich finde es irgendwie seltsam, dass du derart darauf erpicht bist, ihn in eng anliegenden Hosen zu sehen«, sagte ich etwas spitz und grinste schief.

»Na ja, die Aussicht im Tanzstudio hat mir eben nicht gereicht«, sagte sie offen.

So etwas würden auch nur Maggie oder Mel sagen.

»Und freut ihr euch auch auf die Aufführung?«, fragte ich meine Brüder und sah sie abwechselnd an. Ich konnte ein Grinsen nicht unterdrücken.

»Wir haben gewettet, wer am längsten wach bleibt«, sagte Dean monoton.

»Ihr seid echte Banausen«, entgegnete Maggie vorwurfsvoll.

»Warst du schon einmal im Ballett?«, fragte Adam.

»Nein«, antwortete Maggie.

»Du wirst dich noch wundern«, mischte sich Dean in die Unterhaltung ein.

»Was meinst du?«

»Es ist total langweilig«, erklärte Adam und Dean nickte zustimmend.

»Was ist total langweilig?« Henry stand plötzlich hinter ihnen und noch nie zuvor hatte ich gesehen, wie meine Brüder schlagartig verstummten und den Boden ausgiebig musterten. Voll erwischt.

»Ach, die zwei meinten nur, es sei so langweilig, nur hier draußen zu stehen, statt sich endlich das Stück anzusehen. Dean konnte die ganze Nacht nicht schlafen, weil er so nervös war«, erklärte ich und erntete dafür einen bösen Blick von meinem kleinen Bruder.

Henry ahnte offenbar nichts von meiner kleinen Lüge, denn ein stolzes Schimmern umspielte seine blauen Augen.

»Das kann ich verstehen. Als ich das erste Mal im Ballett war, habe ich jede Minute genossen und war traurig, als es so schnell vorbei war.«

»Die beiden sind wahrhaft süchtig nach guten Ballettaufführungen.« Okay, das klang jetzt selbst in meinen Ohren lächerlich, aber ich konnte einfach nicht aufhören.

»Dann hoffe ich mal, dass ihr das Stück ebenso lieben werdet wie ich.«

Henry war heute in einen dunkelblauen Anzug gekleidet, der ihn deutlich älter wirken ließ. Die Haare hatte er nach hinten gekämmt, sodass man seine Gesichtszüge noch besser erkennen konnte. Ich liebte besonders das herzförmige Muttermal. Als Mädchen hatte ich versucht mir selbst eins auf die Wange zu malen, was aber vollkommen danebengegangen war. Unglücklicherweise war der Kajal meiner Mutter wasserdicht gewesen, sodass sie schnell dahintergekommen war, dass ich mich ohne ihre Erlaubnis an ihrem Make-up bedient hatte. Danach hatte ich nie wieder versucht Henrys Muttermal nachzupinseln.

Er kam zu mir und erst in diesem Moment wurde mir bewusst, dass ich keinerlei Ahnung hatte, wie ich mich jetzt verhalten sollte. Händeschütteln wäre definitiv zu distanziert. Ihm die Zunge in den Hals zu stecken zu forsch. Ich entschied mich für den Mittelweg und lächelte ihn an. Hoffentlich verstand er die Botschaft dahinter, dass ich ihm die Entscheidung überlassen wollte. Henry beugte sich zu mir herunter und gab mir dann einen sanften Kuss auf die Lippen, sodass ich die Welt um uns herum vergaß. Noch nie zuvor hatte ich mich derart glücklich und unbeschwert gefühlt. Ob er ahnte, welche Wirkung er auf mich hatte?

Ich blendete Maggies Räuspern, mit dem sie offenbar einen frechen Kommentar unterdrückte, aus und lächelte ihn freudig an.

Offenbar hatte Henry keinerlei Probleme damit, allen anderen zu zeigen, was genau zwischen uns passiert war. Sollte ich dann meine Bedenken nicht auch ablegen?

»Bleibt es dabei, dass du im Publikum sitzt?«, fragte ich hoffnungsvoll, weil es auch bedeutete, dass ich mich an ihn anlehnen konnte.

»Bisher sieht alles danach aus.«

Mein Herz machte einen leichten Sprung, während Dean die Augen verdrehte.

»Schade eigentlich, ich hätte zu gern gesehen, wie du tanzt«, sagte meine Cousine und grinste mich breit an. Sie konnte es einfach nicht lassen.

»Du kannst gern jederzeit im Studio vorbeikommen und zusehen. Die erste Stunde ist auch gratis.«

»Das klingt verlockend«, sagte sie und klatschte freudig in die Hände.

»Emma, du kannst selbstverständlich auch jederzeit zusehen. Da ich über dem Studio wohne, kann ich es zu jeder Tages- und Nachtzeit öffnen, wenn du mal tanzen möchtest.«

Die Unbeschwertheit, mit der er das zu mir sagte, machte es mir umso schwerer, ihm zu offenbaren, dass ich nie wieder tanzen würde. Dass ich nur hier war, um ihn nicht vor den Kopf zu stoßen. Dass ich eine unserer großen Gemeinsamkeiten aus meinem Leben gestrichen hatte.

»Vielleicht in den nächsten Tagen«, sagte ich stattdessen unverfänglich und schämte mich gleichzeitig für meine Feigheit.

Zu meinem Glück schwiegen meine Brüder und Maggie eisern. Sie wussten, dass ich seit Moms Tod kein einziges Mal die Ballettschuhe angezogen und mich zu klassischer Musik bewegt hatte.

»Maggie, wie läuft es denn mit dem Klavier? Bist du genauso ein musikalisches Talent wie deine Cousine?«, fragte Henry und zwinkerte mir zu.

»Ich bin viel talentierter«, sagte sie mit einer wegwerfenden Handbewegung.

»Das glaube ich ihr sofort«, flüsterte Henry hinter vorgehaltener Hand.

»Hey, was soll das denn heißen?«, griff ich ein.

»Soweit ich mich erinnern kann, warst auch du ziemlich weit von einem Naturtalent entfernt«, sagte ich leicht schnippisch.

»Das habe ich aber anders in Erinnerung. Deine Mom hat mich ganz oft gelobt und gesagt ich wäre ihr talentiertester Schüler.«

»Aha ... und die Tatsache, dass du der einzige Junge in ihrem Unterricht und damit automatisch auch der talentierteste männliche Schüler warst, ist dir nicht in den Sinn gekommen?«, hakte ich nach. In diesem Augenblick konnte man förmlich hören, wie Henrys Selbstbild in Dutzende Teile zerbrach. »Entschuldige bitte«, sagte ich schnell und errötete.

Schlagartig veränderte sich sein Ausdruck von Traurigkeit zu einem fröhlichen Grinsen. »Reingelegt. Ich weiß, dass ich am Anfang zwei linke Füße hatte«, gestand er offen.

»Du bist unmöglich.«

»Das weißt du doch.«

»Stimmt.«

»Ich glaube, sie öffnen jetzt langsam den Einlass«, sagte Maggie und lenkte mich von Henry ab.

Tatsächlich bewegte sich die Schlange vor uns Stück für Stück voran und meine eiskalten Füße schrien stumm Danke. Der kanadische Winter war einfach viel kälter als in meiner Erinnerung und ich hatte zu meinem Leidwesen keine passenden Schuhe an.

Ich wusste nicht, ob es an Henrys Nähe oder an der Tatsache lag, wieder eine Ballettaufführung mit anzusehen, aber mein Herz schlug schneller und mein Mund wurde trocken. Ich konzentrierte mich auf die Atmung, während mir jeder Schritt zu viel wurde.

Unwillkürlich fragte ich mich, ob ich mir das hier wirklich gut überlegt hatte.

Eine warme Hand legte sich um meine eigene und ich schaute auf. Henry war da. Nach allem, was zwischen uns in den letzten Jahren passiert oder eben nicht passiert war, war er immer noch an meiner Seite.

Ich atmete einmal tief ein und aus und ließ mich dann von ihm bis zum Eingang bringen. Er holte die hinterlegten Karten ab.

»Oh, wir sitzen leider nicht nebeneinander«, sagte Maggie, als sie auf die Karten sah. Tatsächlich trennten uns vier Sitzreihen.

»Das tut mir leid. Vielleicht gibt es noch andere«, sagte Henry.

»Ist schon in Ordnung. Dann sitzen wir eben getrennt. Adam, Dean und ich vorn und ihr hinter uns.«

Bevor meine Brüder etwas einwenden konnten, deutete ihnen Maggie schon ihr zu folgen. Henry hatte mich nur losgelassen, um die Karten zu verteilen, aber jetzt griff er wieder nach meiner Hand und ich ließ es geschehen. Ich wusste nicht, was wir waren, aber das war auch nicht wichtig. Man musste nicht alles einer Kategorie zuordnen, um es zu verstehen oder wertzuschätzen.

Wir folgten den drei hinein und gaben unsere Jacken an der Garderobe ab. Schließlich hatten wir unsere Reihe gefunden. Das Royal Alexandra Theater war wirklich ein imposantes Gebäude, das einen nostalgischen Charme versprühte. Schon hier zu stehen gab einem das Gefühl, in der Zeit zurückgereist zu sein. In jeder Ecke des Theaters fanden sich Kleinigkeiten, die allein für sich imposant waren. Die Decke war mit Stuck besetzt und überall leuchtete es goldenen und verlieh dem Gebäude einen edlen Touch.

»Das ist einfach atemberaubend schön«, sagte ich und blickte mich um.

»Ursprünglich sollte die Aufführung woanders sein, aber weil es ein Problem mit der Belegung gab, haben sie die Aufführung hierherverlegt und ich bin sehr froh über die Entscheidung. Die Akustik ist einfach umwerfend«, erzählte Henry mit leuchtenden Augen.

»Warst du schon einmal hier?«, fragte ich neugierig.

»Ja, im letzten Jahr für ein Musical. Allerdings hatte ich da keine so nette Begleitung.« Henry sah mich mit einer Intensität an, die mir unter die Haut ging.

Ich drohte in seinen blauen Augen zu versinken und lächelte selig. »Was war es denn für ein Musical?«

»Der König der Löwen.«

»Oh, ich habe schon viel Gutes über dieses Musical gehört.«

»Es ist nicht vergleichbar mit dem Film«, gestand Henry und lächelte mich breit an, sodass seine Grübchen nun deutlich betont wurden.

»Es ist auch wirklich schwierig, mit dem Film mitzuhalten. Immerhin sind daran wundervolle Erinnerungen geknüpft. Ich weiß noch, wie ich geheult habe, als Mufasa gestorben ist und du mich trösten wolltest, obwohl über dein Gesicht auch die Tränen liefen«, erwiderte ich und sah in meinen Erinnerungen den kleinen Jungen mit dem strohblonden Haar, der mir weinend ein Taschentuch gereicht hatte.

Henry öffnete den Mund, um etwas zu erwidern, doch dann ertönte eine Klingel und erinnerte uns daran, endlich die Sitzplätze einzunehmen. Die roten Bezüge fühlten sich so weich an, dass man das Gefühl hatte, auf einer Wolke zu sitzen, und ich konnte mir gut vorstellen, dass man einige Stunden ohne Probleme aushalten konnte.

Adam, Dean und Maggie konnte ich in der Menge nicht ausmachen. Allerdings würde ich es meinen Brüdern auch zutrauen, sich am Ausgang platziert zu haben, um die Aufführung vorzeitig verlassen zu können. Aber ich würde ihnen keinen Vorwurf machen, schließlich nahmen sie nur meinetwegen daran teil.

Henry hatte es sich bereits auf seinem Platz gemütlich gemacht und legte die Hand so hin, dass ich selbst entscheiden konnte, ob ich sie ergriff oder nicht. Ich zögerte keinen Moment.

Eine zweite Klingel ertönte und die Gespräche um uns herum verstummten. Das Licht wurde so weit gedimmt, dass man das Gefühl bekam, in diesem riesigen Saal fast allein zu sein. Mein Blick glitt zu den schweren Vorhängen, die sich wie von Geisterhand bewegten und den Blick freigaben auf ein opulent geschmücktes Wohnzimmer.

Unwillkürlich erinnerte es mich an unser altes Haus, denn Tante Sophie hatte es ebenso herausragend dekoriert.

Es war ein großer Tannenbaum aufgestellt, unter dem zahlreiche Geschenke lagen. Er war liebevoll geschmückt und verbreitete sofort das Gefühl vom Weihnachtsabend.

Auf einmal lag der Geruch von Lebkuchen und Zimt in der Luft und ich blickte mich um, um die Ursache zu finden. In der Dunkelheit war jedoch nichts erkennbar.

»Riechst du das auch?«, flüsterte ich Henry ins Ohr.

»Meinst du diesen Weihnachtsduft?«, fragte er nach.

»Genau.«

»Das funktioniert über die Belüftung. Es ist eine Maschine, die verschiedene Düfte kreiert und damit die Bilder noch realer wirken lässt. Vor ein paar Wochen gab es einen Artikel zu dieser neuen Idee in der Zeitung. Das Theater hat für diese Anschaffung sehr viel Geld investiert.«

Ein genervtes »Schsch …« neben uns stoppte Henrys Erzählung abrupt.

In diesem Moment fühlte ich mich in die Schulzeit mit Henry zurückversetzt, in der wir beim Direktor hatten erscheinen müssen, weil wir uns während einer Theateraufführung in der Aula Dutzende Briefe geschrieben hatten. Auf den letzten hatte Henry damals einen Witz geschrieben, an den ich mich jetzt nicht mehr erinnern konnte. Aber mein lautes Lachen war für jeden hörbar gewesen. Das war dann auch der Moment gewesen, in der unsere kleine Briefaktion für alle sichtbar geworden war. Henry hatte selbstverständlich all die Schuld auf sich genommen, aber das hatte ihm natürlich niemand geglaubt. Schließlich hatte mich ja niemand gezwungen zu antworten.

Es war schon merkwürdig, dass mir, seitdem ich wieder hier war, immer mehr Dinge aus unserer gemeinsamen Vergangenheit einfielen. Vor allem nahm Henry immer mehr Raum in diesen Erinnerungen ein und mir wurde bewusst, wie viel Schönes ich in New York verdrängt hatte.

Mein Blick glitt erneut zur detailgetreuen Bühne, wo die ersten Tänzer gerade dabei waren, sich elegant zur Musik zu bewegen. Einer der Tänzer spielte den Onkel Drosselmeyer, welcher Clara den Nussknacker schenkte.

Ihre Bewegungen waren perfekt an die Musik angepasst und ich fieberte jede Minute mit, während mich Henrys Nähe erdete.

Der Auftritt von Clara ließ mich jedoch einen Kloß im Hals spüren, denn irgendwie erinnerte sie mich an mich selbst mit fünfzehn Jahren. Sie hatte ebenso dunkle und lockige Haare wie ich und auch die Bewegungen erinnerten mich stark an meine eigenen.

Obwohl ich es nicht wollte, prasselten Bilder aus der Vergangenheit auf mich ein. Wie ich weinend im Bett lag, weil mal wieder die Trainingsstunde nicht so gut gelaufen war. Die Schmerzen in den Beinen, wenn ich Dutzende Male versucht hatte, die perfekte Pirouette zu drehen. Was hatte es mir gebracht? Nichts. Wenn ich nur nie damit angefangen hätte …

Das Bühnenbild veränderte sich und Clara war jetzt dem Nussknacker in das Land der Süßigkeiten gefolgt, doch meine Sicht war bereits getrübt. Dicke Tränen sammelten sich in meinen Augen und ich wischte sie rasch beiseite, damit Henry nichts mitbekam. Doch die Schuld schien mich zu erdrücken.

Immer wieder sah ich mich selbst dort auf der Bühne stehen. Wie ich getanzt hatte. Stolz auf mich selbst und wütend auf meine Mom, weil ich gedacht hatte, sie hätte mich im Stich gelassen. Weil es mir nur um mich selbst gegangen war. Das hatte sie nicht verdient. Wenn ich nicht so ein selbstsüchtiges Monster gewesen wäre, dann würde sie jetzt noch leben. Ich musste sofort hier raus.

14.

Wahrheit und Hoffnungsfunke

Es kam mir vor wie in einem schlechten Film, doch ich erinnerte mich nicht mehr daran, wie ich das Theater stürmisch verlassen hatte. Aber jetzt gerade stand ich im knöcheltiefen Schnee, ohne einen Mantel, und weinte bitterlich. Es war mir egal, ob irgendwer mich sah oder sich ein Bild von mir machte. Das alles spielte keine Rolle, denn meine Mom war tot und es war meine Schuld. Ich holte tief Luft und hatte dennoch das Gefühl, nicht atmen zu können. Die Welt um mich herum drehte sich und ich fand keinen Halt. Ich schaffte es nicht, einen klaren Gedanken zu fassen, da war nur dieses überwältigende Gefühl des Schmerzes und der Verzweiflung, das mich verschlang.

Auf einmal legte jemand einen Mantel um mich und hüllte mich in Wärme ein. Ich musste mich nicht umdrehen, um zu wissen, wer es war. Henry. Er musste mir gefolgt sein und hatte vorsorglich meine Sachen geholt.

Ich drehte mich wortlos um und lehnte mich an seine Brust, während er mir beruhigend über den Rücken strich und immer wieder die Worte sagte: »Es wird alles gut.«

Doch ich konnte ihm nicht glauben. Nichts würde jemals wieder gut sein. »Meine Mom ist tot«, sagte ich schluchzend und die Tränen liefen unaufhörlich über mein Gesicht.

»Ich weiß, Emmchen. Aber ich bin hier und gehe nicht weg.« Ich schluchzte erneut auf und Henry drückte mich noch fester an sich. Ich konnte sehen, wie meine Mascara sein Hemd beschmutzte, und wollte es wegwischen.

»Das ist nur ein Hemd«, sagte er, als er meinen Versuch registrierte. Ich lehnte mich erneut an ihn und versuchte mich zu beruhigen. Irgendwann wischte ich mir die Tränen vom Gesicht und wagte es, zu ihm hinaufzublicken.

»Emma, was ist mit dir passiert? Ich dachte, das hier würde dir Freude bereiten«, gestand er offen und man konnte den entschuldigenden Ton heraushören.

»Ich tanze seit ihrem Tod nicht mehr«, war alles, was ich sagen konnte, und dann brach es aus mir heraus: »Es ist alles meine Schuld. Wäre ich nicht so egoistisch gewesen und hätte sie dazu überredet, vor der Ballettaufführung da zu sein, dann wäre sie noch am Leben. Sie hatte sich beeilt, um pünktlich bei mir zu sein, und ist deshalb gestorben«, schluchzte ich.

»Emma, es war ein schrecklicher Unfall und dich trifft keine Schuld«, sagte er mitfühlend und griff nach meiner Hand, damit ich ihn ansah.

Das war eine Lüge. Ich war natürlich an allem schuld.

»Und weißt du, was das Schlimmste war? Sie starb am Anfang der Aufführung und meine Tanzlehrerin wusste es bereits zur Pause. Sie hat es mir nicht gesagt, damit ich das Stück nicht gefährde. Ich habe also gute drei Stunden nach Moms Tod damit zugebracht, zu tanzen und sie dafür zu hassen, dass sie nicht da war.« Ich schluchzte erneut auf und Wut kroch in mir hoch, wenn ich an Paula dachte.

»Das ist grausam«, pflichtete Henry mir bei. »Aber glaubst du wirklich, du hättest jemals etwas getan, was deine Mom verletzt hätte? Ich kannte euch beide schon, seitdem ich klein war, und weiß, wie sehr ihr euch geliebt habt. Deine Mom hätte nie gewollt, dass du ihretwegen mit dem Tanzen aufhörst.«

Mir war klar, dass Henry versuchte mir mit den Worten die Schuld zu nehmen, aber das Gewicht auf meinen Schultern wurde nicht weniger.

»Ohne das Tanzen wäre sie niemals dort gewesen«, sagte ich leise und biss mir auf die Lippe, um von dem Schmerz in meinem Inneren abzulenken.

»Nein, aber vielleicht hätte es sie dann irgendwann anders getroffen. Das kann niemand wissen. Aber das Tanzen hat ihr etwas geschenkt, was sie an dich weitergegeben hat. Es ist ihr Erbe«, versuchte er meine Gedanken in eine andere Richtung zu lenken.

So hatte ich das noch nie zuvor gesehen. In diesem Augenblick fühlte es sich so an, als hätte Henry einen Riss in die Mauer geschlagen, die ich um mein Herz herum hatte entstehen lassen. Als hätte er mir ein Seil hinuntergeschmissen, damit ich mich selbst an der Mauer hinaufziehen konnte. Jetzt war es an mir, danach zu greifen oder es nutzlos hängen zu lassen.

»Glaubst du das wirklich?«, fragte ich mit brüchiger Stimme.

»Selbstverständlich«, sagte er und bat mich ihn anzusehen.

»Deine Mom war ein wundervoller Mensch und die Liebe zum Tanzen war ein Geschenk, das sie an so viele Menschen weitergegeben hat. Wenn du nicht mehr tanzen möchtest, dann ist das dein gutes Recht, aber du solltest es nicht aus Schuldgefühlen heraus tun. Wenn dir das Tanzen fehlt, dann lass es wieder in dein Leben. Komm mit!« Er zog mich mit sich.

»Warte, was ist mit den anderen?«, fragte ich.

»Ich habe ihnen schon geschrieben, dass wir rausgegangen sind und ich dich später nach Hause bringe. Mach dir keine Gedanken«, sagt er, als wäre es das Einfachste der Welt – und ich wollte ihm so sehr glauben.

Wie in Trance ließ ich mich von Henry zu seinem Auto ziehen und er führte mich an einen Ort, der mich meiner Mom näherbrachte: ihr altes Tanzstudio.

Für einen kurzen Moment war ich geneigt umzudrehen, weil ich ahnte, was er vorhatte. Doch ein weitaus größerer Teil von mir *wollte* ihm folgen. *Wollte* einfach bei ihm sein und seine heilende Nähe genießen.

Henry bemerkte mein anfängliches Zögern.

»Soll ich dich wieder tragen?«, bot er grinsend an.

»Nein, ich schaff es dieses Mal allein.«

Ich versuchte zu lächeln, aber es gelang mir nicht so recht.

Wir gingen hinein und ich sah zu, wie Henry die Vorhänge des Proberaums schloss und seine Sachen ablegte, bis er nur noch mit einer Anzughose bekleidet war. Selbst die Schuhe hatte er ausgezogen.

»Was hast du vor?«, fragte ich schließlich, obwohl ich die Antwort bereits kannte.

»Tanz mit mir, Emma!«

Er reichte mir seine Hand, aber ich wich einen Schritt zurück.

»Das kann ich nicht.« Ich schüttelte vehement den Kopf. »Probier es«, bat er und hielt seine Hand immer noch in meine Richtung, während ich den Mantel auszog und jetzt nur noch in dem grünen Kleid, einer schwarzen Strumpfhose und Schuhen vor ihm stand.

»Nein«, beharrte ich, obwohl meine Standfestigkeit bereits ins Wanken geriet, wenn ich Henry so sah. Seine Brust, die sich im Rhythmus seiner Atmung hob und senkte. Die angespannten Muskeln, die es ihm ermöglichten, mich mit Leichtigkeit hochzuheben.

Wortlos ließ er die Hand fallen und ging dann zu einer Musikanlage, während ich seinen durchtrainierten Rücken betrachtete. Eine sanfte Melodie ertönte und es dauerte einen Moment, bis ich erkannte, dass es Moms Lieblingsstück war. Es musste zwar reiner Zufall sein, aber die Melodie berührte mein Herz. Ich sah Mom vor mir, wie sie sich zu der Musik bewegte, und die Leidenschaft, die sie beim Tanzen verströmte. Jetzt jedoch bewegte sich jemand anderes zu dieser Musik. Es war fesselnd zu sehen, mit wie viel Liebe Henry tanzte. Jeder einzelne Schritt war perfekt. Bei jeder Drehung und jedem Sprung war sein Blick fest auf mich gerichtet, sodass ich wie gebannt von seiner Schönheit war.

Ich erinnerte mich daran, wie anmutig Mom sich zu diesem Stück bewegt hatte und wie ergriffen Dad gewesen war, wenn er ihr dabei zugesehen hatte. Selbst auf ihrer Hochzeit war das Lied gespielt worden und später hatte sie mir zu diesem Lied das Tanzen beigebracht. Auf einmal spürte ich, wie eine Last von mir abfiel und ich erkannte, dass Henry recht hatte. Die Schuldgefühle waren nicht verschwunden, aber der Teil von mir, der sich so vehement dagegen gewehrt hatte zu tanzen, war nur noch eine leise Stimme. Leise genug, dass ich sie überhören konnte und mich bewegen wollte.

Ich zog Schuhe und Strumpfhose aus, um dann zu Henry zu gehen. Es fühlte sich seltsam an, die Kälte des Holzbodens unter den Füßen zu spüren.

Henry reichte mir erneut die Hand und dieses Mal griff ich danach. Ganz langsam fingen wir an uns zu drehen und ich legte all den Schmerz in diese Bewegung. All die unausgesprochenen Worte und das ständige Gefühl der Schuld lasteten nun auf den Pirouetten. Ich ließ mich von Henry führen, der sehr vorsichtig war und mir genügend Zeit gab. Es war, als wäre ich aus einem tiefen Schlaf erwacht, doch mein Körper schien keine der Bewegungen vergessen zu haben. Ich wusste nicht, wie viel Zeit vergangen war, aber irgendwann war die Melodie vorbei und ich lag schwer atmend, aber glücklich ins Henrys Armen.

Wir machten es uns mit einer Decke auf dem Boden gemütlich und ich lauschte dem Herzschlag in seiner Brust. Meine Füße pulsierten, aber dennoch durchströmte mich pures Glück.

Gott, wie sehr ich das vermisst hatte.

»Ich hätte nie gedacht, dass das möglich ist«, sprach ich meine Gedanken laut aus.

»Da sind wir schon zwei. Du glaubst gar nicht, wie oft ich mir gewünscht habe wieder mit dir zu tanzen. Das war einfach magisch.«

Ich richtete mich langsam auf. »Kann ich dich mal etwas fragen?«

»Falls die Frage lautet, ob ich immer im Anzug tanze, dann muss ich dich enttäuschen. Ich bin meist ganz nackt«, versuchte er die Situation etwas aufzulockern.

»Das wusste ich ja noch gar nicht, aber danke für das Bild. Was ich eigentlich fragen wollte, ist: Wohin führt das hier mit uns? In ein paar Tagen muss ich nach New York zurück und dort bin ich erst einmal bis zum Abschluss in ein paar Monaten.«

»Wohin *soll* es denn führen?«, fragte Henry und ich konnte nicht erkennen, was genau er dachte.

»Das weiß ich nicht«, gestand ich unsicher.

»Wirklich nicht? Ich bin mir ziemlich sicher, dass du es sehr genau weißt, aber dich nicht traust es auszusprechen.« Er hob seine rechte Hand und streichelte mir damit über die Wange.

»Henry, ich danke dir für alles, was du getan hast. Ich weiß nicht, warum du es tust, aber du hast mir sehr geholfen«, versuchte ich das Thema zu wechseln.

»Du weißt wirklich nicht warum?«, fragte er und warf mich aus dem Konzept.

»Nein.«

»Ich war siebzehn, als ihr weggezogen seid, aber trotzdem warst du für mich die erste Liebe – und es hat lange gedauert, ehe ich mir eingestanden habe, dass es keine gemeinsame Zukunft geben würde. Dass du ein neues Leben angefangen hast ... ohne mich. Irgendwann habe ich das akzeptiert, aber als ich dich in dem Park gesehen habe, war es, als wärst du nie weg gewesen. Alles war auf einen Schlag wieder da. Versteh mich nicht falsch. Ich hatte einige Beziehungen, aber bei jeder hatte ich das Gefühl, es würde mir etwas fehlen. Als ich dich dann sah, wusste ich, dass ein Teil von mir immer daran festgehalten hat, dass du zu mir gehörst. Emma, ich will dich zu nichts drängen, aber ich bin alt genug, um klar zu sagen, was ich möchte.«

Ich schluckte schwer und mein Herz schien mir aus der Brust und direkt in seine Arme springen zu wollen.

»Das alles spielt jedoch keine Rolle, wenn du anders empfindest oder dir alles zu schnell geht. Ich will nur, dass du glücklich bist«, gestand er offen.

»Das bin ich«, stellte ich überraschend fest. Henry machte mich sehr glücklich und das hatte er schon immer getan.

»Ich weiß nur nicht, was genau das hier ist und wohin es uns bringt«, sagte ich.

»Das hier kann der Beginn einer wundervollen Liebesgeschichte sein oder einfach eine Zeit, die uns guttut. Es kann alles sein, was wir möchten«, sagte er liebevoll und begann damit, meine Wange zu küssen. Dann liebkoste er mich weiter meinem Hals hinunter, was mir ein wohliges Seufzen entlockte. Er machte es mir gerade wirklich schwer, einen klaren Gedanken zu fassen.

»Gerade möchte ich einfach nur in deinen Armen liegen und deine Nähe genießen.«

Wortlos legte er sich so hin, dass ich mich an ihn kuscheln konnte. Seine Hand strich über meinen Kopf und ich schloss entspannt die Augen, während ich seinen Duft einatmete.

»Du bist perfekt«, sagte ich zu Henry.

»Niemand ist perfekt. Du solltest mal sehen, wie ich zeichne oder versuche zu pfeifen. Da bin ich vollkommen talentfrei.«

Ich fing an zu lachen und er stieg mit ein. »Das musst du mir unbedingt mal vorführen«, bat ich.

»Was bietest du mir im Gegenzug dafür an?«

»Mein Talent beim Seifenblasenmachen?«, bot ich an.

»Das klingt nach einem fairen Deal.«

Wir redeten stundenlang über alles, was uns beiden im Kopf herumging. Von den Jahren in der Grundschule über meine Zeit in New York bis zu unseren jeweiligen Zukunftsplänen – und immer wieder schob sich in meine Gedanken das Bild von mir und Henry, wie wir diese gemeinsam angingen.

15.

Sterne und Romantik

Als ich später am Abend nach Hause kam, fragte niemand danach, was genau passiert war. Adam, Dean und Maggie mussten die restliche Familie zuvor informiert haben, dass sie nicht über das, was passiert war, reden sollten. Anders konnte ich mir das alles nicht erklären. Dennoch war ich dankbar dafür, nicht mit Fragen gelöchert zu werden.

Am nächsten Tag erwachte ich mit einem Lächeln auf den Lippen, das hoffentlich den gesamten Tag anhielt. Nach dem Anziehen ging ich fröhlich pfeifend die Treppe hinunter und wurde von Maggie in Empfang genommen.

»Sag mal, was genau hat Henry getan, um dich derart fröhlich zu machen? Ich würde ja raten ... grundsätzlich würde ich auf etwas Nicht-Jugendfreies tippen.«

»Er hat mir die Liebe zum Tanz zurückgegeben«, antwortete ich und grinste.

»Soso und sonst war da nichts? Oder habt ihr nackt getanzt?« Sie hob fragend eine Augenbraue und lächelte anzüglich.

»Nichts dergleichen. Konzentriere dich mal lieber auf dein eigenes Liebesleben.«

»Das ist derzeit leider nicht vorhanden, deswegen muss ich dich ja ausfragen«, offenbarte sie.

»Ach, ich bin mir sicher, das ändert sich bald«, versuchte ich sie aufzumuntern.

»Hoffen wir mal. Wollt ihr euch heute wiedersehen?«

»Er hat mir vorhin geschrieben, dass er eine Überraschung für heute Abend geplant hat. Was genau, hat er jedoch nicht verraten.«

Jetzt pfiff Maggie. »Dann solltest du dir mal was Schickes anziehen.« Sie wackelte mit den Augenbrauen und ich verschwieg, dass ihre Antwort sich mit der von Mel überschnitt.

»Ich werde es mir überlegen und jetzt lass uns frühstücken.«

»Gern, aber meine Mom hatte heute noch einen Notfall in der Psychiatrie und musste deswegen zur Arbeit. Wir sind heute in Sachen Essen auf uns allein gestellt.«

»Das ist kein Problem. Adam macht die besten Waffeln und Dad ein perfektes Rührei. Wir werden also nicht verhungern.«

Als hätten die zwei meine Worte gehört, standen sie auch bereits in der Küche und rührten, was das Zeug hielt. Ich hingegen kümmerte mich um die eine Sache, die ich bis zur Perfektion beherrschte: Kaffee kochen.

Robert schnitt frisches Obst und Onkel Frank schlug die Sahne für die Waffeln.

»Wo ist denn Dean?«, fragte ich Adam.

»Der schnarcht noch fröhlich vor sich hin. Lass ihn ausschlafen, der Arme musste sich ja schließlich gestern ein ganzes Ballettstück anschauen.« Adam zwinkerte mir zu und machte sich dann weiter an die Arbeit.

Der restliche Tag verlief sehr harmonisch und wieder einmal war ich dankbar für meine Familie. Mom wäre mit Sicherheit stolz darauf, wie wir zusammenhielten und füreinander da waren. Zumindest glaubte ich das.

***

Am Abend stand Henry mit einem Strauß rosafarbener Nelken vor der Tür.

»Sie sind wunderschön …«, sagte ich ergriffen und nahm sein Geschenk dankbar entgegen. Tatsächlich war es das erste Mal, dass mir ein Mann Blumen schenkte. Der leicht süßliche Geruch stieg mir in die Nase und ich lächelte Henry an.

»Henry, gegen dich sieht die restliche Männerwelt wirklich alt aus. Tu uns doch bitte den Gefallen und schalte einen Gang zurück«, rief Adam, der hinter mir stand und die Szenerie verfolgt hatte.

Henry ging grinsend an mir vorbei und reichte Maggie eine einzelne Nelke, die er eilig aus dem Strauß gezogen hatte.

»Hier, ich glaube, du brauchst auch eine, wenn du mit deinen herzallerliebsten Cousins hierbleiben musst.«

Sie nahm die Blume lachend an und Henry reichte mir seinen Arm.

»Steckst du sie für mich in eine Vase, Maggie?«, bat ich meine Cousine noch, bevor wir uns zum Auto begaben.

Maggie nickte und winkte uns zum Abschied.

Die Nacht war mittlerweile angebrochen und die ersten Sterne erstrahlten am Himmel.

»Verrätst du mir jetzt, wo genau wir hinfahren?«

Henry startete den Motor. »Das wirst du noch früh genug erfahren.«

Aufregung breitete sich in mir aus und ich unterdrückte den Impuls, Henrys Hand zu nehmen, um ihn nicht vom Fahren abzulenken.

»Bist du nervös?«, fragte er, ohne den Blick von der Straße zu nehmen, doch ich konnte sein Lächeln sehen.

»Ein wenig«, gestand ich.

Wir fuhren eine Weile durch das Städtchen. Erst als wir in einem ruhigeren Viertel ankamen, konnte ich erkennen, welches Ziel Henry verfolgte. »Wir fahren zum Observatorium?«, fragte ich freudig.

»Exakt.«

Ein paar Minuten später hielt er auf dem Parkplatz des David Dunlap Observatoriums und ich staunte über das imposante Gebäude. Noch nie zuvor war ich hier gewesen.

»Die Überraschung ist dir wirklich gelungen«, sprach ich meine Gedanken aus.

Henry lachte. »Die Show hat doch noch gar nicht angefangen. Lass uns reingehen, bevor wir das Beste verpassen.«

Er stieg aus und ich folgte ihm. Der kuppelartige weiße Bau reichte mehrere Meter in den Himmel, sodass ich den Kopf heben musst, um die Spitze zu erkennen. Der Parkplatz war recht leer.

»Zwischen den Feiertagen sind hier kaum Besucher«, sagte Henry, der meinen Blick verfolgt hatte.

»Bist du öfter hier?«, fragte ich neugierig.

»Ein paarmal im Jahr.«

»Und wie viele Frauen hast du schon hierher mitgenommen?«, witzelte ich.

»Dutzende«, antwortete er, ohne die Miene zu verziehen.

»Da schmelzen die Herzen bestimmt nur so dahin«, stachelte ich ihn an.

»Das ist viel besser als Pralinen und wenn das Date schlecht verläuft, kann man einfach in getrennten Autos nach Hause fahren.«

»Du musst dir ja deiner Sache sehr sicher sein, da du mich abgeholt hast.«

»Tja, du warst schon immer *die* Ausnahme«, meinte er und zwinkerte mir zu.

»Ich hoffe, das ist was Gutes.«

»Selbstverständlich ist es das«, sagte Henry und hielt mir die Tür auf.

Als er mir seine Hand reichte, zögerte ich keinen Augenblick. Diese einfache Berührung fühlte sich so verdammt gut an. Spontan küsste ich ihn und er drückte mich nach anfänglichem Zögern eng an sich.

»Wofür war das denn?«, fragte er, als wir uns atemlos voneinander gelöst hatten. Er musterte mich zärtlich.

»Einfach so … und … weil du wundervoll bist.« Ich gab ihm einen zarten Kuss auf die Wange.

Henry zwinkerte mir zu, zog mich kurz in eine feste Umarmung, dann legte er den Arm um mich und wir gingen hinein.

Im Inneren gab es einen kleinen Ticketschalter, an dem Henry unsere Karten bezahlte.

Wir nahmen unsere Plätze ein und ich lehnte mich an ihn. Außer uns saß nur ein anderes Pärchen im Raum. Der Saal wurde abgedunkelt, sodass man die Projektion an der Decke hervorragend erkennen konnte, als die Show begann.

»Wow«, flüsterte ich ehrfürchtig. Noch nie zuvor hatte mir jemand etwas so etwas Wundervolles gezeigt. Das vertraute Kribbeln im Bauch, das ich in Henrys Nähe verspürte, wurde stärker. Ich beugte mich vor, sodass ich ihm ins Ohr flüstern konnte: »Das war wirklich eine wundervolle Idee.«

Er drehte sich zu mir und musterte mich, als würde er sich jede Kleinigkeit meines Gesichts einprägen wollen.

Dann küsste er mich sanft und umfasste mit einer Hand meine Wange. Mit der rechten Hand konnte ich die Wärme seines Körpers durch den Pullover spüren. Auf einmal waren die Sterne nebensächlich. Meine Zunge strich sanft über seine weichen Lippen und er stöhnte leise auf. Er öffnete seinen Mund und die Küsse wurden leidenschaftlicher – bis sich der Astronom, der bisher durch den Abend geführt hatte, lautstark räusperte und wir uns augenblicklich voneinander lösten.

Den restlichen Teil der Show starrten wir gebannt auf die Projektion, während unsere Hände ineinander verschlungen waren. Als schließlich die Kuppel geöffnet wurde, sodass man die Sterne am Himmel erkennen konnte, kam ich aus dem Staunen nicht mehr heraus.

»Sterne haben immer etwas Magisches. Findest du nicht auch?«, fragte Henry leise, damit wir niemanden störten.

»Das stimmt. Als Mädchen dachte ich immer, es sind die Seelen der Verstorbenen, die über uns wachen.«

»Das hast du jetzt aber vom *König der Löwen* geklaut«, warf er ein.

»Gar nicht wahr, da bin ich allein drauf gekommen«, protestierte ich.

Ich konnte sein Lächeln im Schein des Mondes erkennen. Das Licht ließ Henrys Antlitz aussehen wie ein Gemälde, an dem der Künstler tagelang gearbeitet hatte, um all die Facetten einzufangen, die mein Herz höherschlagen ließen.

Ich berührte ihn an der Wange, was sein Lächeln noch verstärkte, und gab ihm dann einen sanften Kuss.

»Danke, dass du mich hierher mitgenommen hast.«

»Jederzeit wieder«, sagt er und gab mir ebenfalls einen Kuss.

Als das Licht anging, verblasste etwas von dem Zauber, aber die Schmetterlinge tummelten sich immer noch in meinem Bauch. Ich dachte eigentlich immer, ich wüsste, was es hieß, verliebt zu sein, aber das hier war vollkommen anders. Bei Henry konnte ich mich zeigen, wie ich war.

Die Rückfahrt verlief sehr ruhig und ich zupfte an meinem Oberteil, weil ich nicht wusste, was ich sonst mit meinen Fingern anstellen sollte. Also, ich wusste es schon, aber das hätte höchstwahrscheinlich einen Autounfall zur Folge gehabt, wenn Henry nicht an die Seite gefahren wäre.

»Da wären wir«, riss er mich aus den Fantasien. Ich schaute aus dem Beifahrerfenster und erkannte mein altes Zuhause.

»Leider, ja«, sagte ich unverfänglich.

Ich beugte mich vor und gab Henry noch einen langen Abschiedskuss. Als ich mich von ihm löste, konnte ich das Funkeln in seinen Augen erkennen, das ich bereits jetzt liebte.

16.

Tanz und Leidenschaft

Die nächsten Tage verbrachte ich hauptsächlich mit Henry. Wir gingen spazieren, Kaffee trinken und abends tanzten wir. Es tat so unglaublich gut, dieses neu gewonnene Gefühl in vollen Zügen auszuleben. Die Erinnerungen von damals vermischten sich mit neuen glücklichen Eindrücken und ich war unendlich dankbar dafür.

Am Abend vor Silvester lud mich Henry zu sich ein. Zuerst dachte ich, er wollte erneut mit mir tanzen, aber dann ging er den Weg hoch zu seiner Wohnung. Von der ungewöhnlichen Wendung überrascht, wurde ich etwas nervös. Er schloss die Tür auf und ich konnte Dutzende Kerzen brennen sehen, die überall verteilt waren. Ansonsten standen nur eine schmale graue Kommode und ein paar zusammengefaltete Kartons im Flur.

»Fährst du für ein Date immer so viele Geschütze auf?«, fragte ich forsch, um meine Unsicherheit zu überdecken.

»Was? Das hier ist ein Date? Ach, hätte ich das gewusst, hätte ich selbstverständlich ein Streichquartett bestellt.«

»Das wartet also nicht in der Wohnung?«, sagte ich gespielt enttäuscht.

»Nein, ich bin nur ein einsamer Kerl, der vergessen hat die Stromrechnung zu bezahlen.« Henry zwinkerte mir zu.

»Ach, das kenne ich. Und ich dachte schon, du wolltest mich heute ins Bett kriegen.«

»Was? Ich? Auf solche Gedanken würde ein Gentleman nie kommen.«

»Zum Glück bist du ja keiner«, warf ich ein.

»Oh, das trifft mich jetzt aber wirklich.« Henry griff sich theatralisch an die Brust.

»Tut mir leid, wenn ich dich fälschlicherweise beschuldigt habe.«

»Entschuldigung angenommen. Dafür musst du aber das Essen verspeisen, was ich gekocht habe«, forderte er.

»Ist das eine Art Mutprobe?«

»Schon möglich. Wie klingt *Spaghetti mit Tomatensoße* für dich?«

»Als hättest du keinerlei kulinarisches Talent«, entgegnete ich trocken.

»Du bist ganz schön frech.«

»Ich dachte, das magst du an mir.« Ich zwinkerte ihm zu und erntete ein tiefes Lachen.

»Das ist eine Sache, die ich an dir schätze.« Er trat dichter an mich heran und legte die Hände auf meine Hüften.

»Und was noch?«, fragte ich zögerlich, während ich seine Wärme genoss und den vertrauten Duft einatmete.

»Die Art, wie du lachst, deine fürsorgliche Ader, deine Stärke.«

Ich unterbrach seine Aufzählung mit einem zärtlichen Kuss auf den Mund. Seine weichen Lippen fühlten sich so unglaublich gut an.

»Soll ich weitermachen?«, fragte er leise, nachdem wir uns voneinander gelöst hatten.

»Bloß nicht!«

»Du kannst dich ruhig setzen. Das Essen kommt gleich.«

Wie auf Kommando klingelte es an der Wohnungstür und Henry ging schnell hin, während ich am Essenstisch Platz nahm. Ein vertrauter Geruch stieg mir in die Nase und dann erkannte ich die zwei quadratischen Kartons, die Henry hereintrug.

»Damit habe ich wirklich nicht gerechnet«, gestand ich offen.

»Ich kann mich auch gern in die Küche stellen und uns etwas anderes zubereiten, aber Adam meinte, dass das hier dein Lieblingsessen sei.«

»Ist mir gar nicht aufgefallen, dass du meinen Bruder über mich ausgefragt hast.«

»Oh, ich bin ein Meister des Verhörens.« Er blickte mich verschwörerisch an.

»Was für Talente schlummern denn noch in dir?«, fragte ich interessiert und strich ihm über die angespannten Muskeln seines Arms.

»Das musst du schon selbst herausfinden«, sagte er verschwörerisch und gab mir einen verheißungsvollen Kuss.

»Wie gemein.« Ich zog spielerisch einen Schmollmund, den Henry gekonnt ignorierte. Er holte ein Stück Margherita mit Ananas aus dem einen Karton und legte es auf meinen Teller. Dazu gab es ein Glas Weißwein.

»Alle Weinliebhaber würden jetzt aufschreien, denn zur Pizza gehört ... Rotwein!«

»Da hast du recht, aber die Wohnung ist gut schallisoliert. Wir werden es also nicht mitbekommen«, konterte er.

»Ich gebe zu, das ist eins der ungewöhnlichsten Dates, die ich bisher hatte«, sprach ich frei meine Gedanken aus.

»Ich nehme an, das ist gut?«, fragte Henry unsicher nach.

»Es ist wundervoll.«

»Das freut mich.«

Wir aßen schweigend das erste Stück Pizza und ich genoss die friedliche Stimmung. Bei Henry fühlte ich mich einfach wohl, denn er gab mir das Gefühl von Sicherheit und Freiheit zugleich. Es war leicht und unbeschwert, bei ihm zu sein. Er schaffte es sogar, meine Gedanken an die baldige Abreise umzulenken.

»Es hat einen bestimmten Grund, warum ich dich hierher eingeladen habe.«

Ich legte das Stück Pizza wieder hin, von dem ich gerade abgebissen hatte, und blickte zu Henry auf. In meinem Kopf schwirrten plötzlich Hunderte Gedanken herum, was er genau meinen könnte. Statt etwas zu sagen, nickte ich nur stumm.

»Ich weiß, dass du bald wieder zurück musst für deinen Schulabschluss und dass du dich noch nicht endgültig für einen bestimmten Weg entschieden hast.« Henry atmete einmal tief ein und aus, als würden ihm die folgenden Worte viel Kraft abfordern. »Ich möchte dir anbieten, mit mir zusammen das Tanzstudio zu leiten. Du bist nach wie vor eine hervorragende Tänzerin und ich könnte die Hilfe sehr gut gebrauchten. Falls du dich für ein College in Toronto entscheidest, dann wäre so auch das Studium finanzierbar. Selbstverständlich kannst du auch bei mir wohnen.«

Plötzlich war mein Kopf wie leer gefegt. »Wow«, war alles, was ich dazu sagen konnte.

Offenbar bemerkte Henry, dass er mich mit diesem Angebot überrumpelt hatte. »Das ist nur eine Idee, Emmchen. Du kannst das Angebot annehmen oder nicht. Ich verstehe deine Entscheidung in jedem Fall.« Er ergriff meine Hand und lächelte mich sanft an.

Natürlich hatte ich in den vergangenen Tagen mit dem Gedanken gespielt, wie es wäre, einfach hierzubleiben, aber das hier war jetzt wirklich überraschend gekommen. »Ich weiß nicht, was ich sagen soll«, gestand ich.

»Du musst dich nicht jetzt entscheiden. Nimm dir die Zeit, die du brauchst. Ich werde auf dich warten.«

Sein Blick strafte seine Worte Lügen. Die Enttäuschung war Henry sichtlich anzusehen.

»Das ist sehr großzügig und ich weiß das wirklich sehr zu schätzen.«

»Aber?«

»Nichts aber. Ich bin nur noch nicht bereit, diesen Schritt zu gehen«, sagte ich offen und war mir dennoch nicht sicher, ob das so ganz stimmte. Mom würde es mit Sicherheit glücklich machen, wenn ich in ihrem Studio arbeitete, aber war das auch *mein* Weg? Ich wusste es nicht und auf die Schnelle konnte ich es auch nicht herausfinden.

»Das verstehe ich. Es spricht aber hoffentlich nichts dagegen, die Zeit, die du noch hier bist, in vollen Zügen zu genießen.« Er versuchte zu lächeln, aber es gelang ihm nicht wirklich.

Es tat mir so leid, ihn zurückweisen zu müssen, aber ich konnte jetzt auf die Schnelle einfach nicht Ja sagen. »Hast du etwa noch mehr geplant?«, versuchte ich das Thema zu wechseln.

»Um ehrlich zu sein, habe ich drei Varianten geplant. Je nachdem, ob dir der Sinn mehr nach einem ruhigen Filmabend, einem Klubbesuch oder doch einem gemütlichen Familienabend steht.«

»Und wie hast du es geschafft, meine Familie davon zu überzeugen?«

»Ganz einfach: Maggie wollte ein paar Tanzstunden nehmen«, sagte er schulterzuckend.

»Aha, du bestichst also meine Cousine«, schlussfolgerte ich und war mir nicht sicher, ob ich diesen dreisten Versuch bewundern oder schockiert darüber sein sollte, dass Maggie derart leicht zu bestechen war.

»So würde ich das nicht ausdrücken. Sie möchte nur uns beide als Paar unterstützen.«

»Als Paar?«, ich hob verwundert die Augenbraue. »Ich wusste nicht, dass wir eins sind.«

»Für mich schon«, sagte Henry ohne jegliche Einschränkungen. Er meinte es ernst und brachte mich damit zum Lächeln.

»Für mich auch«, sprudelte es aus mir heraus.

»Ich komme mir irgendwie so vor, als hättest du gerade das *Ja* angekreuzt, auf dem *Willst-du-mit-mir-gehen-Zettel*.«

»Wenn du einen hast, dann setze ich da gern mein Kreuz.«

»Gut zu wissen. Hast du auch schon eine Ahnung, wie du den restlichen Abend verbringen willst?«

»Auch wenn es dir das Herz bricht, aber mit dem Tanzen können wir heute erst einmal pausieren. Ich habe noch eine Menge Familienzeit an Silvester, also würde ich zum Filmabend tendieren.«

»Sehr gern.«

Wir aßen die restliche Pizza auf, sodass ich kurz davor war, den obersten Knopf meiner Jeans zu öffnen. Zu meinem Leidwesen hatte Henry auch noch Tiramisu à la Henry gemacht. Mit der Himbeercreme glich es zwar keinem klassischen Tiramisu, aber es sah zum Anbeißen aus.

»Hätte ich gewusst, dass es noch Nachtisch gibt, dann hätte ich bei der Pizza nicht so zugeschlagen«, sagte ich und streichelte mir über den vollen Bauch.

»Was ist denn ein Date ohne Nachtisch? Also ein paar Manieren habe ich auch.«

»Ich bin begeistert, aber ich fürchte meine Hose wird diesen Nachtisch nicht überstehen.«

Rasch stand Henry auf und kam dann mit einer Jogginghose zurück.

»Ich möchte auf keinen Fall, dass eine unschuldige Hose meinetwegen sterben muss«, sagte er grinsend und reichte sie mir.

»Ich soll eine deiner Hosen anziehen?«

»Warum nicht? Deine drückt und ich möchte, dass du dich wohlfühlst. Du kannst dich gern im Bad umziehen, ich schau auch nicht durchs Schlüsselloch«, versprach er feierlich.

»Nur unter einer Bedingung«

»Die lautet?«, fragte er neugierig und hob eine Augenbraue.

»Du trägst auch eine.«

Henry grinste mich breit an und verschwand dann wieder in seinem Schlafzimmer. Kurze Zeit darauf kam er mit einer Jogginghose wieder.

»Challenge accepted«, sagte er selbstbewusst.

»Du bist wirklich einmalig.« Ich fand es albern, extra ins Badezimmer zu gehen, und so zog ich die Jeans einfach vor Henry aus, der aber demonstrativ wegschaute.

»Ich bin jetzt startklar fürs Dessert«, verkündete ich freudig.

»Du wirst es lieben.« Henry legte mir eine kleine Portion auf und ich musste neidlos gestehen, dass er recht hatte. Es war köstlich.

Nach dem Essen machten wir es uns auf der Couch bequem.

»Dieses Sofa ist wirklich riesig.«

»Ich hab es vor ein paar Wochen neu gekauft, weil das alte ausgedient hatte. Das hier bietet genug Platz, damit man bequem zu zweit drauf liegen kann.«

»Du denkst wirklich an alles.«

»Ich gebe mir Mühe. Also, auf welches Genre hast du Lust?«

»Horror, aber bitte nichts mit Spinnen. Am liebsten eine gute Zombie-Apokalypse.«

»Du steckst voller Überraschungen«, sagte Henry und wählte aus einer großen Mediathek einen geeigneten Film aus. »Ich bin gleich wieder da.«

Kurze Zeit später brachte er eine Schale mit duftendem Popcorn und eine gigantische Decke mit.

»Du willst mich wohl mästen«, sagte ich mit Blick auf die große Schale.

»Also ... erstens zwingt dich niemand etwas zu essen und zweitens – hallo! – kann man keinen Filmabend ohne Popcorn machen«, verteidigte er sein Vorhaben.

Er reichte mir die Decke und blies ein paar Kerzen aus, sodass nur noch wenige brannten und für die passende Stimmung sorgten.

Der leichte Duft von gelöschtem Feuer kitzelte mir in der Nase, während ich gebannt den Film verfolgte.

Henry kuschelte sich unter der Decke an mich.

»Zum Glück kommt jetzt nicht dein Dad herein und scheucht mich nach Hause, weil es so spät ist.«

Ich lächelte breit und schmiegte meinen Kopf an seine Brust. Wie konnte man so vollkommen verrückt nach der Nähe von jemand anderem sein?

Henry legte den Arm um mich und drückte mich noch fester an

sich. Durch den dünnen Stoff des T-Shirts konnte ich seine festen Brustmuskeln spüren. Bevor ich wusste, was genau ich da gerade tat, malte ich mit dem Zeigefinger kleine Kreise auf sein Shirt.

»Willst du mir verraten, was genau du da machst?«, sagte Henry amüsiert.

»Gar nichts.«

»So fühlt es sich aber nicht an.«

»*Wie* fühlt es sich denn an?«, hakte ich neugierig nach.

»Als würdest du eine geheime Schatzkarte auf meine Brust malen.«

Gegen meinen Willen musste ich lachen und hielt in der Bewegung inne. Romantik war eindeutig nicht meine Stärke. Er legte seine Hand auf meinen Bauch und begann feine Linien mit den Fingern zu ziehen. Ich war gar nicht in der Lage, irgendein Bild darin zu erkennen, denn jede Zelle meines Körpers schien unter Henrys Berührungen zu zerfließen. Erst als er stoppte, wurde mir bewusst, dass ich den Atem angehalten hatte. Er küsste mich sanft, während seine Finger etwas weiter hinaufglitten und dabei meine Brust streiften.

Er blickte mir in die Augen und wartete meine Reaktion ab. Offenbar verfügte er in diesem Moment über mehr Selbstbeherrschung als ich.

Ich erwiderte seinen Kuss fordernder und glitt mit der Hand unter sein Shirt. Seine Haut fühlte sich warm an und gleichzeitig konnte ich die einzelnen Muskeln deutlich spüren. Er schien wie aus Stein gemeißelt zu sein. Ich konnte keinerlei Makel an ihm feststellen, was meine neugierigen Finger nur noch weiter antrieb. Als er einen Moment von mir abließ, zog er sein T-Shirt aus, sodass ich einen ausgiebigen Blick auf seinen wohlgeformten Körper werfen konnte.

Er umfasste zärtlich mein Gesicht und küsste mich erneut, doch dieses Mal deutlich fordernder. Seine Zunge strich sanft über meine Lippen und alles in mir schrie nach mehr. Ich wollte ihn.

Langsam zog ich nach und nach meine Sachen aus, während Henry mich keine Sekunde aus den Augen ließ. Es war, als könnte er tief in mein Innerstes blicken. All meine Verletzlichkeit, meine Hoffnungen und Träume waren vor ihm ausgebreitet.

»Du bist wunderschön«, flüsterte er mir ins Ohr.

Ich küsste ihn erneut und ließ meine Hände an seinem Körper entlanggleiten, bis ich am Hosenbund kurz innehielt und ihn fragend ansah.

Er nickte, schloss seine lustverhangenen Augen und meine Hand ging Stück für Stück tiefer, sodass er unter meiner Berührung aufseufzte. Währenddessen wanderte Henrys Mund an meinem Hals entlang und hinterließ eine feurige Spur.

Als meine Finger langsam unter seine Boxershorts glitten, zitterte sein Körper vor Erregung. Er stöhnte und sein warmer Atem streichelte meine Haut.

In mir baute sich eine unbeschreibliche Lust auf.

Als hätte Henry meine Gefühle gelesen, fing er an, meine Brustwarzen mit seiner Zunge zu liebkosen. Wellen der Erregung strömten durch mich hindurch und stumm bettelte ich nach Erlösung. Seine Finger erreichten meine intimste Stelle und begannen ein erregendes Spiel. Ich tat es ihm nach, streichelte ihn im Rhythmus unseres immer schneller werdenden Atems. Ich beugte mich ihm entgegen und stöhnte lustvoll auf. Henry verstärkte den Druck, während er meinen Körper mit Küssen bedeckte.

Tausende Lichter explodierten, als wir schließlich gemeinsam den Höhepunkt erreichten.

17.

Tagtraum und Erwachen

Am nächsten Morgen wachte ich glücklich und entspannt in Henrys Bett auf. Wir hatten es dann irgendwann noch von der Couch bis hierhergeschafft, sodass ich jetzt ohne schmerzenden Rücken aufstehen konnte. Der Platz neben mir war verlassen. Meine Hände glitten über das weiche Laken und ich musste feststellen, dass es bereits kalt war. Henry musste schon länger wach sein – oder hatte er gar nicht geschlafen?

Ich richtete mich auf und wickelte mir die Tagesdecke um den Körper. Meine nackten Füße glitten über den Holzboden und ich blickte mich ausgiebig in Henrys Schlafzimmer um. Es war eher spartanisch eingerichtet. Neben einem großen Bett gab es eine lange Kommode für seine Sachen und eine riesige Weltkarte auf einer Leinwand. Kleine Fähnchen waren darauf zu erkennen. Vermutlich Orte, die er bereits bereist hatte. Irgendwie konnte ich mir Henry nicht außerhalb Torontos vorstellen, aber er war immer für eine Überraschung gut.

Auf der Kommode selbst stand eine Reihe von Bildern, die Henry mit seiner Familie und Freunden zeigten. Auf einigen war er noch ein kleiner Junge und ich musste schmunzeln bei dem Anblick. Er war so zuckersüß.

Ein Bild erregte besonders meine Aufmerksamkeit. Es zeigte Henry und mich, wie wir über beine Wangen strahlten, und zu unseren Füßen war ein kleines Schweinchen, das komplett aus Schnee bestand. Komischerweise erinnerte ich mich nicht daran, wann dieses Bild aufgenommen wurde.

Langsam ging ich ins Wohnzimmer, um meine Sachen einzusammeln. Dabei fiel mein Blick auf einen gedeckten Frühstückstisch, auf dem alles stand, was das Herz begehrte. Angefangen von Kaffee über Pancakes, Obst und Orangensaft. Dann hörte ich, wie die Haustür aufgeschlossen wurde. Gleich darauf kam Henry mit einer Papiertüte herein.

»Oh, ich hoffe, ich habe dich nicht geweckt. Ich habe nur schnell ein paar Brötchen geholt, damit wir gleich frühstücken können.« Er schloss die Tür hinter sich und schmiss die Schlüssel auf die Flurkommode. Dann verringerte er die Distanz zwischen uns und gab mir einen sanften Kuss. Er strich mir eine Locke aus dem Gesicht und lächelte mich liebevoll an.

»Falls wir nackt frühstücken wollen, dann gib mir ein paar Sekunden zum Ausziehen«, sagte er und deutete auf mein Outfit.

»Das klingt verführerisch«, sagte ich und küsste ihn erneut. »Allerdings wollte ich mich erst einmal anziehen und im Bad frisch machen.«

»Und das alles *vor* dem ersten Kaffee?«

Henry wedelte mit einer Hand über einer dampfenden Tasse herum, sodass der Geruch zu mir herüberwehte.

»Schweren Herzens muss ich mich wirklich erst anziehen. Heißer Kaffee auf nackter Haut – das ist einfach ein zu großes Risiko.«

»Na gut, dann warte ich hier auf dich.«

Bevor ich mit meinen Sachen im Bad verschwand, gab ich Henry noch einen Kuss. Das war ein Fehler, denn es fiel mir jedes Mal schwerer, mich von ihm zu lösen.

Schließlich schaffte ich es doch freizukommen und verschwand dann endlich im Bad. Gestern Abend hatte mir die Zeit gefehlt, um Henrys Wohnung ausgiebig betrachten zu können.

Das Badezimmer war großzügig und verfügte über eine Badewanne, eine Dusche und zwei Waschbecken. Es war ganz in Schwarz und Weiß gehalten, sodass man sich selbst wie ein farbiger Klecks vorkam.

Komischerweise beschlich mich der Gedanke, dass es so gar nicht zu Henry passte. Das Bad strahlte eine Kälte aus, die nichts mit Henry gemein hatte. Ich beschloss nicht mehr allzu viel hineinzuinterpretieren. Schließlich war es nur ein Badezimmer und kein psychologischer Bericht über seine Verfassung. Ich ließ die Tagesdecke von meinem Körper gleiten, stieg in die Duschkabine und stellte das warme Wasser an. Ich hob meinen Kopf gen Wasserstrahl und genoss die Wärme auf meiner Haut. Entspannt schloss ich die Augen für ein paar Sekunden und massierte meine Kopfhaut. Henry hatte nur eine Flasche in der Dusche stehen, die Duschgel und Shampoo in einem war.

Bevor ich gar keine Seife hatte, griff ich lieber danach und sofort stieg mir der Geruch nach Minze in die Nase.

Als ich überall nach Zahnpasta roch, stieg ich aus der Dusche, nur um dann erschrocken festzustellen, dass ich auf die Schnelle kein Handtuch fand. Mist!

»Henry, könntest du mir bitte ein Handtuch geben«, rief ich durch die geschlossene Tür.

»Selbstverständlich.« Er öffnete die Tür und schaute mich einen Moment lang an. »Nur um das klarzustellen, du hast mich jetzt nicht unter einem falschen Vorwand hergelockt?«, fragte er lasziv grinsend.

Ich brauchte ein paar Sekunden, um zu verstehen, was er meinte. »Nein«, sagte ich gedehnt und lächelte ihn an. »Es ging mir wirklich nur ums Handtuch.«

»Alles klar.« Er ging zu einem der Schränke, griff nach einem dunkelblauen Handtuch und reichte es mir.

»Danke schön.«

»Brauchst du sonst noch etwas?«, fragte er mich.

»Da wäre noch eine Sache.« Ich deutete ihm näher zu kommen, bis ich die Arme um ihn legen und ihn küssen konnte. Plötzlich hob er mich hoch und trug mich zurück in die Dusche. Obwohl er immer noch all seine Sachen anhatte, stellte er das Wasser wieder an und zog sich nach und nach aus. Als er schließlich ebenfalls nackt war, stellte ich mir ernsthaft die Frage, ob ich diese Wohnung jemals wieder verlassen könnte.

***

Eine Stunde später hatten wir es dann endgültig an den Esstisch geschafft, sodass sich mein knurrender Magen beruhigen konnte.

»Das hört sich an, als würdest du dort drin ein gefräßiges Tier verstecken«, sagte Henry und deutete auf meinen Bauch.

»Tja, dann solltest du aufpassen, dass du dich nicht zwischen das kleine Monster in mir und sein Essen stellst«, antwortete ich und steckte mir ein riesiges Stück Pancake in den Mund.

»Wollen wir heute noch etwas unternehmen?«, fragte ich fröhlich.

Auf einmal wirkte er wie versteinert und warf einen Blick auf sein Handy. Ohne mich anzusehen, antwortete er: »Das geht leider nicht. Ich muss heute noch ein paar Dinge erledigen und habe morgen Vormittag etwas vor. Wenn du magst, kann ich dich aber auch nachher nach Hause fahren, dann musst du nicht laufen.«

»Oh, okay«, war alles, was ich dazu sagen konnte. Vielleicht wollte er etwas Freiraum haben, andererseits war ich ja sowieso in ein paar Tagen fort.

»Silvester können wir aber gern zusammen verbringen.« Henry griff nach meiner Hand. Offenbar hatte er meine Verunsicherung bemerkt und wollte mich jetzt beruhigen.

»Das wäre schön.«

»Mein Angebot steht übrigens immer noch: Du kannst nach deinem Abschluss gern zu mir kommen.« Ihm war anzumerken, dass er diese Idee so schnell nicht wieder loslassen wollte.

Nach der Highschool hier zu studieren und bei ihm zu leben war ein schöner Gedanke. Es machte mich glücklich und doch hatte ich furchtbare Angst davor, mich derart festzulegen.

»Ich werde es mir überlegen«, versprach ich und dennoch hatte ich mich bereits entschieden.

18.

Schneemann und Kampfgeist

Dicke Atemwolken bildeten sich vor meiner Nase und mit etwas Fantasie konnte ich mir vorstellen ein feuerspeiender Drache zu sein, der sich auf seine nächste Attacke vorbereitete. Zumindest hatte ich das als kleines Mädchen Dutzende Male getan.

Henry hatte mich mit dem Auto bis vor den Eingang des Parks gebracht, wo ich mich mit meiner Familie verabredet hatte. Besser gesagt mit meinen Brüdern, Maggie, Robert und Dad.

Auf der Fahrt hierher hatten wir allerdings kein Wort miteinander gesprochen und nach dem Frühstück hatte er auf einmal seltsam distanziert gewirkt. Wahrscheinlich bildete ich mir das nur ein und er war einfach im Stress, weil er noch etwas erledigen musste. Allerdings fand ich es seltsam, dass er nicht gesagt hatte, was genau er vorhatte. Von den ganzen Grübeleien bekam ich langsam, aber sicher Kopfschmerzen. Und heute war ich dankbar für die lindernde Kälte des Schnees, die sich auf meine Stirn legte.

Während ich versuchte an etwas anderes als an Henry zu denken, sprang Robert um mich herum und brüllte lauthals:

»Ich bin ein Eisbär. Roooooaaaarrrr!«

Maggie schien vor Scham im Boden zu versinken, denn ihr Gesicht war knallrot. Besonders als eine Gruppe von Mädchen vorbeikam, die Maggie zu kennen schien. Nachdem ich eins und eins zusammengezählt hatte, sagte ich zu meiner Cousine: »Jemand, der deine Familie nicht zu schätzen weiß, hat dich nicht verdient.« Sie sah mich mit ihren sanften braunen Augen an. »Das sagt sich so einfach«, erwiderte sie und blickte stirnrunzelnd zu Robert, der immer noch fröhlich um uns herumsprang.

Ich lenkte ihre Aufmerksamkeit zu Adam und Dean, die sich gerade im Schnee wälzten, weil ihre Schneeballschlacht etwas eskaliert war.

»Glaub mir, es gab Tausende Momente, in denen mir meine Brüder peinlich waren. Umgekehrt wird es ihnen wohl ebenso gegangen sein, aber wir halten zueinander. Denn auch wenn alles in die Brüche geht, sind sie da und setzen einen wieder zusammen.«

»Momentan wäre es mir lieber, wenn er aufhören könnte sich wie ein Kleinkind zu verhalten.«

Ich atmete tief ein und aus und verkniff mir die Aussage, dass Robert nun mal noch ein kleiner Junge *war.*

»Vielleicht hört er ja auf, wenn du mitmachst«, versuchte ich Maggie zu animieren.

»Niemals«, rief sie empört.

Plötzlich flog ein Schneeball direkt in mein Gesicht. Die Kälte und der Aufprall ließen mich aufschreien, während Dean lauthals jubelte.

Während ich mir den Schnee abwischte, lächelte mich meine Cousine an und sagte: »Schön dran denken, du liebst die zwei.«

Jetzt war mir meine eigene Weisheit direkt auf die Füße gefallen oder besser gesagt ins Gesicht.

Der nächste Schnellball traf Maggie am rechten Knie und wieder erfolgte zufriedenes Grölen.

Jetzt bildeten sich zwei Fronten, zwischen denen ein paar Schneebälle hin- und herflogen, bis Maggie und ich uns schließlich ergeben mussten.

Ich wusste nicht warum, aber irgendwie schien Richmond Hill eine längst vergessene Leichtigkeit in uns hervorzubringen. Als würden wir noch einmal in unsere früheren Leben schlüpfen.

Auf einmal klingelte das Telefon und in der ersten Sekunde hatte ich die Hoffnung, dass Henry mich anrief, doch es war Mel. Ich ging ein paar Schritte, bevor ich ihren Anruf entgegennahm.

»Hallöchen, Sonnenschein. Na, wie lebt es sich auf Wolke sieben?«, fragte sie fröhlich und traf damit einen Nerv.

»Gut«, antwortete ich kurz angebunden.

»Man kann deine Begeisterung bis hierher spüren.«

»Was soll ich denn sagen?«, fragte ich leicht gereizt.

»Emma, ich bin nicht dein Erzfeind, aber offensichtlich brauchst du gerade ein Ventil. Was ist passiert?«

Ich entfernte mich noch ein paar Schritte mehr, damit ich ungestört mit meiner besten Freundin telefonieren konnte. Dann erzählte ich ihr vom gestrigen Abend und Henrys Reaktion heute früh.

Einen Moment herrschte Ruhe am anderen Ende der Leitung, sodass ich Angst bekam, dass sie aufgelegt hatte.

»Also meinst du, ich habe etwas falsch gemacht?«, fragte ich zögerlich.

»Selbstverständlich nicht. Ich weiß, dass dein Kopf keine Ruhe geben wird, bis zu weißt, was los ist, aber wahrscheinlich hat er in den Ferien auch noch etwas anderes zu tun, als dich zu bespaßen.«

»Aber ich bin doch nur noch ein paar Tage hier.«

»Das ist richtig, aber sein Leben steht nicht einfach still, nur weil du dort bist. Er hat mit Sicherheit auch Verpflichtungen.«

»Danke, Mel.«

»Herzchen, ich kann mir nicht vorstellen, dass jemand diesen Aufwand betreibt, nur um mit dir Sex zu haben. Versteh mich nicht falsch, du bist superhübsch, intelligent und die zweitwitzigste Person, die ich kenne, aber wenn es ihm nur darum ginge, könnte er es auch deutlich einfacher haben.«

»Du schaffst es immer wieder, mich zu beruhigen.«

»Das ist eines meiner verborgenen Talente.«

»Wie Fotografieren, ich weiß! Also meinst du, dass ich aufhören soll zu grübeln und darauf warten muss, bis er sich meldet.«

»Jaaaaaaaa«, sagte sie lang gezogen. »Also genieß jetzt noch die Zeit. Wenn du zurück bist, dann gehörst du wieder ganz mir«, sagte sie mit einem Lächeln in der Stimme.

»Das klingt episch.«

»Das ist es.«

Damit legte sie auf und hatte es tatsächlich ein weiteres Mal geschafft, mich runterzuholen.

»Emma, schau mal!« Maggie hatte mich eingeholt und zeigte auf ein eingetütetes Plakat, das an einem Baum befestigt war.

Es zeigte eine Karikatur von einem Schneemann, der eifrig gebaut wurde und mit der Überschrift versehen war: *Hauche dem Schnee Leben ein.*

Das war mir bisher nicht aufgefallen, aber jetzt sah ich, dass dieses Plakat an mehreren Bäumen befestigt war. Ohne es weiter zu beachten, hielt ich es einfach nur für eine Zeichnung – ohne tiefere Bedeutung.

»Das ist der alljährliche Wettbewerb, bei dem der schönste Schneemann gekürt wird. Der Gewinner bekommt einen Picknickkorb randvoll mit Leckereien. Aber das absolut Wichtigste ist: Man erhält auch einen Shoppinggutschein über 100 kanadische Dollar«, ratterte meine Cousine die Informationen herunter – wie ein Marktschreier, der einem alles Mögliche andrehen wollte.

»Da haben wir früher auch immer mitgemacht«, erinnerte ich mich plötzlich.

»Dann weißt du ja, was es für einen Spaß bringt«, sagte Maggie und rieb sich die Hände, als könnte sie den Gewinn schon fast greifen.

»Wir waren doch gerade erst einkaufen. Wozu brauchst du denn den Shoppinggutschein?« Meine Stimme klang gereizter, als es beabsichtigt war. Offenbar hatte ich das Gespräch mit Henry doch noch nicht ganz verdaut.

»Erstens geht es um den Spaß und zweitens wird so ein Gutschein nicht schlecht«, argumentierte sie.

Wir setzten uns in Bewegung, um die anderen einzuholen.

»Also versteh ich das jetzt richtig: Es ist nicht in Ordnung, wenn dein Bruder Eisbär spielt, aber wenn du bei einem Wettbewerb einen Schneemann baust, ist das kein Problem?«

Maggie hakte sich bei mir unter. »Das hast du richtig erfasst. Also bist du dabei?«, fragte sie hoffnungsvoll und klimperte mit ihren langen Wimpern.

»Nein«, sagte ich streng.

»Was meinst du mit *Nein*?«

»Na, das ich nicht will. Frag doch eine deiner Freundinnen.« Ich hatte einfach im Moment nicht den Kopf frei, um unbeschwert an so etwas teilzunehmen.

Maggie sah zu Boden. »Die meisten sind über die Feiertage verreist«, sagte sie kleinlaut und augenblicklich bekam ich ein schlechtes Gewissen.

»Dann frag Adam oder Dean. Die machen sicher sehr gern mit«, schlug ich vor.

»Hab ich schon, als du telefoniert hast. Die beiden machen mit, allerdings wollen sie als Team antreten.«

Endlich hatten wir die restliche Familie eingeholt.

»Bitte, Emma«, flehte Maggie und Dad drehte sich zu uns um.

»Was ist denn los?«, fragte er und blickte zwischen meiner Cousine und mir hin und her.

Brühwarm erzählte Maggie ihm, dass ich mich weigerte an dem Wettbewerb teilzunehmen. Dabei wurden ihren Augen ganz wässrig und tatsächlich kullerte sogar eine kleine Träne an der Wange entlang. Eins musste man meiner Cousine lassen, sie war eine Meisterin im Schauspiel. Das hätte ich ihr gar nicht zugetraut.

Dad funkelte mich missbilligend an. Offenbar hatte er ihr jedes Wort geglaubt.

»Ich bin mir sicher, Emma wird dir gern helfen. Schließlich sind wir ja nicht jedes Jahr hier, um daran teilzunehmen.

Man muss diese Gelegenheit nutzen, um mit seiner Familie Zeit zu verbringen.«

Mein Dad war zwar nicht oft streng, aber wenn es um die Familie ging, dann duldete er kein Nein.

Zufrieden lächelte Maggie mich an.

Verdammt.

19.

Wettbewerb und Ernüchterung

Ich konnte schon nicht mehr mitzählen, wie oft mein Vater eindringlich gesagt hatte, dass die Zeit mit der Familie kostbar sei. Jeder Moment sollte vollkommen ausgeschöpft werden und das eigene Ego sollte einem auf keinen Fall dabei im Weg stehen. Dennoch ging mir die Art und Weise, wie Maggie ihren Willen durchgesetzt hatte, gehörig gegen den Strich.

Natürlich konnte ein kleiner Teil von mir sie verstehen, aber der weitaus größere Part fand es einfach kindisch. Jetzt stand ich also hier in der Kälte und wartete darauf, dass ein Startschuss gegeben wurde, um einen Schneemann zu bauen.

Dieser Urlaub entwickelte sich gerade nicht zum Positiven. Von Henry hatte ich außer ein paar kurzen Nachrichten nichts gehört.

Allerdings wollten wir uns heute Abend sehen und gemeinsam in das neue Jahr starten. Der Abflug rückte immer näher, und ich freute mich darauf, Henry wiederzusehen und Zeit mit ihm zu verbringen.

Unruhig tippelte ich hin und her. Meine Zehen fühlte sich jetzt bereits wie kleine Eiswürfel an, aus denen nach und nach das Gefühl verschwand. Ich musste mich dringend bewegen.

Maggie, die neben mir stand, blickte sich zufrieden um.

»Wir werden das Ding so was von gewinnen«, sagte sie mehr zu sich selbst als zu mir.

»Freut mich, dass du dir da so sicher bist.« Den Missmut in meiner Stimme versuchte ich gar nicht erst zu überspielen.

»Ach, nun zieh doch nicht so ein Gesicht. Ich verspreche dir, du wirst Spaß daran haben und das Preisgeld teilen wir uns dann.«

Maggie legte sich feierlich eine Hand auf die Brust. »Ich gebe dir 100 Dollar, wenn ich jetzt einfach verschwinden kann«, bot ich an.

»Aber dann fehlt doch der ganze Spaß.«

»Bist du sicher?« Ich zuckte mit den Schultern und blickte mich demonstrativ um. Tatsächlich gab es noch mehr Teilnehmer, die nur damit beschäftigt waren, ihre Hände zu reiben und hin und her zu laufen, um warm zu bleiben.

»Glaub mir, das wird lustig, sobald der Startschuss fällt. Außerdem ist es unglaublich, was manche aus dem Schnee formen.«

»Warum bist du dir dann so sicher, dass wir gewinnen?«

»Weil meine stärksten Konkurrenten dieses Jahr nicht da sind.«

»Ich kann mich irren, aber irgendwie hatte das gerade einen leichten mafiösen Unterton. Will ich wissen, woher du das weißt?«, fragte ich mit erhobener Augenbraue.

Maggie wedelte meine Vorwürfe weg wie eine lästige Fliege.

»Beruhige dich! Ich weiß es, weil sie sich bereits letztes Jahr schon abgemeldet haben.«

Gerade wollte ich nach weiteren Details zu diesem skurrilen Wettbewerb fragen, als sich ein Mann im mittleren Alter auf die provisorische Bühne stellte. Der Wintermantel spannte besorgniserregend über seinem fülligen Bauch und auch sonst wirkte die Kleidung etwas zu klein.

»Das ist Mr Stan Pepper. Er leitet jedes Jahr die Veranstaltung und kürt am Ende den Gewinner.«

Irgendetwas an dem Gesicht des Mannes kam mir bekannt vor. Allerdings wurde ein Großteil davon durch Barthaare verdeckt. Mr Pepper räusperte sich und einer der Mantelknöpfe vibrierte sichtbar, was das ungute Gefühl schürte, dass der Knopf bald durch die Menge flog.

»Liebe Teilnehmer, vielen Dank, dass Sie so zahlreich erschienen sind. Es ist immer wieder schön zu sehen, wie viel Zuspruch unsere alljährliche Tradition erhält. Jeder von Ihnen hat fünf Zehn-Liter-Eimer voll mit Schnee bekommen und darf sich auch nur an dieser Menge bedienen. Sie haben eine halbe Stunde Zeit, um einen prachtvollen Schneemann zu bauen. Der schönste wird von einer kleinen Jury gekrönt. Viel Erfolg!« Der Redner blies kräftig in eine Trillerpfeife und schon machten sich alle Teilnehmer an die Arbeit.

Maggie war eifrig dabei, die Eimer zu leeren und den Schnee auf einen Haufen zu türmen, von dem sie dann etwa ein Drittel zu einer Kugel formte. Ich machte es ihr nach, sodass rasch die Grundkonstruktion für unseren Schneemann stand. Adam und Dean bauten links von uns, sodass ich ab und zu einen Blick auf die beiden werfen konnte. Im Gegensatz zu uns waren sie in eine Diskussion vertieft, wie man am besten etwas Besonderes gestalten konnte. Und da wurde mir erst bewusst, dass Maggie und ich es genau falsch machten. Die anderen Teilnehmer um uns herum formten zwar Schneemänner, aber sie gaben ihnen etwas Individuelles. Einer der Teilnehmer teilte die Schneemasse auf und formte daraus einen kleinen Schneemann und ein Häuschen. Ein anderer war dabei, dem Schneemann einen Berg an Muskeln zu modellieren. Verdammt, waren das alles Künstler oder was für eine Show lief hier gerade ab?

»Maggie, ist dir bewusst, dass unser Schneemann der einfachste ist?«, fragte ich meine Cousine, die eifrig am Werkeln war.

»Noch, ja, aber ich lasse mir was einfallen.«

Statt die oberste Kugel zu formen, versuchte Maggie ein Frauengesicht zu erstellen. Geschwind drückten ihre Finger in den Schnee und strichen Ecken und Kanten gerade. Langsam nahm die Masse eine Form an, doch mit einem Mal rutschte ihr das Kunstwerk aus der Hand und fiel auf dem Boden auseinander.

»Verflucht!«, schimpfte sie und schlug mit Fäusten auf die Schneemasse ein.

»Noch fünf Minuten«, sagte der Veranstalter und die ersten Neugierigen gingen bereits von einer Skulptur zur nächsten. Maggies Augen zuckten panisch zwischen dem Schneehaufen und den zwei geformten Kugeln hin und her. Immer mehr Flüche verließen ihren Mund, bis sie in der Bewegung innehielt und mich dann mit neuer Zuversicht ansah.

Gerade als ich fragen wollte, was genau Maggie vorhatte, zog sie mich so hinter den Schneemann, dass mein Kinn auf der obersten Kugel lag.

»Was wird das?«, fragte ich und versuchte mich von dem Schneehaufen zu lösen.

»Du darfst nicht wackeln«, forderte Maggie mich streng auf.

»Bitte, Emma.« Ihre braunen Augen hielten mich gefangen, während ihre Lippen angespannt zitterten. Da konnte ich doch unmöglich Nein sagen.

Rasch lief Maggie zu ihrer Tasche und holte ein kleines Etui heraus. Sie nahm einen Pinsel und pinselte mein Gesicht mit einem weißen Puder ein.

Mehrmals musste ich niesen, weil mir der feine Staub in der Nase kitzelte, während Maggie meine Zuckungen mit Flüchen quittierte.

»Die letzte Minute ist angebrochen.«

Maggies Bewegungen wurden immer hektischer. Gerade als ich dabei war zu protestieren, landete die zuvor malträtierte Schneemasse auf meinem Kopf.

Ich stütze das Konstrukt mit einer Hand und als der Schlusspfiff ertönte, nahm Maggie schnell Abstand von dem lebendigen Schneemann. Oder besser gesagt von der Schneefrau.

»Der Wettbewerb ist vorbei! Jetzt wird die Jury einen Schneemann nach dem anderen betrachten und dann den Sieger küren«, ertönte es von der Bühne. Mr Pepper blickte sich zufrieden um, während ich bemüht war den Schnee auf dem Kopf zu balancieren.

»Kannst du mir mal bitte verraten, warum ausgerechnet *ich* hier stehen muss. *Du* bist doch scharf auf den Preis«, rief ich lauter als beabsichtigt.

»Du hast die perfekte Größe und bist schlank genug, damit du außer dem Gesicht hinter dem Schneemann verschwindest«, erklärte sie ganz sachlich.

»Dafür schuldest du mir was, Maggie«, sagte ich anklagend, während meine Zähne anfingen zu klappern. Es war einfach viel zu kalt und ich würde mit Sicherheit einen Schnupfen bekommen, wenn nicht sogar noch mehr.

»Ich werde mich revanchieren«, sagte sie beschwichtigend. Ich hatte ja schon viele schwachsinnige Dinge getan, aber das hier schaffte es definitiv in die Top Ten.

»Halt doch bitte endlich still!«, beschwor Maggie, während ich förmlich fühlen konnte, wie mein Kopf immer weiter abkühlte. Die Mütze würde nicht mehr lange das Schlimmste verhindern. Kaltes Wasser tropfte von meinem Kopf und rann mir am Nacken herab. Es war, als würden Eisfinger sachte an meinem Rücken entlangstreichen.

»Sie sind gleich da. Lächle doch mal und versuch ruhig stehen zu bleiben.«

Zur Antwort funkelte ich Maggie böse an. Was man nicht alles für seine Familie tat.

Endlich kam der erlösende Augenblick, in dem die drei Jurymitglieder vorbeikamen und mich kritisch beäugten. Eine Dame im mittleren Alter kam mir besonders nahe und für einen kurzen Moment glaubte ich, dass sie nach meiner Nase greifen wollte. Aber dann hielt sie in der Bewegung inne und verschwand wieder mit den anderen.

Erleichtert atme ich auf und löste mich endlich von dieser Schneemasse.

»Wenn ich krank werde, dann wirst du mich pflegen.« Drohend deutete ich mit dem Zeigefinger auf Maggie.

»Jede einzelne Minute«, versprach sie feierlich und legte sich die linke Hand auf die Brust.

»Das will ich auch hoffen«, grummelte ich leicht gereizt.

»Das ist ja wirklich mal eine einfallsreiche Umsetzung«, tönte eine Frauenstimme entzückt.

Mein Blick wanderte zu einer Blondine, die mich bewundernd mit ihren eisblauen Augen ansah. Ihre schmale Nase kräuselte sich leicht, als ihr Blick langsam über mich glitt. Erst später bemerkte ich, bei wem sich die Schönheit eingehakt hatte.

Mein Magen krampfte sich bei dem Anblick schmerzhaft zusammen – wie vertraut die beiden miteinander waren. Offenbar war sie der Grund, warum Henry sich so wenig gemeldet hatte. Innerlich gebot ich mir, nicht die Nerven zu verlieren. Ich wollte doch keine von diesen eifersüchtigen Frauen sein, die vor lauter Wut nichts anderes mehr wahrnahmen.

»Emma?« Henry beugte sich vor, um mich näher zu betrachten. Der blaue Kranz, der auf seiner Iris lag, leuchtete hell im Schein der Sonne und unweigerlich fragte ich mich, ob er diesen schon immer gehabt hatte.

Mittlerweile hatte die Fremde sich von ihm gelöst. Genau genommen in dem Moment, als er mich erkannt hatte.

»Cousinchen, ich glaube, du kannst dich jetzt abschminken«, flüsterte Maggie mir zu und pikste mich sachte in die Seite.

Wie in Trance ging ich einen Schritt zurück und war immer noch unfähig etwas zu sagen, während alle mich anstarrten.

»Ich wusste gar nicht, dass ihr vorhattet am Wettbewerb teilzunehmen«, sagte Henry und versuchte erneut ein Gespräch anzufangen.

»Das war auch gar nicht geplant, aber Maggie wollte unbedingt mitmachen«, gestand ich und deutete auf meine Cousine.

»Jedenfalls ist die Idee wirklich gut.« Henrys Begleitung wollte freundlich sein, doch als ich mir die Skulpturen der anderen Teilnehmer ansah, bezweifelte ich ihre Worte.

»Danke schön«, war alles, was ich erwidern konnte.

»Ach, ich habe ganz vergessen euch vorzustellen. Also, Helene, das ist Emma. Sie war meine beste Freundin in der Kindheit.« Das Lächeln auf Henrys Gesicht erreichte seine Augen nicht.

Freundin in der Kindheit? Mehr war ich nicht für ihn? Ich schluckte die aufkeimende Wut herunter und lächelte ihn zuckersüß an. »Freut mich sehr, dich kennenzulernen.«

Helene reichte mir die Hand und ich erwiderte die Geste. Im Vergleich zu ihrer weichen Haut, kam mir meine wie die eines Minenarbeiters vor. Gab es an dieser Frau überhaupt einen Makel?

Innerlich ermahnte ich mich dabei, der Eifersucht in mir nicht solch einen Raum zu schenken.

»Du bist bestimmt die Tänzerin, die für Henry arbeiten will? Es wäre schön, wenn er endlich etwas Unterstützung bekommen würde und auch mal Zeit für andere Dinge außer dem Tanzen hätte.«

Henrys Gesicht zeigte keinerlei Gefühlsregung und ich wusste nicht, was ich dazu sagen sollte. »Ich weiß noch nicht genau, ob ich das machen möchte«, sagte ich mechanisch.

Helene strich über Henrys Arm und wandte sich an mich. »Das musst du annehmen, Liebes. Er ist so ein guter Mensch und mit Sicherheit ein fairer Chef.«

Die Art der Vertrautheit zwischen den beiden versetzte meinem Herzen einen Stich.

»Da hast du mit Sicherheit recht«, sagte ich zähneknirschend.

»Wir wollten uns eigentlich nur den Wettbewerb ansehen, beziehungsweise Helene hat mich dazu überredet«, sagte Henry und entspannte damit keineswegs die Situation.

»Zu Recht, sonst hättest du doch all die Figuren verpasst. Henry hatte wahrscheinlich nur Angst, dass jemand mehr Kreativität beweist als er selbst.« Helene kicherte und Henry rieb sich verlegen den Nacken.

»Das ist doch eine alte Geschichte«, erklärte er, um das Thema zu beenden, aber Helene überging diesen Satz.

»Deswegen hast du auch noch Bilder vom Sieg in deiner Wohnung hängen.« Helen rollte mit den Augen und verschränkte die Arme vor der Brust. Offensichtlich kannte sie auch seine Wohnung *sehr gut*.

»Dabei fällt mir gerade auf, dass Emma dem kleinen Mädchen auf dem Foto sehr ähnlich ist. Dann habt ihr ja zusammen daran teilgenommen und das kleine Schweinchen geformt.«

Die Vorstellung, dass diese Frau in Henrys Schlafzimmer war, brachte meine Gedanken zum Rotieren. Ich merkte, wie die Eifersucht in mir hochkroch, und ich konnte nichts dagegen unternehmen.

»Wie bitte?« Ich hob verwundert eine Augenbraue und hoffte, dass sie den Unmut in meiner Stimme nicht heraushörte.

»Na, das Glücksschweinchen, mit dem Henry vor dreizehn Jahren den Wettbewerb gewonnen hat. Der Schneemann ist zur Seite gekippt und als die Jury herumging, hat Henry ihnen eine Geschichte erzählt von einem Schwein, das in anderen Ländern statt eines Schneemanns geformt werden würde, um Glück zu bringen. Die Geschichte war natürlich ausgedacht, aber die Juroren hatten Mitleid und gaben ihm damals einen Sonderpreis«, erklärte Helene und Henrys Gesicht lief rot an, doch das hielt sie nicht davon ab, einfach weiterzuerzählen.

Mit jedem weiteren Wort kehrte meine Erinnerung zurück. Wir hatten beide damals daran teilgenommen und Henry hatte bitterlich geweint, als der Schneemann umgefallen war. Ich hatte ihm dann das mit dem Schwein vorgeschlagen. Ich sah zu ihm und als hätte er meine Gedanken gelesen, nickte er leicht.

Helene tippte mit dem Zeigefinger gegen ihr Kinn. »Und das Mädchen mit den Zöpfen, das auf dem Foto neben dir steht, ist Emma. Da liege ich doch richtig, oder?«

»Ja«, sagten Henry und ich gleichzeitig. In was für eine Richtung entwickelte sich dieses Gespräch eigentlich?

»Das ist ja schön. Ach, Henry hat mir das von deiner Mutter erzählt. Mein herzliches Beileid.«

»Danke«, entgegnete ich steif. »Ist ja nun schon ein paar Jahre her.«

»Emma, ich glaube, ich sollte dich jetzt wirklich abschminken.« Maggie kam mit ein paar feuchten Tüchern zu mir. In all der Diskussion hatte ich ganz vergessen, dass ich aussah wie ein Gespenst. Dankbar für den Themenwechsel ließ ich mir das Puder von Maggie aus dem Gesicht wischen, während ich innerlich betete, dass diese Frau jetzt verschwand.

Als meine Cousine jedoch fertig war, standen die Fremde und *mein* Freund immer noch an Ort und Stelle. Ich musste doch bestimmt ein Opfer der *Versteckten Kamera* sein, denn anders konnte ich mir dieses skurrile Szenario nicht vorstellen.

Wie hatte er mir das verheimlichen können? Ich fühlte mich so dumm, dass ich ihm vertraut hatte. Gott, ich war sogar so naiv gewesen mich in ihn zu verlieben.

»Und wie lange bleibst du noch in Richmond Hill?«, fragte Helene neugierig. Sie hatte den Kopf leicht zur Seite geneigt und erinnerte mich damit an eine Schlange, die kurz davor war, sich auf eine Maus zu stürzen. Mein Blick wanderte hin und her, weil ich den Gedanken von der *Versteckten Kamera* noch nicht ablegen wollte. Mein Herz würde sonst an der Wahrheit zerbrechen.

»Bis Anfang Januar. Wir werden noch gemeinsam Silvester feiern und dann geht es zurück nach New York«, antworte ich monoton, während mein Blick jetzt auf ihr ruhte.

Es war grundlegend falsch, aber ich konnte nicht aufhören diese Frau mit mir zu vergleichen, obwohl wir rein optisch schon grundverschieden waren. Wie, um alles in der Welt, passte sie zu Henry?

Innerlich ermahnte ich mich dazu, endlich damit aufzuhören, aber ich konnte es einfach nicht.

»New York ist bestimmt großartig. Dort ist es sicherlich viel aufregender als hier.« Helenes Blick wirkte verträumt, während sie in die Ferne starrte.

Einen kurzen Moment war ich geneigt ihr zu erklären, dass New York in einer vollkommen anderen Himmelsrichtung lag, aber die Vernunft siegte dann doch, sodass ich davon absah.

»Eigentlich finde ich es hier auch ganz aufregend, vor allem mit dem vielen Drama«, antwortete ich und sah demonstrativ zu Henry. Dieser hielt meinem Blick stand und verzog keine Miene.

»Wir sollten dich irgendwann dort besuchen, meinst du nicht auch, Henry?« Sie klimperte auffällig mit den langen Wimpern, während Henry nicht auf ihre Frage einging.

»Helene, musst du nicht los?«, fragte er stattdessen.

»Wie spät ist es denn?«, sagte sie seltsam vergeistigt, während sie auf ihr Display schaute. Eine Sorgenfalte zeichnete sich beim Anblick der Uhrzeit auf ihrem Gesicht ab.

»Oh, du hast recht. Mein Zug geht in einer halben Stunde.« Helene sah wieder zu uns auf und zuckte entschuldigend mit der Schulter.

»Also dann, es war schön, dich mal kennenzulernen.« Helen lächelte mich an und gab mir noch einmal die Hand, bevor sie losgingen.

»Dann wünsche ich dir eine gute Fahrt«, rief Maggie, um die Situation aufzulockern.

»Danke schön ... und Emma, überleg es dir wirklich noch mal mit dem Job. Henry würde sich sicherlich über die Hilfe freuen.«

Ich nickte nur stumm und war unfähig etwas zu sagen. Es gab tausend Dinge, die in meinem Kopf herumschwirrten, aber eine nette Antwort war nicht darunter.

Henry vermied es, mich anzusehen, obwohl ich ihm am liebsten angeschrien hätte.

Was, verdammt noch mal, war das für eine Show?

20.

Missverständnis und Herzschmerz

Unser Schneemann hatte trotz meiner Bemühungen nicht gewonnen, aber das war mir auch gleichgültig. Ich konnte mich nicht mehr daran erinnern, aber irgendwie hatte Maggie es geschafft, mich nach Hause zu lotsen. Alles kam mir wie in einem schlechten Film vor und dennoch zeigte mir Maggies Blick, dass das alles Wirklichkeit gewesen war. Wie hatte ich mich derart in Henry irren können – oder hatte ich einfach die gesamte Situation mit Helene falsch interpretiert? Diese Fragen raubten mir gerade den letzten Nerv.

Wenigstens hatten Adam und Dean einen Sieg davongetragen und Maggie konnte sich spätestens dann mit ihnen freuen, als sie den Shoppinggutschein in der Hand hielt. So schnell hatte sich Maggies Gesicht noch nie aufgehellt.

Jetzt lag ich auf dem Gästebett im Zimmer und starrte teilnahmslos die Decke an, während sich im Haus alle für die Silvesterfeier hübsch anzogen. Als Mädchen hatte ich es geliebt, mich von Mom schön machen zu lassen. Mit acht durfte ich dann das erste Mal an Silvester geschminkt sein, allerdings übernahm das dann noch Mom. Mit zwölf wollte ich das selbstbestimmt in die Hand nehmen und es war eine absolute Katastrophe. Ein Clown hatte im Vergleich zu mir deutlich dezenter gewirkt.

Wie gern würde ich jetzt mit ihr über alles reden. Sie hatte immer die besten Ratschläge. Sicherlich war Mel auch eine gute Beraterin, aber am sichersten fühlte man sich doch immer mit den Ratschlägen seiner Mutter. Mein Telefon vibrierte erneut und es war Henry, der vehement versuchte mich anzurufen. Keine Ahnung, ob es weise oder dumm war, nicht ranzugehen, aber ich war einfach zu feige. Er legte auf, nur um es dann nach ein paar Minuten erneut zu probieren. Ich beschloss mir wenigstens an diesem einen besonderen Abend im Jahr nicht selbst leidzutun, sondern die Zeit mit meiner Familie zu genießen. Das war ich ihnen allen schuldig.

Maggie hatte mir netterweise eines ihrer Kleider ausgeliehen, was mir aber deutlich zu lang war. Dafür befanden sich Dutzende silberner Pailletten auf dem Stoff und ich kam mir vor wie ein funkelnder Stern. Einen Augenblick überlegte ich, das dunkelgrüne Kleid vom Weihnachtsessen zu tragen, aber dann verwarf ich diesen Gedanken wieder. Es erinnerte mich zu sehr an den ersten Kuss mit Henry. Dann doch eher Discokugel.

Ich steckte mir die Haare zu einem lockeren Dutt hoch und schminkte meine Augen dezent. Heute hatte ich den Dreh deutlich besser raus, auch wenn meine Gedanken unaufhörlich um den Anrufer an der anderen Leitung kreisten.

Henry versuchte es erneut.

Schließlich gab ich mir endlich einen Ruck und ging ans Telefon. Genug weggerannt. »Ja?«, fragte ich leicht gereizt.

»Schau aus dem Fenster!«, forderte er mich auf.

»Wie bitte?«

»Jetzt mach schon, Emmchen.«, bettelte er. Ich konnte die Verzweiflung in seiner Stimme heraushören und obwohl ich diese unbändige Wut spürte, brach es mir das Herz.

»Nenn mich nicht so.«

Von Neugier getrieben folgte ich seiner Aufforderung und schob die Gardine zur Seite, sodass der Blick frei war auf die schneebedeckte Einfahrt. Direkt vor dem geschmückten Tannenbaum stand Henry mit einem Blumenstrauß in der einen Hand und dem Telefon in der anderen.

»Lass uns bitte reden«, flehte er und starrte mich unaufhörlich an.

Ich wusste, wenn ich da jetzt hinausging, dann würde mein Herz direkt vor ihm in tausend Teile zerspringen. Hier oben fühlte ich mich gerade sicher.

»Sag, was du mir zu sagen hast«, sagte ich ernst.

»Ich weiß, was du denkst«, fing er an.

»Wirklich? Dann ist das ja Gespräch überflüssig.«

»Lass mich doch bitte ausreden!«

Okay, durchatmen und die Gefühle herunterschrauben.

»Na dann los, rede!«

»Helene ist meine Ex-Freundin. Wir waren zwei Jahre ein Paar und haben auch zusammengewohnt. Wir haben uns erst vor ein paar Wochen getrennt und wollten befreundet bleiben. Ich wollte es dir sagen, aber dann dachte ich, dass die Vergangenheit keine Rolle für unsere Zukunft spielen sollte. Es tut mir leid!«

»Die Vergangenheit spielt immer eine Rolle«, sagte ich, während sich die einzelnen Puzzleteile in meinem Kopf zusammenfügten. »Hast du die ganze Show nur abgezogen, damit ich einwillige mit dir zusammen das Studio zu leiten?«, sprach ich meine finstersten Gedanken aus, während ich mir selbst damit den Dolch ins Herz rammte.

»Was? Selbstverständlich nicht.« Henrys Stimme klang verzweifelt und ich wollte ihm so gern glauben.

»Ist das wirklich so abwegig? Immerhin würde dir das ganz gut passen und du hättest mehr Zeit mit Helene.« Okay, jetzt klang ich selbst in meinen Ohren wie eine eifersüchtige Ziege.

»Glaubst du wirklich, dass ich dir jedes Wort und jede Geste vorgespielt habe?«, fragte er, ohne den Blick vom Fenster zu nehmen.

Ich konnte die Atemwolken vor seinem Mund erkennen, die sich gen Himmel erhoben.

»Nein. Das heißt …«, ich machte eine kurze Pause, um nichts zu überstürzen, »… ich weiß es nicht.«

»Emma, ich liebe dich, seit ich dich das erste Mal geküsst habe. Damals war es vielleicht nur eine Schwärmerei, aber diese Gefühle sind nie verschwunden. Ich bin vollkommen verrückt nach dir.«

Gegen meinen Willen fing ich an zu schluchzen, dabei wollte ich mir auf keinen Fall diese Blöße geben. Nichts war schlimmer, als solch eine Schwäche zu zeigen.

»Habe ich dich jemals verletzt?«, fragte er zögerlich. Ich kannte die Antwort, ohne darüber nachdenken zu müssen.

»Nein, hast du nicht.«

»Dann komm bitte endlich raus, denn ich friere wirklich schrecklich.«

»Warum kommst du nicht rein?«, bot ich an.

»Weil ich mir ziemlich sicher bin, dass deine Brüder nur darauf warten, mir zu zeigen, wie sich ein Football zwischen zwei rivalisierenden Mannschaften anfühlt.«

»Das ist tatsächlich gut möglich. Warte!« Ich wusste nicht, ob es klug war, aber ich versuchte die Unsicherheit abzustreifen. Schnell zog ich mir einen Mantel über und ging dann an Adam vorbei, der bereits vor der Haustür stand.

»Wenn du willst, ramme ich ihn ungespitzt in den Boden.« Er deutete durch das kleine Fenster auf Henry, den er höchstwahrscheinlich die ganze Zeit im Auge gehabt hatte.

»Das ist, glaube ich, nicht nötig.«

»Wie du willst. Wenn du meine Hilfe brauchst, dann pfeif einfach«, gab er schulterzuckend wieder.

»Wie bei einem Hund?«

»Einem verflucht großen, gefährlichen Hund«, bestätigte er.

Adam öffnete mir wortlos die Tür, sodass ich zu Henry gehen konnte, dessen Wangen einen leichten Rotton angenommen hatten.

»Danke«, sagte er, als ich bei ihm war. »Um ehrlich zu sein, hatte ich Angst, dass du mich hier draußen erfrieren lassen würdest«, gestand er.

»Das ist ein verführerischer Gedanke, aber der ganze Papierkram … wenn deine erfrorene Leiche hier gefunden wird … Das ist mir zu anstrengend.«

»Gut zu wissen, dass du deinen Humor nicht verloren hast.« Er versuchte zu lächeln, aber ich ging nicht darauf ein.

»Den hebe ich mir immer bis zum Schluss auf«, sagte ich nüchtern.

»Ich weiß, dass das mit Helene nicht ideal gelaufen ist. Sie hat noch ein paar Sachen aus der Wohnung geholt, die ich gestern zusammengesucht hatte. Dann wollten wir nur noch einen Spaziergang durch den Park machen. Nachdem sie gesehen hat, dass zwischen uns etwas ist, wurde ihr bewusst, dass sie noch etwas für mich empfindet und mich gern zurückhaben möchte.«

Das war offensichtlich.

»Und was hast du geantwortet?«, traute ich mich zu fragen, obwohl ich mir nicht sicher war, ob ich bereit war, die Antwort zu hören. Mein Herz schlug so laut, dass das Rauschen meines Blutes beinahe Henrys Antwort übertönt hätte.

»Dass ich nicht mehr mit ihr zusammen sein kann, weil ich in all der Zeit nicht annähernd dasselbe Gefühl hatte, was ich für dich bereits vor Jahren verspürt habe. Emma, ich möchte eine Zukunft mit dir und niemand anderem«, gestand er offen.

»Ich liebe dich«, hauchte ich und verkniff mir ein Schluchzen. Sein Gesicht erhellte sich und er wollte mich küssen, aber ich hielt ihn davon ab. »Aber ich kann nicht mit dir zusammen sein.« Er wollte den Mund aufmachen, um mich zweifelsohne mit Fragen zu löchern, aber ich kam ihm zuvor. »Ich kann nicht einfach einen Platz in deinem Leben einnehmen, ohne meinen eigenen zu kennen. Es würde sich sonst so anfühlen, als würde ich den Traum von jemand anderem leben – und das ist weder dir noch mir gegenüber fair. Das Tanzen ist ein wichtiger Teil von mir und ich habe es dir zu verdanken, dass ich endlich wieder Freude dabei empfinden kann. Aber es ist wichtig herauszufinden, was ich *wirklich* für mein Leben will.«

Da war sie nun. Die Wahrheit, die ich die ganze Zeit in meinem Inneren aufbewahrt hatte, weil ich Angst davor gehabt hatte, sie zu offenbaren.

»Dann lass es uns gemeinsam herausfinden. Ich komme mit dir. Tanzen kann ich auf der ganzen Welt.«

Ich schluckte schwer und meine Sicht verschwamm. Langsam schüttelte ich den Kopf und Henry ließ die Schultern hängen.

»Du hast deinen Weg gefunden und darfst nicht alles wegen mir wegwerfen.«

Henry kam dichter zu mir und nahm mich in den Arm. Er machte es mir damit nur umso schwerer und ich schluchzte lautstark.

»Unsere Liebe zerbricht doch nicht wegen 800 Kilometern Entfernung. Emma, lass es uns wenigstens versuchen«, flehte er fast schon und mein Herz pflichtete ihm bei.

»Ich kann mein Stipendium und meinen Abschluss nicht gefährden, weil meine Gedanken pausenlos um dich kreisen«, flüsterte ich und hasste mich gleichzeitig für diese allzu rationalen Gedanken. In Wahrheit wollte ich einfach jeden Augenblick bei ihm sein und mich in den Gedanken an eine gemeinsame Zukunft verlieren. Doch ich hatte schon einmal alles verloren und war beinahe daran zerbrochen. Ich schaffte das kein zweites Mal.

Ich löste mich von ihm und drehte mich weg. Ich setzte einen Schritt in Richtung Haus, doch Henry hielt mich am Arm fest.

»Lass es nicht so enden«, flüsterte er mit gebrochener Stimme.

Ich schluckte schwer und drückte die Augen für einen kurzen Moment fest zusammen, weil ich selbst nicht glauben konnte, dass ich ihn zurückwies. »Bitte ... halt mich nicht länger fest«, war alles, wozu ich noch die Kraft hatte.

Es dauerte einen Moment, doch schließlich löste sich der Druck um mein Handgelenk und ich setzte langsam, aber sicher einen Fuß vor der anderen.

Dreh dich nicht um, Emma, ermahnte ich mich.

Er rief mir hinterher, aber ich reagierte nicht. Wäre ich noch einen Moment länger dort draußen geblieben, dann wäre ich zusammengebrochen und hätte jedem seiner Worte nachgegeben. Denn eines war mir klar: Ich liebte Henry zu sehr, um es noch länger in seiner Nähe auszuhalten. Mein Verstand sagte mir, dass meine Entscheidung richtig war, aber mein Herz protestierte unter Tränen.

Schließlich schloss ich die Tür hinter mir und vermied es, irgendwem zu begegnen, denn ich konnte jetzt nicht mehr so tun, als wäre alles gut. Als wäre ich nicht die größte Idiotin, die es auf dieser Welt gab. Nur Adam konnte ich nicht aus dem Weg gehen.

21.

Neujahrstag und Gedenken

Henry einfach zu verlassen, ohne uns eine wirkliche Chance gegeben zu haben, war wohl eines der schwierigsten Dinge, die ich jemals getan hatte. Ich versuchte mich vor meiner Familie zusammenzureißen, denn schließlich konnte ich mich nicht in der ganzen Silvesternacht in meinem Zimmer einschließen. Also lächelte ich und gab oberflächliche Antworten, sobald mich jemand fragte, ob alles gut sei.

Nachdem sich alle um Mitternacht umarmt hatten, konnte ich mich schließlich endlich zurückziehen und den ersten Tag des neuen Jahres damit verbringen, mich selbst zu bemitleiden. Ein paar Stunden, mehr Zeit gab ich mir selbst nicht.

Am Neujahrsmorgen wachte ich mit geschwollenen Augen auf und versuchte diese, so gut es ging, zu überdecken. Ich zog mich um und schlenderte hinunter zum Frühstückstisch, an dem meine Familie bereits saß.

»Ihr hättet ruhig Bescheid sagen können, dass ihr schon essen möchtet«, sagte ich und konnte die Enttäuschung nicht verbergen.

»Wir dachten, du wolltest in den Ferien wenigstens ab und an ausschlafen«, antwortete Dad, ohne von seiner Zeitung aufzusehen. Überall hingen noch bunte Papierschlangen von der Feier und der Geruch von abgebrannten Kerzen lag in der Luft. Die Spuren der Silvesternacht waren allgegenwärtig, aber kein Vergleich zu der Wunde in meinem Herzen.

Wortlos setzte ich mich an den letzten freien Stuhl neben Dean, der mir einen Kaffee eingoss und mich mitfühlend anlächelte. Adam hatte mich nach dem gestrigen Gespräch in mein Zimmer begleitet und ich hatte lange an seiner Schulter geweint. Er hatte sich stumm alles angehört und mir dabei liebevoll über den Rücken gestrichen. Als die letzte Träne versiegt war, hatte er mich fest in den Arm genommen und mir versichert, dass alles gut werden würde.

Offenbar hatte Adam gestern unserem Bruder von dem Gespräch mit Henry berichtet, denn sonst war er selten so fürsorglich.

Ich lächelte ihn dankbar an und aß dann ein paar Bissen, damit mein rebellierender Magen Ruhe gab.

Das Frühstück verlief ruhig, sodass ich mich mit meinen Gedanken quälen konnte und schließlich zu dem Ergebnis kam, dass ich, bevor wir morgen in den Flieger stiegen, noch jemanden besuchen wollte.

Nach dem Essen verabschiedete sich Dad, weil er noch ein paar Telefonate führen musste. Warum er das draußen und an einem Feiertag tun musste, war mir allerdings schleierhaft. Adam und Dean spielten mit Robert ein Videospiel, das explizit von meiner Tante abgesegnet worden war. Zwar war ich mir sicher, dass meine Brüder kein Interesse an Autorennen hatten, aber für unseren Cousin nahmen sie das gern in Kauf. Maggie hingegen hatte sich noch einmal ins Bett gelegt und würde vermutlich den halben Tag verschlafen. Gestern Abend hatte sie dann doch etwas zu tief ins Glas geschaut, bis Tante Sophie sie gestoppt hatte. Leider war ihr Eingriff erst gekommen, nachdem Maggie ein peinliches und lautstarkes Telefonat mit ihrem heimlichen Schwarm geführt hatte, dem wir alle beigewohnt hatten. Es war also nicht nur für mich ein schrecklicher Abend gewesen.

Ich stand vom Esstisch auf und ging die Treppe hoch, um nach Maggie zu sehen. Ich klopfte an ihre Zimmertür und bekam als Antwort ein wortloses Brummen.

»Kann ich reinkommen oder willst du deine Ruhe haben?«, fragte ich durch die geschlossene Tür.

»Komm ruhig rein!«

Ich betrat ihr Reich und augenblicklich war der Alkoholgeruch wahrnehmbar. »Du solltest dringend lüften.«

»Herzlichen Dank«, sagte Maggie zähneknirschend. Sie war ganz blass um die Nase und saß im Schneidersitz auf ihrem Bett. Maggies Zimmer erinnerte mich immer an das Zuhause der zauberhaften Jeannie aus der gleichnamigen Serie. Die Wände waren mit Tüchern bedeckt und der Boden war voll mit Kissen, während das Himmelbett den meisten Platz im Zimmer einnahm.

»Darf ich?«, fragte ich und deutete auf das Fenster, das durch mitternachtsblaue Vorhänge verdeckt war.

»Nur zu, solange ich mich nicht bewegen muss«, grummelte Maggie.

»Ist es so schlimm?«, hakte ich nach und setzte mich zu ihr.

»Schlimmer.« Sie strich sich die Haare aus dem Gesicht und ich konnte sehen, dass sie geweint hatte.

Ich zog sie in eine innige Umarmung, die sie erwiderte, und strich ihr sanft über den Rücken. »Ich bin mir sicher, dass er es bald vergessen oder gar nicht ernst genommen hat.«

»Das bezweifle ich.«

»Ach, komm schon, Maggie, so schlimm ist es doch nicht. Dann hast du diesem Viktor eben gesagt, dass du in ihn verschossen bist. Und? Er kann doch froh sein, dass sich eine so schöne Frau für ihn interessiert.« Ich löste mich von ihr und lächelte mitfühlend.

»Sein Lachen am anderen Ende der Leitung klang wirklich so, als würde er sich tierisch freuen«, gab sie zynisch wieder und rollte mit den Augen.

»Jeder macht doch mal etwas, was ihm im Nachhinein peinlich ist«, versuchte ich sie zu beruhigen.

»Ich bin mit Sicherheit das Gespött der Schule, wenn sich

herumspricht, dass ich betrunken einem Kerl meine Liebe gestanden habe.«

Maggie ließ sich auf ihr Bett fallen und starrte ins Nichts. Ich legte mich dazu und ließ mein Blick über die Sterne an der Zimmerdecke gleiten.

»Bist du nicht schon etwas zu alt für diese Leuchtdinger?«, versuchte ich sie abzulenken.

»Man ist nie zu alt für Dinge, die im Dunkeln leuchten. Du bist ein echter Banause.« Endlich hoben sich ihre Mundwinkel.

»Magst du ihn wirklich?«, fragte ich leise.

»Ja. Er ist einfach ein wundervoller Mensch. Er ist klug, kreativ und unheimlich warmherzig.«

»Dann solltest du ihm das sagen. Nüchtern, versteht sich.«

»Und was ist, wenn er meine Gefühle nicht erwidert?« Maggie kniff die Lippen fest aufeinander.

»Dann ist er eben nicht der Richtige für dich, aber wenn er auch nur halb so wundervoll ist, wie du ihn beschreibst, dann wird er das alles gelassen aufnehmen. Es ist allemal besser für dich, als sich in Wunschvorstellungen zu verlieren.«

»Gilt das auch für dich und Henry?«, wechselte Maggie das Thema.

Ich dachte einen Moment nach, ehe ich antwortete. »Henry hat hier seinen Lebensmittelpunkt und er weiß genau, was er will. Ich hingegen bin noch nicht so weit und warum sollte er dann auf mich warten? Das wäre doch verschwendete Zeit.« Es fühlte sich gerade so an, als wollte ich mich selbst von der Wahrheit überzeugen.

»Für jemanden, der ziemlich verliebt ist, klingt das aber sehr rational«, fasste Maggie zusammen und ich verkniff mir die Aussage, dass ich nichts sehnlicher wollte, als zu Henry zu gehen und mich nie wieder von ihm zu trennen. Doch das würde nichts an meiner Überzeugung ändern. Es wäre dumm von ihm, Monate auf mich zu warten, um dann festzustellen, dass dieser Funke verschwunden war.

»Schon, ja«, raunte ich und Maggie schien die unterschwellige Botschaft zu verstehen.

»Also gut, sobald mein Schädel sich nicht mehr so anfühlt, als würde ihn jemand als Trommel benutzen, rede ich mit Viktor.«

»Es ist nur ein Ratschlag, Sweety. Dein Leben, deine Entscheidung.« Ich stieg aus dem Bett. »Lass vielleicht aber doch noch ein paar Tage verstreichen und mach dir Gedanken, was du sagen willst«, schlug ich vor und Maggie nickte.

Dann verließ ich das Zimmer meine Cousine, um meinen Plan in die Tat umzusetzen.

***

Ich betrat das Gelände des Mount Pleasant Friedhofs und fühlte mich in der Zeit zurückversetzt. Vor Jahren hatte ich diesen Ort das letzte Mal aufgesucht und seit unserer Ankunft den Weg hierher vermieden. Doch jetzt war es an der Zeit, sich der Vergangenheit zu stellen.

Nur langsam durchschritt ich das Eingangstor und ging vorbei an den Springbrunnen, in denen momentan kein Wasser floss.

Alles war mit einer weißen Schneeschicht überzogen und das nahm etwas von der erdrückenden Stimmung. Das Weiß ließ diesen Ort der Stille irgendwie unbeschwerter erscheinen, als er es für mich war. Damals hatte ich keine Augen dafür, was für einen schönen Ort sich Dad als letzte Ruhestätte für Mom ausgesucht hatte. Alles war gleichgültig gewesen.

Den Weg zu ihrem Grab hatte ich mir zuvor von Tante Sophie aufzeichnen lassen müssen, denn ich konnte mich einfach nicht mehr daran erinnern. Ich warf einen Blick auf den gefalteten Zettel, den ich aus der Manteltasche holte, und versuchte mich an den Statuen zu orientieren, die verteilt im Park standen. Zusammen mit einigen Mausoleen wirkte der Friedhof wie ein Ort aus einer anderen Welt. Und im gewissen Maße war er das auch. Außer mir gab es nur eine Handvoll Menschen, die zu diesem Zeitpunkt auf dem Friedhof waren. Die meisten von ihnen waren darin vertieft, sich um ein Grab zu kümmern, kratzten Eis von den Namen und legten Blumen nieder. Da ich gestern in all dem Trubel schlichtweg vergessen hatte Blumen zu besorgen, konnte ich nur eine Kerze an Moms Grab entzünden. Diese hatte ich sogar schon in New York eingepackt und gedacht es sei eine schöne Geste, ihr etwas von uns mitzubringen. Ich bog um die nächste Ecke, von der aus ich ihren Grabstein sehen müsste, und erstarrte. Vor dem Stein aus Marmor stand ein Mann mit einem Strauß weißer Lilien in der Hand.

Dad.

Ich war mir unsicher, ob er lieber allein sein wollte oder ob es in Ordnung war, wenn ich zu ihm ging. Schlussendlich entschied ich mich dazu, an seiner Seite zu sein.

Mit großen Schritten verringerte ich die Distanz zwischen uns und räusperte mich schließlich hinter seinem Rücken, um ihn nicht zu erschrecken.

Blitzschnell drehte Dad sich um und hob verwundert die Augenbrauen.

»Ich wusste nicht, dass du sie heute besuchen wolltest«, sagte er sanft, doch das Lächeln erreichte seine Augen nicht.

»Dasselbe wollte ich auch gerade sagen«, erwiderte ich und stellte mich neben ihn, um das Grab zu betrachten.

»Ich bin jeden Tag hier«, sagte er und blickte auf den Grabstein, den er bereits vom Schnee befreit hatte.

»Lass mich raten, es gab gar keine geschäftlichen Telefonate?«, zählte ich eins und eins zusammen.

»Nein. Ausnahmsweise habe ich mich an meinen eigenen Vorsatz gehalten und die Arbeit zu Hause gelassen ... ebenso wie das Arbeitstelefon«, gestand er und vermied es weiterhin, mich anzusehen.

»Wissen Adam und Dean davon?«, fragte ich nach.

»Ja, sie waren auch bereits hier.«

Seine Worte klangen nicht anklagend, aber dennoch fühlte ich mich schuldig, weil ich erst jetzt hergekommen war.

Dad kniete nieder und legte den Blumenstrauß mit Moms Lieblingsblumen vor ihren Grabstein. Darauf konnte man ihren Namen mit dem Geburts- und Sterbedatum lesen – zusammen mit dem Satz: *Auf ewig geliebt.* Ich schluckte schwer bei diesen drei Worten und kämpfte mit den Tränen.

»Ich wollte jetzt sowieso gehen. Wenn du möchtest, warte ich am Eingang des Friedhofs auf dich«, bot mir Dad an.

»Das wäre schön.«

»Lass dir so viel Zeit, wie du möchtest«, sagte er abschließend und ging dann.

Ich atmete tief die kalte Luft ein und versuchte mein schlagendes Herz zu beruhigen.

»Es gibt so vieles, was ich dir sagen möchte, Mom. Ich weiß nicht, ob du jetzt hier irgendwo bist, aber ich möchte fest daran glauben.« Die ersten Tränen liefen mir warm über die Wange und ich wischte sie nicht weg. »Es tut mir so leid, Mom. Ich war so wütend, weil ich dachte, dass du mich vergessen hast, dabei hast du alles gegeben, um bei mir zu sein. Du warst so ein wundervoller Mensch und hast den Tod nicht verdient.« Ich schluchzte leise und holte ein Feuerzeug mit der Kerze aus der Tasche. Trotz des Windes konnte ich die weiße Kerze schnell entzünden und stellte sie neben Dads Blumen. »Ich dachte, ich könnte nie wieder tanzen. Doch ich glaube, das war der falsche Weg, und ich möchte dein Erbe in Ehren halten. Du hast mir die Liebe zum Ballett geschenkt und ich werde bei jedem Schritt an dich denken. Ich verspreche dir, dass ich meinen eigenen Weg suchen werde.«

Ich hauchte einen Kuss auf den Stein und warf noch einmal einen letzten Blick auf das gepflegte Grab. Es würde nicht das letzte Mal sein, dass ich hier war.

22.

Rückflug und Abschiedskuss

Der Tag der Abreise war gekommen und wir befanden uns bereits im Flughafengebäude. Ich hätte nie gedacht, dass ich mal traurig darüber seien würde, zurück nach New York zu fliegen. Doch jetzt war mein Herz erfüllt von tiefer Trauer und ich fühlte mich leer. Unsere Familie hatte uns, aufgeteilt auf zwei Autos, noch hierhergebracht und jetzt verabschiedeten wir uns tränenreich.

Gerade stand ich vor Maggie, die mich mit wässrigen Augen und zusammengepressten Lippen ansah.

»Ich verspreche mich mehr zu melden«, schwor ich.

»Das will ich auch hoffen, sonst mach ich dir die Hölle heiß.«

»Das klingt nach einem fairen Deal.« Ich nahm sie fest in den Arm und prägte mir diesen Moment ein. »Du kannst uns jederzeit besuchen«, schlug ich vor und mein Dad nickte zustimmend.

»Sehr gern und dann machen wir gemeinsam die Stadt unsicher.«

»Na, dann sollte mal jemand die New Yorker warnen«, warf Robert ein.

Maggie fuhr ihm mit den Fingern durch die Haare, sodass sie in alle Richtungen abstanden.

»Hey, lass das!«, rief ihr Bruder empört und entfernte sich ein paar Schritte von Maggie.

So ging das noch einige Minuten, bis wir schließlich zur Sicherheitskontrolle mussten. Ich wusste, es war nicht richtig, aber dennoch hatte ich gehofft, dass Henry hier wäre. Ich hätte mich einfach gern noch von ihm verabschiedet. Doch so etwas geschah nur im Film.

Wir reihten uns hinter den anderen Fluggästen ein und kamen der Sicherheitskontrolle langsam näher. Nicht mehr lang und ich würde Kanada erneut verlassen und auch dieses Mal schmerzte es mich zutiefst. Ich hatte bereits meinen Koffer auf das Laufband gepackt, als ich hörte, wie jemand meinen Namen rief. Ich versuchte in der Menge herauszufinden, woher die Rufe kamen, und dann sah ich *ihn*. Henry bahnte sich einen Weg durch die Menschenmasse. Es war dumm und unvernünftig, aber ich musste zu ihm. Ich zwängte mich an den Leuten aus der Schlange vorbei und fiel ihm in die Arme. Sein Aftershave stieg mir in die Nase und ich unterdrückte ein Schluchzen, während mein Herz wie wild schlug und nicht glauben konnte, dass er wirklich hier war.

»Dachtest du, ich lasse es mir nehmen, mich von dir zu verabschieden?«, sagte er liebevoll.

»Ich wusste nicht, ob du mich noch einmal sehen willst«, gestand ich und wischte eine Träne beiseite. Ich wollte diesen Moment nicht durch mein Geheule kaputtmachen.

Langsam löste er sich von mir, während ich meinen Dad rufen hörte, dass ich mich beeilen sollte. Ich hatte vollkommen vergessen, wo genau wir uns befanden und das unser Flugzeug bald abheben würde.

»Ich fand es wichtig, mich zu verabschieden. Auch wenn ich deine Entscheidung nicht verstehe, werde ich sie trotzdem akzeptieren. Allerdings ändert es nichts an meinen Gefühlen zu dir.«

Seine Augen hielten mich gefangen, während mein Herz sich bereits jetzt schon schmerzhaft nach ihm verzehrte. Ehe ich etwas Falsches sagen konnte, küsste ich ihn. All die Emotionen, die es in mir gab, legte ich in diesen Moment und verschloss sie tief in mir. Dieser eine flüchtige Augenblick würde für immer in meinem Herzen bleiben, auch wenn sich hier und jetzt unsere Wege trennten.

Bevor es zu spät war, löste ich mich schließlich von Henry und lief davon. Doch dieses eine Mal drehte ich mich wenigstens um, um mir jedes Detail von ihm einzuprägen. Seine azurblauen Augen und die vollen Lippen, die noch leicht gerötet waren von unserem Kuss. Das herzförmige Muttermal auf der Wange, mit dem ich ihn bereits als Mädchen aufgezogen hatte. Seine blonden Haare, die samtweich waren und immer etwas nach Apfel und Freiheit dufteten. Gott, wie sehr würde ich ihn vermissen.

Keiner von uns beiden sagte etwas bei diesem langen Blickaustausch und dennoch konnte ich all seine Gedanken spüren. Und wahrscheinlich stellte er sich gerade dieselbe Frage, die auch in mir vorging: War das hier die richtige Entscheidung? Doch das konnten wir nur herausfinden, indem wir es ausprobierten.

Also ging ich. Zurück in mein altes Leben, in dem Henry keinen Platz hatte, weil ich ihm schlichtweg keinen zugestehen würde.

***

Den Rückflug verbrachte ich in Gedanken, während Dean sich neben mir einen Film ansah. Dad und Adam saßen in der Reihe vor uns. Ich war damit beschäftigt, meinen Blick auf den unendlich weiten Himmel zu richten. Früher hatte ich das Gefühl gehabt, bei einem Flug all die Probleme zurückzulassen und mich erst bei meiner Rückkehr damit beschäftigen zu müssen. Jetzt allerdings waren all die Probleme mit im Handgepäck. Ich drückte meine Stirn gegen das kalte Glas des Fensters und versuchte an meine Zukunft zu denken. Ich hatte mir fest vorgenommen, mich für ein Studium zu entscheiden, sobald ich zu Hause war. Ich musste wissen, in welche Richtung sich mein Leben entwickeln sollte – und das unabhängig von den Dingen, die man von mir erwartete.

Dennoch gab es da diese leise Stimme, die mir sagte, dass ich Henrys Angebot einfach hätte annehmen sollen. Es wäre so leicht gewesen. Aber leicht bedeutete eben nicht immer richtig.

Ich lauschte zwar den Durchsagen des Piloten, aber dass wir wieder in New York angekommen waren, begriff ich erst, als die

Menschen im Flugzeug applaudierten und mich ins Hier und Jetzt zurückholten.

Jetzt trennten mich Hunderte Kilometer von Henry und dennoch fühlte ich mich ihm so nah wie nie zuvor. Ich schaltete mein Telefon wieder ein, doch die Nachrichten blieben aus. Offenbar respektierte er meinen Wunsch und dennoch hatte ich darauf gehofft, dass er es nicht tat.

»Schwesterherz, es wird Zeit auszusteigen«, sagte Dean und reichte mir meine Handtasche.

Kommentarlos folgte ich seiner Aufforderung und schwieg auf dem gesamten Weg nach Hause, während sich meine Brüder lautstark über die nächste Footballsaison unterhielten und bereits anfingen das Essen, das Sophie uns noch mitgegeben hatte, zu verdrücken. Mir fiel erst später auf, dass Dad ebenfalls sehr ruhig war und wirklich nur das Nötigste sprach. Er saß im Taxi neben mir und ich lehnte den Kopf an seine Schulter.

»Wie geht es dir?«, fragte ich leise genug, damit nur er mich verstehen konnte.

»Es war schön, wieder in Kanada zu sein, aber gleichzeitig habe ich auch New York vermisst. Es fühlt sich momentan mehr wie unser Leben an, während Richmond Hill für die Vergangenheit steht. Dennoch bin ich dankbar, dass ich Rose wieder besuchen konnte. Sie fehlt mir jeden Tag.«

Ich griff nach Dads Hand und drückte sie fest. Diese Worte hatte er noch nie zuvor ausgesprochen, auch wenn ich natürlich wusste, wie sehr er Mom vermisste. Dennoch war es schön und traurig zugleich, sie einmal von ihm zu hören. Es war nicht nötig, darauf zu antworten, denn nichts könnte ihm und uns diesen Schmerz nehmen.

***

Später am Abend hatte ich eine Verabredung mit Mel. Trotz meines Protestes hatte sie darauf bestanden, bei mir vorbeizukommen.

Ihr sechster Sinn, wenn es um mein emotionales Wohlbefinden ging, war wirklich erschreckend. Ich saß auf meinem Schreibtischstuhl und suchte im Internet nach verschiedenen Studiengängen, um mich zu informieren. Es klingelte an der Haustür und Adam öffnete.

»Deine durchgeknallte Freundin ist da, Emmi«, rief er durchs Haus. »Ich glaube, ihr ist eine Rakete in die Haare geflogen, zumindest sieht es so aus«, sagte Adam.

»Aus dem Weg, Fleischberg«, hörte ich Mel keifen, während sie damit zu tun hatte, meinen Bruder beiseite zu drücken.

Doch mehr als ein müdes Gähnen konnte sie ihm nicht entlocken.

»Verstehe immer noch nicht, wie du und diese massigen Kerle, die du Brüder nennst, verwandt miteinander sein können«, sagte sie, während sie mein Zimmer betrat.

Den Koffer hatte ich achtlos in die Ecke geschoben. Ich war noch nicht dazu bereit gewesen, ihn auszupacken. Schon witzig, wenn ich daran dachte, wie viele Schwierigkeiten ich dabei gehabt hatte, ihn für die Hinreise zu packen.

Mel schloss die Tür hinter sich und musterte mich vielsagend.

»Für jemanden, der Sex mit einem heißen Tänzer hatte, siehst du nicht halbwegs so entspannt aus, wie du es sein solltest.«

»Ich bin nicht in Stimmung für Witze«, antwortete ich.

»Und wenn ich mich in ein Tutu schmeiße?«, versuchte sie mir ein Lächeln zu entlocken.

»Dann immer noch nicht.«

Mit einem Rums, der viel zu laut für Mels zierliche Statur war, ließ sie sich auf das Bett fallen. »Was ist passiert?«, fragte sie mit ernstem Ton.

Ich atmete einmal tief ein und fing an ihr alles zu erzählen. Jedes winzige Detail, und sie schwieg, bis ich fertig war.

»Emma, in all den Jahren habe ich dich ja schon viele dämliche Sachen machen sehen. Denk an das Haarfärbefiasko in der zehnten Klasse oder die Zeit, in der du dachtest, es wäre cool, eine Brille zu tragen, obwohl du gar keine brauchtest. Aber das hier ist ein ganz anderes Level. Ich kann natürlich nur mit den Infos arbeiten, die du mir gegeben hast, und mit dem, was ich aus dem Internet herausfinden konnte, aber Henry scheint verrückt nach dir zu sein. Was ist also genau dein Problem?«

Irrte ich mich oder klang ihre Stimme gerade ziemlich anklagend. Ich stöhnte auf. »Dass ich nicht einfach mein Leben nach ihm ausrichten kann, solange ich nicht weiß, was ich machen möchte. Ich weiß nicht, ob ich dem Tanzen wieder so viel Raum in meinem Leben geben kann. Henry lebt für das Ballett, aber ich weiß nicht, ob ich das will. Früher war das Tanzen Moms Traum und dann wurde es zu unserem. Als sie starb, ist mit ihr unser gemeinsamer Traum gestorben. Obwohl er mir die Liebe zum Tanzen zurückgegeben hat, kann ich mich nicht wieder darin verlieren. Das schaffe ich kein zweites Mal. Außerdem brauche ich meine ganze Konzentration für den Abschluss.«

Mel verengte die Augen zu kleinen Schlitzen und erinnerte mich damit an eine Katze, die kurz davor war, sich auf ihre Beute zu stürzen. »Das ist Bullshit! Du hast Angst und ich verstehe dich, aber sei wenigstens ehrlich genug zu dir selbst, um dir das einzugestehen.«

Ich knetete nervös die Hände, während Mel mich weiterhin beobachtete. »Können wir jetzt bitte über etwas anderes sprechen? Es ist vorbei und ich kann und werde daran nichts ändern.« Ich verschränkte trotzig die Arme.

Ein paar Herzschläge lang blickte Mel mich nur wortlos an, bis sie schließlich die Arme ergeben hob. »Meinetwegen.

Wobei habe ich dich denn gerade gestört?« Mel versuchte einen Blick auf den Bildschirm zu erhaschen.

»Bei nichts Verdächtigem. Ich hab mir nur ein paar Colleges angesehen.«

»Ist das nicht etwas spät?«

»Bei einigen ja, aber es gibt noch genug, wo die Bewerbungsfrist bis in den Februar hinein läuft.«

»Hast du denn bereits eine engere Auswahl getroffen?«, fragte sie neugierig.

»Nein. Und hast du schon eine Reiseroute geplant?«

»Auf gar keinen Fall. Das wird ein unvergleichbarer Roadtrip, bei dem alles spontan entschieden wird. Mein Angebot steht übrigens noch. Begleite mich und verschiebe diesen Erwachsenenkram um ein Jahr.« Mel zwinkerte mir verschwörerisch zu.

»Mir fehlt leider das Geld, um mal eben so um die halbe Welt zu jetten.«

»Dann nehmen wir eben das Fahrrad«, sagte sie schulterzuckend und ich musste lachen.

»Für dich gibt es wohl nur einfache Lösungen.«

»Na hör mal, einfach wäre das mit Sicherheit nicht, aber günstig allemal.«

»Das stimmt, dann braucht man aber noch Geld für ein Hostel, Verpflegung, Ausflüge.« Ich zählte mithilfe meiner Finger noch weitere Dinge auf.

»Wir könnten im Zelt schlafen und uns etwas mit Nebenjobs dazuverdienen«, hielt sie dagegen.

»Zelte machen sich bestimmt super bei Starkregen oder wenn uns wilde Tiere anfallen.«

»Fakt ist, wenn man etwas wirklich will, dann sucht man keine Ausreden, sondern macht es einfach. Aber du solltest ehrlich genug zu dir selbst sein, um dir einzugestehen, was du willst und was nicht.«

»Warum werde ich das Gefühl nicht los, dass du auf einmal nicht mehr von der Reise sprichst?«

»Meine Weisheit lässt sich eben auf viele Bereiche des Lebens anwenden. So ist das eben mit Genies.«

»Könnte dein Ego eigentlich noch größer sein?«

»Schon, aber dann wäre es bestimmt schwer, es hinter meiner Bescheidenheit zu verstecken.«

»Mit Sicherheit«, sagte ich grinsend.

Mel kramte aus ihrer Tasche Chipstüten, Gummibärchen und drei Tafeln Schokolade hervor.

»Hast du dir etwas Kleines zu essen mitgebracht?«

»Na hör mal, wir haben uns zwei Wochen nicht gesehen und ich habe mich auf eine lange Nacht mit dir eingestellt. Also lass uns quatschen und stumpfsinnige Serien im Pyjama ansehen, bis wir einschlafen.«

Jetzt holte sie einen mintgrünen Flanellschlafanzug hervor und zwinkerte mir verschwörerisch zu.

»So ein verführerisches Angebot habe ich schon lange nicht mehr erhalten.« Ich ging zu meinem Kleiderschrank und zog meinen Dackelpyjama heraus. Blöderweise musste ich dadurch erst recht wieder an eine Situation mit Henry denken ... als er im *Wonderland* das Plüschtier gewonnen hatte. Eine einzelne Träne lief an meiner Wange entlang.

Mel war sofort bei mir und nahm mich in den Arm. Weitere Tränen bahnten sich ihren Weg und ich fing an zu schluchzen.

»Lass alles raus, Süße.«

Und das tat ich, bis schließlich keine Träne mehr übrig war, die ich wegen Henry vergießen konnte.

»Geht's dir besser?«, fragte Mel besorgt.

»Etwas.«

»Dann komm, schmeiß dich in deinen schönsten Pyjama und lass uns die Welt um uns herum vergessen. Nur du und ich, Baby.«

23.

Zukunftsmusik und Winterzauber

»Buenos Dias, du heiße Schnecke!«, erklang Mel am Telefon, während ich gerade auf dem Nachhauseweg war.

»Lass mich raten, du bist gerade in Argentinien gelandet?«, antwortete ich gut gelaunt.

»Richtig geraten ... und Emma, die Männer hier sind ein Traum.«

Ich schüttelte den Kopf, obwohl sie es nicht sehen konnte. Mel war einfach unglaublich.

»Wie lange bist du schon da?«

»Ungefähr eine Dreiviertelstunde. Bin gerade auf dem Weg zu meinem Hostel«, trällerte sie fröhlich.

»Und nach dieser kurzen Zeit hast du dir schon einen guten Überblick verschafft?«, fragte ich skeptisch.

»Du kennst mich doch.«

Ich ging die Straße entlang, in der sich das alte Tanzstudio meiner Mom befand. Es war nicht das erste Mal, seitdem ich nach Richmond Hill gezogen war, dass ich bewusst diese Strecke wählte, um ihn zu sehen. Doch mehr als einen flüchtigen Blick erlaubte ich mir nicht und versuchte genügend Abstand zu halten, damit er *mich* nicht entdeckte. Insgeheim hatte ich gehofft, ihn mit Helene zu erwischen, damit ich einen Grund hatte, nie wiederzukommen. Doch so war es nicht gewesen.

»Haaaaaalllllloooo?«, fragte eine leicht gereizte Stimme am anderen Ende der Telefonleitung.

»Was ist denn?«

»Du gehst gerade bei ihm vorbei, richtig?«

»Nein«, log ich schnell.

»Du brauchst mich nicht anzulügen, aber ich mache mir langsam Sorgen. Geh entweder auf ihn zu oder mach einen Haken hinter die Geschichte. Dieser Schwebezustand ist einfach ungesund«, tadelte meine Freundin.

»Mel, ich muss jetzt Schluss machen.«

»Alles klar. Ich melde mich, sobald ich genau weiß, wann ich zu dir komme. Ein oder zwei Tage vor Heiligabend bin ich da. Pass bis dahin auf dich auf!«, sagte sie fürsorglich.

»Du bitte auch auf dich.«

Ich drückte auf den roten Hörer und beendete das kostspielige Ferngespräch. Sieben Monate waren wir jetzt getrennt voneinander und sie fehlte mir schrecklich. Doch Weihnachten war ja bereits in zwei Wochen, sodass die Vorfreude mit jedem Tag stieg.

Mein Blick glitt langsam zum Tanzstudio, doch zu meinem Bedauern war der Proberaum verdunkelt, sodass ich Henry nicht sehen konnte. Vielleicht hatte er sich den Tag freigenommen oder er traf sich mit jemandem. Ich lief mit gesenktem Kopf weiter die Straße entlang, bog um die Ecke und kam schließlich zu meinem Einzimmerappartement, das sich im Dachgeschoss eines Mehrfamilienhauses befand. Dank dem Geld, das ich während meiner Volunteer-Zeit in einer psychiatrischen Einrichtung verdiente, konnte ich mir die Wohnung in der Innenstadt leisten. Zu Beginn hatte ich zwar noch bei Tante Sophie gewohnt, aber auf die Dauer hatte ich es einfach nicht ausgehalten, in unserem alten Haus zu leben. Es hatte sich nach wie vor seltsam angefühlt und ich wusste nicht, ob dieses Gefühl jemals aufhören würde.

Als mir Tante Sophie kurz vor meinem Schulabschluss die Idee unterbreitet hatte, bei ihr in der Einrichtung ein Praktikum zu machen, war es mir vorgekommen, als hätte mir jemand eine Tür geöffnet, durch die ich allein nie gegangen wäre. Zwar hatte ich zu diesem Zeitpunkt schon Zusagen von drei Colleges gehabt, aber ich hatte sie ausgeschlagen.

In der Psychiatrie zu arbeiten bedeutete, Menschen zu helfen, die schlimme Dinge erlebt hatten. Und ich konnte nur allzu gut nachvollziehen, wie es sich anfühlte, wenn das ganze Leben auf den Kopf gestellt wurde. Natürlich hätte ich auch in New York bleiben können, aber seit unserem Urlaub im letzten Jahr war mir bewusst geworden, wie sehr ich Kanada vermisste. In den Monaten danach hatte ich mich in New York einfach nicht mehr wohlgefühlt.

Henry hatte sich ab und an gemeldet und zu meinem Geburtstag eine Karte geschickt. Ich hatte ihm immer geantwortet. Vollkommen neutral, weil ich mir selbst nie hatte eingestehen wollen, wie sehr er mir fehlte. Jedoch hatten wir nie über das geschrieben, was vorgefallen war. Jeder hatte seine Gefühle für sich behalten, wenn es denn noch welche gegeben hatte.

Ich ging die zahlreichen Stufen zu meiner Wohnung nach oben, während meine Gedanken erneut zu Henry schweiften. Ein paarmal war ich vor der Eingangstür seiner Wohnung gewesen, hatte sogar die Hand gehoben, um zu klingeln, und mich doch kein einziges Mal getraut. Immer wieder hatte ich mir in Gedanken ausgemalt, was ich sagen würde, wenn ich ihn wiedersah. Ich wusste, dass ich einen Fehler gemacht und Mel recht gehabt hatte. Ich war einfach zu feige gewesen, um mich auf eine Zukunft mit Henry einzulassen.

Doch die Wahrheit war, dass es diese Zukunft niemals geben würde. Henry verdiente es, glücklich zu sein, und ich hatte ihn mehr als einmal vor den Kopf gestoßen.

Ich schloss die Tür zu meiner Wohnung auf und wurde sogleich freudig begrüßt.

Luna, meine schwarze Katze, die sich meiner Meinung nach für einen Hund hielt, brachte mir einen kleinen Quietschball, in der Hoffnung, ich würde ihn werfen. Was ich auch tat, damit sie zufrieden schnurrte. Sie war mir vor zwei Monaten zugelaufen und nachdem sie niemand zu vermissen schien, hatte ich beschlossen sie bei mir zu behalten. Die Flyer, die ich in der Stadt verteilt hatte, hingen jedoch noch, um einen eventuellen Besitzer zu finden. Man konnte ja nicht umsichtig genug sein.

Ich ging über den knarzenden Dielenboden und ließ mich auf die graue Couch fallen, die Tante Sophie mir zum Einzug geschenkt hatte. Sie war nicht besonders groß, aber sehr gut gepolstert, weshalb ich manchmal auch hier schlief, wenn ich es nicht mehr ins Bett schaffte. Die Dienste in der Psychiatrie schlauchten mich gewaltig, besonders die emotionale Belastung war groß.

Dennoch konnte ich mich nicht ausruhen, denn Luna verlangte nach ihrem Futter. Sie sprang mir auf den Schoß und ging erst wieder herunter, als ich hoch und heilig versprach aufzustehen. Ausgelaugt schleppte ich mich in die Küche, um ihr eine Dose zu öffnen.

Als ich mir einen Kaffee machen wollte, fiel mir auf, dass die Milch alle war – und da ich niemand anderem außer mir selbst die Schuld dafür geben konnte, fluchte ich lautstark. Einen Kaffee ohne Milch bekam ich einfach nicht herunter, aber ich brauchte dringend einen. Ganz dringend.

»Tja, ich geh dann mal einkaufen«, sagte ich zu Luna, die mich mit großen Augen ansah. Sie hatte den Kopf seitlich gedreht, als müsste sie darüber nachdenken, was meine Worte für sie wohl bedeuteten. Schließlich verließ sie die kleine Küche und legte sich im Wohnzimmer aufs Sofa. Wie gern würde ich mich jetzt einfach dazulegen.

Obwohl die Wohnung nicht besonders groß war, hatte ich mir eine Ecke freigeschaufelt, die ich zum Tanzen nutzte. Ich schaffte es nicht, jeden Tag zu trainieren, aber das war auch nicht wichtig. Ich hatte die Freude bei der Bewegung zurückgewonnen und nur darauf kam es an. Dennoch war dieser Funke, der früher in mir gelodert hatte, verschwunden. Ich hatte Monate gebraucht, um festzustellen, dass das Ballett jetzt nur noch ein Hobby für mich war – und nicht mehr.

Jetzt wandte ich den Blick von dieser verspiegelten Ecke ab und ging wieder hinaus in die Kälte des Treppenhauses.

Ein eisiger Wind fegte durch die Straßen, sodass sich mein Gesicht kurze Zeit später wie ein Eisblock anfühlte und ich mir die Mütze etwas tiefer ins Gesicht zog. Der kürzeste Weg zum Supermarkt führte mich durch einen nahe gelegenen Park. In Richmond Hill fühlte ich mich der Natur mehr verbunden, als es in New York der Fall war, und schaffte es, hier neue Kraft zu schöpfen. Es befanden sich nur wenige Menschen auf der Straße und der Wind trieb mir die Tränen in die Augen. Dicke Flocken tanzten durch die Luft und erinnerten mich an die Schneekugel, die ich hierher mitgenommen hatte. Sie stand jetzt auf dem kleinen Nachttisch neben meinem Bett.

Doch jemand fiel mir in diesem Schneegestöber sofort auf.

Ein junger Mann, der sich schützend die Hand vors Gesicht hielt und eine graue Bommelmütze auf dem Kopf trug, die bereits mit einer leichten Schneeschicht überzogen war. Nur langsam kam er voran, da ihm dieses Wetter scheinbar ebenso zusetzte wie mir.

Sein Blick traf meinen und dann plötzlich veränderte sich etwas an seiner Haltung. Er versuchte nicht länger dem Wind möglichst wenig Angriffsfläche zu bieten, sondern streckte den Rücken gerade durch, um mich besser zu sehen. Das herzförmige Mal auf seiner Wange war selbst im Schein der Laternen noch gut zu sehen. Und diese blauen Augen. Ich würde sie unter Tausenden wiedererkennen.

Er ging einen Schritt in meine Richtung und ich tat dasselbe. Wir kamen uns immer näher, wie bei einem Tanz, dessen Rhythmus nur unsere Herzen kannten. Jetzt trennten uns nur noch wenige Meter voneinander und mein Kopf war wie leer gefegt. Ich hörte nur noch das Pochen meines Herzens, das mit jedem Moment schneller schlug und sich nach Henry verzehrte.

Da war er. Dieser magische Moment, den es sonst nur in Büchern gab.

»Emma?«, fragte Henry mit seiner vertrauten Stimme und eine leichte Gänsehaut überzog meinen Körper.

Ich versuchte in seinem Gesicht zu erkennen, ob er mich vermisst hatte oder sauer war. Statt zu antworten, nickte ich nur stumm.

»Was machst du hier?«

»Ich wollte etwas einkaufen.« Henry hob verwundert eine Augenbraue und erst da wurde mir bewusst, dass meine Antwort nur wenig Sinn für ihn machte. »Ich wohne jetzt hier und mache ein Freiwilliges Soziales Jahr in der Psychiatrie, in der auch Tante Sophie arbeitet«, rief ich gegen den Wind.

»Dann hast du also deinen Weg gefunden?«, fragte er nach – als ob wir erst gestern unser Abschiedsgespräch geführt hätten.

»Ja, nach dem Freiwilligendienst wollte ich dann Soziale Arbeit hier studieren. Also werde ich ein paar Jahre bleiben und Dad und Adam wollen vielleicht auch wieder zurückkehren. Dean wird vermutlich auf ein College in New York gehen, weil ihm ein Stipendium angeboten wurde«, versuchte ich die Ereignisse des letzten Jahres zusammenzufassen. »Und was machst du hier?«, fragte ich neugierig.

»Ich warte hier auf meine Freundin.«

Seine Antwort riss mir den Boden unter den Füßen weg. Aber ... was hatte ich gedacht? Dass er ein Jahr auf mich warten würde? Es war sein gutes Recht, sich wieder neu zu verlieben.

»Und gibt es in deinem Leben auch jemanden?«

Zuerst war ich geneigt ihn anzulügen, einfach nur, damit er nicht bemerkte, *wie* verletzt ich war, aber dann entschied ich mich dazu, meine Gefühle offen zu zeigen. »Nein. Ich hab das gemacht, was ich geplant hatte, und erst einmal meinen eigenen Weg gesucht«, gestand ich.

»Und bist du glücklich?«, fragte er nach und beugte sich etwas zu mir herunter.

»An den meisten Tagen bin ich das.«

»Und an den anderen?«, hakte er nach.

»Da vermiss ich dich«, gestand ich und blickte ihm tief in die Augen.

Henry zog mich zu sich und küsste mich. So viel Leidenschaft und Sehnsucht lagen in diesem einen Kuss und seine warmen Lippen fühlten sich genauso an wie in meiner Erinnerung.

Mein ganzer Körper kribbelte und ich wollte so viel mehr. Doch dann übernahm mein Verstand die Oberhand und ich riss mich von ihm los.

»Warte, du hast gesagt, du hast eine Freundin«, hauchte ich schockiert.

»Eigentlich war der exakte Wortlaut, dass ich auf meine Freundin *warte.*«

Nahm er mich nicht ernst? »Dann hättest du das gerade aber nicht tun dürfen«, stellte ich erschrocken fest.

»Was? Meine Freundin küssen? Doch, ich denke, das darf man, besonders dann, wenn man sich fast ein Jahr nicht gesehen hat«, ergänzte er mit einem Lächeln, das mein Herz erwärmte. Erst dann wurde mir bewusst, worauf genau er anspielte.

Statt ihm zu sagen, dass er ein Idiot war, weil er mir so einen Schrecken eingejagt hatte, küsste ich ihn noch einmal.

»Klingt es egoistisch, wenn ich sage, dass ich dich jetzt nie wieder gehen lassen werde?«, flüsterte er in mein Ohr.

»Es klingt nach einem glücklichen Leben«, antwortete ich und dieses Mal waren meine Gedanken nicht erfüllt von Angst, sondern von Hoffnung. Das hier konnte der Beginn einer wundervollen Liebesgeschichte sein oder einfach eine Zeit, die uns beiden guttat.

ENDE

Rezept für Winterküsse

Henrys Tiramisu

Zutaten für vier Personen

1 Kanne starken Filterkaffee
200 g Himbeeren oder andere Beeren
500 g Mascarpone
100 g Puderzucker
Löffelbiskuits
Kakaopulver
Schokoladenstreusel

Zubereitung

1. Koche einen starken Kaffee und lasse ihn abkühlen, während du den Rest genüsslich trinkst.
2. Püriere die Himbeeren und vermische sie mit dem Mascarpone und dem Puderzucker zu einer fluffigen rosa Masse.
3. Bedecke den Boden einer kleinen Auflaufform mit dem Löffelbiskuit und träufele den Kaffee darüber.
4. Als Nächstes streichst du etwas von der Mascarponecreme auf die Biskuitkekse und wiederholst das Ganze, bis die Auflaufform gefüllt ist.
5. Zum Schluss kommt das Beste: Kakaopulver und die Streusel.
6. Jetzt muss die ganze Masse noch zwei Stunden im Kühlschrank ruhen. Und dann heißt es: Guten Appetit!

Danksagung

Herzklopfen im Schneegestöber ist mittlerweile mein viertes Buch und die tiefe Dankbarkeit, die mich immer nach dem Abschluss einer Geschichte durchströmt, ist auch jetzt schon greifbar.

Aus der anfänglichen Idee, eine winterliche Liebesgeschichte zu kreieren, wurde zunehmend mehr, bis ich sie schließlich zu Papier gebracht und direkt an meine wundervolle Verlagslektorin Nicole geschickt habe. Ihre Einschätzung meiner Ideen lassen mich als Autorin mit jedem Gespräch wachsen und ich freue mich auf alle kommenden Projekte. Selbstverständlich gehört mein Dank ebenso dem großartigen Verlag, der dahintersteht: Impress.

Da es Tradition ist, jede Idee mit meiner besten Freundin zu besprechen, darf sie natürlich auch hier nicht vergessen werden. Ohne meine Melli wäre ich keine Autorin, sondern würde meine Ideen sorgsam in einer Schreibtischschublade vor der Welt verstecken. Es liegen zwar Hunderte von Kilometern zwischen uns, aber unsere Herzen waren nie voneinander getrennt.

Wo wir beim Thema Herzen sind, muss ich euch von dem großartigen Mann an meiner Seite erzählen. Seit über sechs Jahren macht er mich unfassbar glücklich und unterstützt jeden noch so verrückten Traum. Und glaubt mir, wenn ich sage, dass ich davon sehr viele habe. Er hält mir den Rücken frei und trocknet jede Träne, die ich vergieße, wenn mal wieder etwas nicht so läuft wie gedacht. Tom, ich liebe dich und unsere zauberhaften Kinder über alles. Ja, ich weiß, es klingt schnulzig, aber so ist Liebe manchmal auch.

Zurück zu Emmas und Henrys Geschichte, die ohne meine

versierte Lektorin Julia nicht dieselbe wäre. Sie ist die Wächterin über meine Worte und macht diesen Job perfekt.

Dann verdient noch Christin meinen aufrichtigen Dank, denn sie ist nicht nur eine wundervolle Freundin, sondern steht bei jedem Buch voll und ganz hinter mir.

Isabel hat mir ebenfalls oft beigestanden, wenn ich mal wieder über meinen Gedanken verzweifelt war, und mir jedes Mal von Neuem Mut gemacht. Sie ist wohl der positivste Mensch, den ich kenne.

Selbstverständlich möchte ich mich auch bei all meinen Lesern bedanken, die Emma und Henry in ihr Herz geschlossen haben. Ihr seid die Besten und ich bin euch unendlich dankbar.

Lies dich rein!

Leseprobe aus »Flip my Heart«, der berührenden Wintersport-Romance von Liv Modes

244 Seiten

ISBN 978-3-551-30423-0

Tanz die Kür deines Lebens

Die 18-jährige Mel hat nur ein Ziel: eines Tages olympisches Gold im Eiskunstlauf gewinnen. Selbst als sie die Weihnachtsferien mit ihrer Familie in einem noblen Resort verbringt, kann sie an nichts anderes denken als an die bevorstehenden Wettkämpfe. Zumindest bis sie im Foyer auf die faszinierende June trifft, deren unerschütterliches Selbstbewusstsein Mel sofort elektrisiert. Die nächsten Tage sind die beiden unzertrennlich, und Mel fühlt sich so unbeschwert wie nie zuvor in ihrem Leben. Doch dann nimmt ihre Begegnung eine jähe Kehrtwendung. Mel erfährt etwas über Junes Familie, das ihre Chancen auf olympisches Gold für immer zerstören könnte ...

Das Eis konnte Geschichten erzählen.

Davon war ich fest überzeugt. Ich glitt über die kalte Fläche und nahm jede kleine Unebenheit war, fühlte jede Vertiefung, die sich unter dem scharfen Metall unserer Kufen gebildet hatte. Lauschte mit jeder Faser meines Körpers der Stimme des Eises.

»Mel!«

Nicks Stimme in meinem Nacken riss mich zurück in die Wirklichkeit. Eigentlich war es nicht viel mehr als ein Raunen gewesen, kaum hörbar durch »Nothing Else Matters« in einer Remix-Version von Metallica und Marlisa Punzalan, zu dem wir unser Programm liefen. Doch es reichte, um mich daran zu erinnern, dass gerade nicht die beste Zeit zum Tagträumen war. Im nächsten Moment entließ Nick mich auch schon aus dem Rückwärtslauf, in dem wir synchron über das Eis geglitten waren, und leitete das letzte Element unserer Choreografie ein. Seine kräftigen Hände legten sich um meine Hüfte und einen Augenblick später befand ich mich in der Luft. Ich streckte mich, soweit ich konnte, spannte jeden Muskel in meinem Körper an und breitete die Arme aus, als wären es Flügel. Ja, so musste es sich anfühlen, fliegen zu können.

Es gab nichts auf der Welt, das sich besser anfühlte.

Viel zu schnell kam ich wieder auf die Füße. Zu den letzten Takten des Songs liefen wir unsere finalen Schritte, bevor wir unsere Abschlussposition einnahmen und darin verharrten, bis die Musik verklungen war.

Ein langsames Klatschen, das von der Bande der hochmodernen Eishalle zu uns herübertönte, erlöste uns aus unserer Anspannung.

»Bravo!«, rief unsere Trainerin Jurenka uns zu. Für den Bruchteil einer Sekunde durchflutete mich die Wärme des Lobs – Jurenka ging sparsam damit um. Dann entdeckte ich jedoch die Falte auf ihrer Stirn, die sich tief genug eingegraben hatte, dass ich sie selbst auf zehn Meter Entfernung gut erkennen konnte. Gleich würde es Ärger geben.

Ich fluchte ungehalten.

Nick blickte halb amüsiert, halb mitfühlend auf mich herunter. Auf seiner tiefbraunen Haut glänzte der Schweiß, seine Wangen glühten und ich wusste, dass ich ebenso erledigt aussah wie er.

»Schlimmer als die Kesselflicker!«, kommentierte er, womit er mir zumindest ein halbherziges Schmunzeln abrang. »Lass das nur Jurenka nicht hören. Sonst wäscht sie nicht nur dir, sondern zur Sicherheit auch mir den Mund mit Seife aus.«

Ich verdrehte die Augen. Jurenka hielt Fluchen für verschwendeten Atem, den man lieber darauf verwendete, es besser zu machen. Und natürlich war ihr auch mein winziger Augenblick der Ablenkung nicht entgangen.

Ich straffte die Schultern, in der Hoffnung, mich dann gewappneter zu fühlen. Leider blieb ich damit erfolglos.

Also setzten wir uns wieder in Bewegung und liefen an den Rand der Eisfläche, wo unsere Trainerin an der Bande lehnte. In ihrer dicken, weißen Jacke und dem Stirnband aus rosa Wolle sah sie aus wie ein glasiertes Marshmallow. Das tat dem autoritären Klang ihrer Stimme jedoch keinen Abbruch. Nicht zum ersten Mal unterdrückte ich den Drang, vor ihr zu salutieren. Leider war ich mir sicher, dass Jurenka das nicht halb so witzig fände wie ich.

Erschöpft ließen Nick und ich uns neben Jurenka gegen die Bande sinken. Meine Wangen glühten von der kalten Luft und der Anstrengung und meine Beine fühlten sich an, als wäre die Eismaschine darüber hinweggerollt. Am liebsten hätte ich mich sofort unter eine heiße Dusche gestellt und mich danach mit Lakritzstangen und einem Film in mein Bett eingekuschelt. Dem im Weg standen allerdings noch Jurenka und ihre berüchtigte Stirnfalte.

»Mel, wirst du wohl *einmal* deine Gedanken dort behalten können, wo sie hingehören?«, schimpfte die zierliche Russin da auch schon.

»Ich war …«, setzte ich an, bevor mir auffiel, dass es sich um eine rhetorische Frage handelte.

Jurenka schüttelte missbilligend den Kopf. »In einer Wettbewerbssituation hätte ganz allein Nick die Punkte für diese Figur verdient. Ich hoffe, das ist dir bewusst?«

Ich nickte pflichtschuldig. Nick tat unbeteiligt und starrte sehnsüchtig Richtung Hallenausgang.

»Nick war technisch sauber«, fuhr Jurenka fort. »Aber du musst fokussiert bleiben, Mel. Der Kopf ist am Ende das, was entscheidet. Lass dich nicht zu sehr von den Geschichten und Emotionen mitreißen, die ihr darstellen wollt. Sonst verlierst du an Präzision und das kann euch wertvolle Punkte kosten.«

»Es soll sich nur echt *anfühlen*, nicht echt sein«, murmelte ich ergeben und wiederholte damit eine Lektion, die Jurenka mir einzubläuen versuchte, seit sie uns trainierte. Meistens schaffte ich es, mich daran zu halten. Ich hielt zwar nicht viel davon, dass so subjektive Komponenten wie »Skating Skills« oder »Transitions« Bestandteil der Bewertung waren, aber ich wollte nicht riskieren, dass wir darin Punkte abgezogen bekamen, nur weil ich zu nachlässig war.

Unerwartet glättete sich die Falte auf Jurenkas Stirn und ein warmer Ausdruck trat in ihre Augen. »Ihr könnt stolz auf euch sein. Wenn ihr so weitermacht, habt ihr ausgesprochen gute Chancen beim nächsten Wettkampf!«

Ich hob den Kopf, ein Kribbeln jagte über meine erhitzte Haut. »Weißt du schon etwas Neues wegen der Zulassungen?«

Jurenka musterte mich resigniert. »Wie ein so ungeduldiger Mensch wie du es bis zu den Juniorenweltmeisterschaften gebracht hat, wird mir ein ewiges Rätsel bleiben.«

Nick warf mir einen belustigten Blick zu. »Ich schätze, das heißt dann wohl nein.«

In nur halb gespielter Verzweiflung warf ich die Arme in die Luft.

»Wir warten seit Wochen! Ich meine, wir haben alle Voraussetzungen für die Qualifikation erfüllt, langsam müssten die Briefe doch mal kommen!«

»Wie arm sind die, die nicht Geduld besitzen«, deklamierte Nick mit Grabesstimme.

Drei Sekunden lang starrte ich ihn sprachlos an. »Hast du … war das Shakespeare?«

Nick grinste teuflisch. »Othello.«

Ich versetzte ihm einen Klaps gegen den Arm, woraufhin sein Grinsen nur noch breiter wurde. Ich hielt Shakespeare für überbewertet und nicht mehr zeitgemäß. Was an sich nicht weiter erwähnenswert wäre, wenn mein bester Freund es nicht unfassbar witzig finden würde, mir bei jeder Gelegenheit entsprechende Zitate unter die Nase zu reiben.

Jurenka, die unseren kurzen Schlagabtausch mit irritiert zusammengekniffenen Augen belauscht hatte, schüttelte nur den Kopf. Bevor Nick und ich weiter herumalbern konnten, unterbrach sie uns: »Es ist nun mal ein privater Veranstalter. Beschwert euch nicht.«

Nick warf mir einen Blick zu und auch ohne, dass er etwas sagte, wusste ich, was ihm durch den Kopf ging: *Nette Umschreibung für eine Handvoll weißer alter Männer, die zu viel Geld haben und deswegen einen Förderverein für Eiskunstlauf gründen, mit dem sie kompensieren können, dass sie selbst nie gut genug waren.*

Trotzdem nickten wir brav. Jurenka schien nicht überzeugt von unserem plötzlichen Anflug von Einsicht, beließ es jedoch dabei.

»Ein Letztes noch, bevor ich euch in die Weihnachtspause entlasse: Ich will keinen von euch auf dem Eis sehen. Nutzt die trainingsfreie Zeit für ein paar Stabilisations- und Kräftigungsübungen. Und nur das, ist das klar?«

Es hätte Jurenkas strengen Blick in meine Richtung nicht gebraucht, um zu wissen, dass sich die letzten Worte hauptsächlich an mich richteten.

Ich verzog das Gesicht. Nick formte das Wort »Junkie« mit den Lippen. Bevor ich jedoch etwas Adäquates antworten konnte, fuhr Jurenka mit versöhnlicherer Stimme fort: »Leichtes Cardio-Training ist in Ordnung. Ich weiß, dass du keine drei Tage die Füße stillhalten kannst.«

»Danke«, stieß ich erleichtert aus.

Nick wackelte vielsagend mit den Augenbrauen, was ich geflissentlich ignorierte. Es hätte ohnehin nicht viel gegeben, was ich dem hätte entgegensetzen können – »Pause« war, genauso wie »Geduld«, ein Wort, von dem ich gern so tat, als existierte es gar nicht.

»Mit der Betonung auf *leicht*«, fügte Jurenka warnend hinzu, als hätte sie meine Gedanken gelesen. »Im Ernst, macht mir nicht den Rovelier. Wir haben zu hart gearbeitet, um jetzt zu ...« Sie unterbrach sich, ihre Miene wurde düster. Sie brauchte nicht auszusprechen, was sie dachte, wir wussten auch so, was sie meinte.

Der Unfall.

Mir wurde flau im Magen. Jeder, der sich auch nur im Entferntesten mit Eiskunstlauf beschäftigte, hatte von diesem Unfall gehört. Sogar die ach so seriöse Tageszeitung meiner Eltern hatte darüber berichtet, dass Armand Rovelier, der bis dahin vielversprechendste Einzelläufer Deutschlands, bei einem Trainingsunfall gestürzt und erst nach einer Woche wieder aus dem Koma aufgewacht war.

»Hat jemand von euch in den letzten Tagen mal geschaut, ob es etwas Neues zu seinem Gesundheitszustand gibt?«, fragte ich in die bedrückende Stille hinein.

»Er ist wohl zurzeit in der Reha«, meinte Nick, ohne den üblichen Schalk in der Stimme. »Sein Verein in Stuttgart hat am Wochenende gepostet, dass er im Vollbesitz seiner geistigen Fähigkeiten ist.«

Ich atmete erleichtert auf.

»Wissen sie schon, ob er wieder aufs Eis zurückkommt?«, fragte Jurenka, dann kniff sie den Mund zu einer harten Linie zusammen.

Nick hob ratlos die Schultern. »Es gibt Spekulationen auf Elodys und Milos Blog, aber nichts Konkretes. Es heißt, die Ärzte wüssten im Moment wohl noch nicht einmal, ob Armand überhaupt je wieder gehen können wird. Das Einzige, was bisher offiziell bestätigt wurde, ist, dass sein Vater trotzdem in der Jury beim Wettbewerb sitzen wird.«

Unwillkürlich biss ich mir auf die Unterlippe. Nicht mehr eislaufen zu können, war mein schlimmster Albtraum. Manchmal wachte ich schweißgebadet und mit panisch rasendem Herzen auf, weil ich geträumt hatte, mir wären die Beine abgefallen. Wie schlimm es für Armand und seine Familie sein musste, für die dieser Albtraum jetzt Realität war, konnte ich mir nicht einmal vorstellen.

»Ein Grund mehr, auf euch aufzupassen«, meinte Jurenka ernst.

»Gut zu wissen, dass du uns auf einer Stufe mit dem großen Armand Rovelier siehst«, neckte Nick, wofür er einen Todesblick von unserer Trainerin kassierte, doch ihre Mundwinkel zuckten im Anflug eines Lächelns. Und damit verflog die angespannte Stimmung und nun musste auch ich grinsen. Jurenka hatte die meiste Zeit ihres Lebens in Eishallen verbracht und sie benahm sich gern so, als wäre ihr dabei auch das Herz eingefroren. Doch Nick und ich wussten, dass das nicht stimmte. Und wir wussten auch: Würde Jurenka nicht ernsthaft daran glauben, dass wir es bis ganz an die Spitze schaffen konnten, würde sie ihre Zeit nicht mit uns verschwenden. Sie war selbst eine erfolgreiche Eiskunstläuferin gewesen, bevor sie eine Verletzung zu lange ignoriert hatte und aus gesundheitlichen Gründen in den Trainerstand hatte wechseln müssen. Die Auswahl an jungen Nachwuchstalenten, die geradezu darum bettelte, von ihr zur Schnecke gemacht zu werden, war groß. Aber nein – sie war in unseren Verein gekommen.

»Ich verspreche hiermit feierlich, mich während der Weihnachtspause nicht zu verletzen«, fügte Nick jetzt mit todernster Miene hinzu und hob die Hand zum Schwur. Der besondere Moment wurde leider dadurch zerstört, dass auf der anderen Seite der Halle eine Bandentür aufging und Henning die Eisbearbeitungsmaschine auf die Fläche steuerte.

Jurenka schüttelte missbilligend den Kopf. »Schert euch weg, ihr Nichtsnutze.« Ein Lächeln konnte sie jedoch nicht vollständig unterdrücken. Nick und ich tauschten ein verschwörerisches Grinsen, während wir uns auf den Weg zu den Umkleidekabinen machten.

In der Eingangshalle sahen wir Kian Sommerfeld, mit Vereinsjacke und Sporttasche über der Schulter. Er schien auf dem Weg ins Trainerbüro zu sein. Wir hatten immer zusammen mit ihm und seiner Partnerin Mariella Meitner trainiert. Hätte Mariella nicht vor einem Monat plötzlich hingeschmissen, wären die beiden unsere stärkste Konkurrenz in dieser Saison gewesen (abgesehen natürlich von Elody Petrowa und Milo Tanaka, den Wunderkindern aus München).

»Hey, Kian!«, rief ich in seine Richtung.

Er drehte sich irritiert um, dann entdeckte er uns und winkte kurz. Entschuldigend deutete er auf die Armbanduhr an seinem Handgelenk, offenbar hatte er keine Zeit für einen Plausch, bevor er im Büro der Trainer verschwand.

»Glaubst du, er sucht sich eine neue Partnerin oder hört er auf?«, überlegte ich laut. »Ich meine, er hat damals schon gesagt, dass er nur bis zum Abschluss weitermachen will und jetzt ist er schon seit ein paar Monaten fertig mit der Schule.«

Dass Kians Ambitionen zeitlich begrenzt waren, war für mich der Hauptgrund gewesen, wieso Nick mein neuer Partner geworden war, als er damals in den Verein gekommen war. Ich hatte nach jemandem gesucht, der bereit war, nach den Sternen zu greifen.

Im Moment griff allerdings niemand nach irgendetwas, Nick antwortete mir nicht einmal. Ich warf ihm einen prüfenden Blick zu und ertappte ihn dabei, wie er Kian nachdenklich hinterherschaute. Grinsend verpasste ich ihm einen Stoß in die Seite.

»Pass bloß auf, dass Alena das nicht sieht!«, zog ich ihn auf, was Nick mit einem gutmütigen Schulterzucken quittierte.

»Pass du lieber auf, Nancy. Wenn du wieder so lange unter der Dusche stehst, fährt meine Mutter dieses Mal ohne dich los und du kannst nach Hause laufen.«

Beim Klang des Spitznamens, den er mir verpasst hatte – angelehnt an die großartige Eiskunstläuferin und mein größtes Vorbild: Nancy Kerrigan –, streckte ich ihm die Zunge heraus, doch da hatte Nick die Tür der Herrenumkleide bereits hinter sich zugezogen.

Kopfschüttelnd betrat ich den Umkleideraum der Frauen, den ich heute für mich allein hatte. Es fühlte sich merkwürdig an, die Einzige zu sein. Normalerweise war ich hier immer auf Mariella getroffen, die sich gerade umzog, wenn Nick und ich mit dem Training fertig waren. Aber statt sich mein Haarspray auszuleihen und mir von den Mitgliedern südkoreanischer Boybands zu erzählen, saß sie jetzt in irgendeiner Schule in Seoul. An ihrem Gymnasium gab es dieses Austauschprogramm, bei dem sie wegen zu vieler Bewerbungen anfangs abgelehnt worden war. Als überraschend ein Platz freigeworden war, hatte Mariella nicht gezögert und die Chance ergriffen.

Das war der Punkt, an dem ich ins Straucheln geraten war, als ich mit meinen Freunden beim letzten Filmabend darüber diskutiert hatte. Ich bekam einfach nicht in meinen Kopf, wie jemand, dem sich die Türen zu Olympia hätten öffnen können, einfach alles stehen und liegen lassen und auf einen anderen Kontinent umziehen konnte. Alena hatte mich engstirnig genannt und Nick hatte gefragt, ob mir bewusst sei, dass manche Menschen auch ein Leben außerhalb von Eishallen und Trainingsräumen besaßen. Ich hatte Stofftiere nach ihnen geworfen und als wir unsere Kabbelei beendet hatten, hatten die beiden das Thema des Gesprächs schon wieder vergessen. Seitdem bemühte ich mich, es ihnen gleichzutun. Nur dieser kleine Stich im Herzen, der ließ sich nicht so einfach ignorieren.

Mariellas offensichtliche Abwesenheit versetzte mir diesen Stich jetzt erneut. Sie hatte mir beigebracht, wie man falsche Wimpern aufklebte und ich hatte bei Wettkämpfen immer extraviele Bobby Pins für sie dabeigehabt. Bis zu ihrem Umzug war ich davon ausgegangen, Eiskunstlauf hätte für sie die gleiche Priorität wie für Nick und mich. Wozu sonst opferte man es, gedankenlos ein zweites Stück Kuchen zu essen oder nachmittags nach der Schule ins Kino zu gehen statt zum Training?

Dass ich falsch gelegen hatte, verunsicherte mich. Dabei war Unsicherheit das Letzte, das ich gerade gebrauchen konnte. Also tat ich, was ich gern mit unangenehmen Dingen tat – ich schob sie von mir weg.

Ächzend schälte ich mich aus meinen verschwitzten Klamotten und tapste in den angrenzenden Duschbereich. Kaum spürte ich das Prasseln des Wassers auf meiner Haut, kam ein wohliger Seufzer über meine Lippen. Ich schloss die Augen und legte den Kopf in den Nacken. Während mir das Wasser über das Gesicht lief, dachte ich noch einmal an das Gefühl, fliegen zu können. Unwillkürlich begann ich zu lächeln.

Mein ganzer Körper tat weh. Meine durchgefrorenen Finger brannten, je mehr sie auftauten, und morgen würde ich mich vor lauter Muskelkater wahrscheinlich kaum rühren können. Aber für mich war es das wert.

***

Natürlich brauchte ich viel zu lang. Witzigerweise war ich genauso schlecht darin, auf die Zeit zu achten, wie ich darin war, geduldig zu sein. Als ich die Umkleidekabine verließ, stand Nick schon davor und tat so, als hätte er jahrelang auf mich warten müssen und nicht nur ein paar Minuten.

Okay, vielleicht waren es ein paar *mehr* Minuten gewesen, wie ich nach einem kurzen Blick auf mein Handy zerknirscht bemerkte.

»Also – Othello?«, fragte ich schnell, bevor Nick – mal wieder – etwas zu meiner Verspätung sagen konnte. Eine Standpauke am Tag war mehr als genug. Nick musterte mich mit gerunzelter Stirn. »Textlernen mit Alena. Sie hat doch eine Rolle in dem Stück an ihrer Schule bekommen. Ist schon Wochen her.«

»Und sie spielen ›Othello‹?«

Nick nickte. »Eine moderne, nicht rassistische Version davon. Hat sie dir das nicht erzählt?«

Ich verzog das Gesicht. Bestimmt hatte sie das. Aber mein Kurzzeitgedächtnis war nicht besonders zuverlässig, was solche Dinge betraf. »Ich werde es mir ansehen müssen, oder?«

Nicks Grinsen nahm einen schadenfrohen Zug an. Mit einer galanten Geste, die den selbstzufriedenen Ausdruck in seiner Miene Lügen strafte, öffnete er mir die Hallentür.

Es war längst dunkel geworden und die Temperaturen waren gefallen. Das hätte beinahe einen Anflug von Weihnachtsstimmung in mir geweckt – wenn wir uns nicht in Hamburg befunden hätten, wo die Menschen schulterzuckend ihre Gummistiefel anzogen, wenn der Fischmarkt überflutet wurde, aber panisch den Weltuntergang ausriefen, wenn sich das Thermometer auch nur in die Nähe der Null-Grad-Grenze wagte. Unter einer Laterne auf der anderen Seite der Straße parkte einsam und allein der rote Opel von Nicks Mutter, die auf uns wartete. Nick öffnete die Tür zum Beifahrersitz, klappte den Sitz nach vorn und ließ mich auf die Rückbank klettern. Mit einer routinierten Bewegung schob ich die Bilderbücher von Nicks kleiner Schwester Nelli beiseite, die wie immer über die Sitze verstreut lagen, und verstaute meine Sporttasche im Fußraum, bevor ich Nicks Mutter begrüßte.

»Hi, Yaaba! Danke fürs Warten.«

Yaaba Mensah lächelte mir freundlich durch den Rückspiegel zu. »Kein Problem, Mel. Wie war das letzte Training vor den Ferien?«

Während Nick zu erzählen begann – und dabei maßlos übertrieb –, startete Yaaba den Motor und lenkte das Auto in den Feierabendverkehr.

»Ich verstehe. Ihr habt den ersten Platz beim Wettbewerb eigentlich schon sicher, werdet aber ganz bestimmt verlieren, weil Mel eine Tagträumerin ist«, schlussfolgerte Yaaba, nachdem Nick seine Erzählung beendet hatte. Ihre Stimme klang todernst, doch in ihren warmen Augen lag dasselbe verschmitzte Funkeln, das ich auch bei Nick so oft sah, und für das ich Yaaba vom ersten Moment an geliebt hatte.

»Pah«, machte ich. »Wenn wir verlieren, dann, weil Nicks Ego so riesig ist, dass es keine Schlittschuhe in der passenden Größe gibt.« Ich beugte mich vor und pikste meinem besten Freund von hinten in die Seite. Erschrocken quiekte Nick auf, wofür ich ihn auslachte.

Yaaba gab mittlerweile keinen Kommentar zu unseren gegenseitigen Neckereien mehr ab. Nick und ich trainierten seit fünf Jahren zusammen, sie war daran gewöhnt.

»Wehe, du machst das, wenn die Scouts in der Nähe sind!«, drohte er mir jetzt. Ich setzte ein böses Grinsen auf, das er mir keine Sekunde abkaufte.

»Wenn wir unter die Top Drei kommen, lasse ich dich mindestens einen Monat in Ruhe«, versprach ich ihm.

»Und wenn wir gewinnen?«, fragte Nick herausfordernd.

»Dann werdet ihr gar keine Zeit mehr für so etwas haben, weil ihr das Trainingsstipendium bekommt und nie wieder eine Eishalle von außen sehen werdet«, warf Yaaba trocken ein. »Oder wollt ihr euch auf euren Trophäen ausruhen? So als Jung-Stars mit Autogrammstunden ...«

»Es waren nur zwei Unterschriften!« Mir schoss die Röte ins Gesicht. Es war mir immer noch peinlich, dass mich zwei Siebtklässlerinnen aus meiner Schule nach der letzten Meisterschaft gebeten hatten, ihre Mathehefte zu signieren.

»Nancy würde niemals zulassen, dass wir uns auch nur eine Sekunde ausruhen«, verkündete Nick und griff sich dramatisch an die Brust. »Sie ist ein Junkie.«

Ich verschränkte die Arme vor der Brust und gab ein wegwerfendes »Pfff« von mir, allerdings eher aus Prinzip, denn aus Überzeugung. Wir erreichten Altona und ich sah die Elbe am Ende der Straße im Licht der Hafenanlage glitzern.

Yaaba hob belustigt die Augenbrauen und warf mir durch den Rückspiegel einen kurzen Blick zu. »Muss ich mir Sorgen machen, dass du Entzugserscheinungen bekommst?«

»Ich habe den Therapeuten schon auf Kurzwahl gespeichert, nur für den Fall«, spottete Nick. Ich beschloss, ihn einfach zu ignorieren.

»Keine Sorge, ich komme klar. Mein Vater fliegt gleich nach Weihnachten in so ein schickes Sporthotel in der Schweiz, irgendein superwichtiger Deal mit einer Partnerfirma, der unbedingt noch dieses Jahr unter Dach und Fach muss. Mam hat ein schlechtes Gewissen, dass wir die Feiertage nicht als Familie verbringen, und hat versprochen, dass wir zwei ganz viel unternehmen werden.«

Ich gab mir Mühe, es ganz beiläufig klingen zu lassen, so, als wäre es völlig normal für mich, Zeit mit meiner Mutter zu verbringen. Leider glaubte ich mir selbst nicht.

Als wir das Schild passierten, das uns sagte, dass wir uns in Hamburg Othmarschen befanden, breitete sich eine mir wohlbekannte Leere in meiner Brust aus. Ich sehnte mich nach den Tagen zurück, an denen meine Mutter uns Mikrowellenpopcorn gemacht und mir bei einem alten Actionfilm Zöpfe in die Haare geflochten hatte. Als sie noch keine bekannte Anwältin gewesen war und mein Vater unter der Woche in einer anderen Stadt gearbeitet hatte. Bevor wir umgezogen waren und das Wort »Familie« für mich zu einem Wort geworden war, dessen Bedeutung ich im Lexikon nachschlagen musste.

Nick musste gespürt haben, dass seine Mutter gefährlich nah am

Abgrund eines unschönen Themas balancierte, denn nun schaltete er sich mit betont beleidigter Stimme ein: »So wie früher, als ihr ganze Tage in diesem kleinen, alten Kino verbracht habt und du nie mit mir Fußball spielen wolltest?«

Damit gelang es ihm tatsächlich, mich zum Lachen zu bringen.

»Genauso. Du hast mich jedes Mal angeschaut, als würde ich Hochverrat begehen.«

Nick schmunzelte bei der Erinnerung an sein zwölfjähriges Ich. »Zu deinem Glück habe ich dir jedes Mal verziehen.«

Als Antwort bohrte ich ihm erneut meine Finger in die Seite, doch dieses Mal war er vorbereitet und wich aus.

***

Schließlich erreichten wir das schicke Hochhaus, in dem ich mit meinen Eltern wohnte. Yaaba hielt auf einem der beiden Parkplätze, die die Schilder als »Reserviert für Familie Hertz« auswiesen. Auf dem anderen parkte Mams Firmenwagen. Das Angeberauto meines Vaters konnte ich nirgendwo entdecken und in mir keimte die Hoffnung auf, mich nach einem schnellen Abendessen in mein Zimmer verkriechen zu können, bevor er nach Hause kam.

Nick stieg aus und klappte seinen Sitz wieder nach vorn. Umständlich kletterte ich aus dem Auto. Dabei verhedderte sich der Gurt meiner Sporttasche in einem der Gurtverschlüsse und ich wäre beinahe vornüber in das Skelett eines Zierstrauchs gepurzelt.

»Warte, ich helfe dir.« Nick beugte sich ins Auto, löste den Tragegurt und schloss dann die Autotür, damit seine Mutter drinnen nicht erfror. Ich musterte währenddessen besorgt meine Sporttasche.

»Hoffentlich hat dein Geschenk nichts abgekriegt.« Vorsichtig zog ich den Reißverschluss auf und tastete in der Tasche nach der Geschenkbox, die ich schon den ganzen Tag mit mir herumtrug. Endlich bekam ich sie zu fassen und zog sie hervor. Sie bestand aus dem grellsten Schweinchenrosa, das ich hatte finden können, und war über und über mit goldenen Krönchen bedruckt.

Nick hob die Augenbrauen. Dann verzog sich sein Gesicht langsam zu einem sehr breiten Grinsen und er zog seinerseits ein kleines Päckchen aus der Tasche seiner Trainingsjacke. Im Licht der Parkplatzbeleuchtung dauerte es einen Augenblick, bis ich erkannte, worin es eingeschlagen war. Dann begann ich so laut zu lachen, dass sich die Passanten auf der anderen Straßenseite irritiert zu uns umdrehten.

»Nikolas Kojo Panyin Mensah, ich bin beeindruckt!«, erklärte ich, nachdem ich mich wieder beruhigt hatte. Überaus selbstzufrieden streckte Nick mir das Päckchen hin. Das Geschenkpapier war dunkelblau, bedruckt mit sonnengelben Bulldozern und stellte damit einen neuen Höhepunkt in Nicks und meinem jährlichen Wer-macht-sich-besser-über-Geschlechterklischees-lustig-Contest dar. Irgendwie mussten wir schließlich kompensieren, dass wir eine der konservativsten Sportarten der Welt ausübten.

»Ich habe der Frau im Laden gesagt, es wäre für meinen kleinen Bruder«, feixte er. Dann wurde seine Stimme unerwartet sanft. »Fröhliche Weihnachten, Nancy. Versprich mir, dass du dich von deinen Eltern nicht zu sehr runterziehen lässt, ja?«

Ich seufzte. »Ich verspreche, dass ich es versuchen werde, okay?«

Nick betrachtete mich einen Moment lang mit gerunzelter Stirn, bevor er beschloss, sich damit zufriedenzugeben. Ich stellte mich auf die Zehenspitzen und umarmte meinen besten Freund.

»Frohe Weihnachten!«, flüsterte ich durch seine kurzen, lockigen Haare in sein Ohr und drückte ihn noch einmal an mich.

***

Ich hörte Nicks Mutter wegfahren, als ich den Eingangsbereich des Hauses betrat. Am Tresen empfing mich, stoisch wie ein Fels in der Brandung, der Nachtportier.

»Guten Abend.«

»Hi, Albert!« Ich winkte ihm zu, das blau-gelbe Päckchen noch in der Hand. Etwas in meiner Brust summte nervös, als ich hinzufügte: »Ist denn heute Post für mich angekommen?«

Alberts Miene verzog sich bei meinen Worten zu einem faltigen Lächeln. Er bückte sich und suchte unter dem Tresen nach etwas. Als er wieder hervorkam, hielt er einen Umschlag in der Hand.

»Nur so ein Brief, von ...« Er legte den Kopf schief und tat so, als würde er den Absender eingehend studieren. Dann sah er mich unschuldig an. »Förderverein Deutscher Eiskunstlauf e.V.? Sagt dir das zufällig etwas?«

»Albert!« Ich stieß einen kleinen Schrei aus und riss ihm den Brief beinahe aus der Hand. Mein Herz setzte einen Schlag aus. Das hellblaue Logo war unverkennbar. Ich starrte darauf, als könnte es verschwinden, wenn ich auch nur blinzelte. Mit unruhigen Fingern begann ich, an der Verschlusslasche des Briefes herumzuknibbeln, gab aber nach ungefähr einer Sekunde auf und riss ihn einfach auf. Dass ich dabei auch eine Ecke des Briefes im Inneren erwischte, ignorierte ich geflissentlich. Als ich das Papier endlich herausziehen konnte, wummerte mein Herz so heftig, als wollte es aus meinem Brustkorb herausspringen.

In meinen Händen hielt ich das Einladungsschreiben zum Wettbewerb. Mit Datum, Startnummer und allem.

»Wir sind dabei!«, flüsterte ich laut, halb ungläubig, halb triumphierend.

»Ich dachte mir, dass dich das freut.« Alberts Lächeln war warm und weich wie Honigmilch. »Ich wollte es dir persönlich geben, deswegen habe ich den Umschlag zurückgehalten, als deine Mutter vorhin die andere Post mitgenommen hat.«

Am liebsten hätte ich den Portier in den Arm genommen, aber ich wusste, dass Albert keine Umarmungen mochte. Also begnügte ich mich mit einem so breiten Lächeln, dass es sich anfühlte, als könnte es einmal um den Mond herumreichen.

»Danke. Ehrlich.«

Der Portier schenkte mir ein Nicken und mit dieser kleinen Bewegung drückte er mehr aus, als ich in Worte hätte fassen können.

Im Aufzug versuchte ich, meinen noch immer rasenden Herzschlag ein wenig zu beruhigen. Natürlich war mir klar gewesen, dass die Zusage sehr wahrscheinlich kommen würde – in meinem Zimmer standen die Trophäen der Deutschen Juniorenmeisterschaften vom letzten und vorletzten Jahr, daneben ein ganzer Ständer voller Medaillen in allen Größen und Farben aus über einem Jahrzehnt Leistungssport. Trotzdem war da immer noch eine Portion Zweifel gewesen, die mich nicht losgelassen hatte, seit Jurenka uns angemeldet hatte. Und jetzt war er da. Der Schlüssel, der uns die Tür zur Weltspitze aufschließen könnte.

Ich fühlte mich wie eine Colaflasche, in die jemand ein Mentos gesteckt hatte. Meine Emotionen sprudelten durcheinander, fühlten sich zu groß, zu viel an für meinen Körper und reichten von »Bitte lass es uns nicht verkacken« über ein wenig hilfreiches »Ohmeingottohmeingottohmeingott!« bis hin zu »Hell, yes, Olympia, ich komme!«.

In einem Anflug von Übermut stellte ich mir vor, wie Nick und ich bei der Winterolympiade in Peking liefen. Ich konnte die Musik fühlen, wie sie durch meinen Körper pulsierte, wie wir jedes Element fehlerlos liefen, das ganze Publikum hielt den Atem an und dann ... ein Jubel, so laut, dass er die Musik übertönte und die Stimme der Kommentatorin – in meinem Tagtraum verstand ich, was sie sagte –, die atemlos durch die Halle rief: »Sie hat es geschafft! Sie hat es geschafft! Melanie Hertz steht als erste Deutsche einen dreifachen Axel!«

Mitgerissen von meiner Vorstellung verbeugte ich mich nach allen Seiten. Leider reagierten die Wände des Aufzugs nicht so enthusiastisch wie das Publikum in meinem Kopf.

Ein Knacken ließ mich abrupt auffahren. Es war das Geräusch

des Lautsprechers, der mit der Überwachungskamera an der Rezeption verbunden war. Siedend heiß fiel mir ein, dass Albert mich ja sehen konnte.

»Das sah jetzt bestimmt gar nicht lächerlich aus oder so«, murmelte ich vor mich hin.

»Fast gar nicht«, antwortete Alberts belustigte Stimme aus dem Lautsprecher. Mir schoss die Röte in die Wangen.

»Kannst du das nächste Mal bitte weggucken, wenn ich mich in aller Heimlichkeit zum Deppen mache?«, fragte ich, meinte es jedoch nur halb ernst. Der Brief in meiner Hand machte mich viel zu glücklich, als dass ich mir von einer kleinen Peinlichkeit hätte die Laune verderben lassen.

»Bedaure«, sagte Albert mit gespieltem Bedauern. »Wenn ich das tun würde, dann wären meine Nachtschichten nur halb so unterhaltsam.«

Ich konnte das vergnügte Funkeln in seinen Augen beinahe vor mir sehen. Spätestens jetzt hätte ich ihm nicht mehr böse sein können, wenn ich es überhaupt gewesen wäre. Ich drehte mich in die Richtung der Kamera und knickste.

Albert applaudierte, bis der Aufzug mit einem Pling verkündete, die oberste Etage erreicht zu haben.

Das sprudelnde Glücksgefühl in mir hielt an, bis ich die Wohnungstür hinter mir zuzog. Sofort spürte ich, dass etwas nicht stimmte.

Stirnrunzelnd kickte ich meine Winterstiefel von den Füßen und stellte meine Sporttasche in der ungefähren Nähe der Garderobe ab. Das versetzte dem schicken Design unserer Wohnung zwar einen minimalen Dämpfer, aber ich fand es hier drinnen sowieso viel zu leer und zu unpersönlich. Würde ich nicht ab und zu etwas in der Gegend herumliegen lassen, sähe diese Wohnung aus wie ein Anschauungsobjekt für modern-minimalistischen Einrichtungsstil und nicht wie zweihundert Quadratmeter, auf denen tatsächlich echte Menschen lebten.

Mein Blick fiel auf die blankgeputzten Oxfords meines Vaters, die so ordentlich nebeneinander unter der Garderobe standen, als wären sie an einem Lineal ausgerichtet worden. Er war also doch zu Hause. Mein Magen zog sich zusammen. Nun sammelte ich doch lieber meine Schuhe auf und stellte sie beiseite.

Auf dem Weg in die Küche erkannte ich schließlich, was nicht stimmte.

Die Musik fehlte.

Das flaue Gefühl in meiner Brust verstärkte sich. Normalerweise lief immer Musik. Leiser Jazz, wenn es nach meiner Mutter ging (und was mir das Gefühl gab, in einem teuren Café zu sitzen, in dem sich gleich am Nebentisch eine Operndiva mit Sonnenbrille und Pelz über die Temperatur ihres fettfreien Soja-Lattes beschweren würde). Mein Vater wählte ausnahmslos klassische Musik und brachte mich damit jedes Mal innerlich zum Brodeln. Ich liebte klassische Musik, zu vielen Stücken waren wir bereits Programme gelaufen, aber mein Vater mochte sie eigentlich gar nicht. Er fand nur, dass alles andere nicht zu ihm als Geschäftsmann der oberen Gehaltsklasse passte und in meinen Augen beleidigte er damit alle existenten Musikgenres gleichzeitig.

Meine Playlists liefen nur, wenn meine Eltern nicht zu Hause waren. Dann drehte ich Pop und halbbekannte Indie-Bands auf, bis mir die Ohren bluteten (auch wenn Nick sich ständig darüber lustig machte, weil er fand, dass ich eher wie jemand aussah, der Metal hörte).

Die ständige Geräuschkulisse verbarg die Stille, an der wir sonst wahrscheinlich schon vor Jahren erstickt wären. Sie war das, was dieser Wohnung, dieser Familie am ehesten Leben verlieh. Dass sie jetzt verstummt war, konnte nur zwei Dinge bedeuten – entweder war jemand gestorben oder ich steckte wirklich, wirklich tief in der Scheiße.

Meine Finger schlossen sich fester um den Brief in meiner Hand und zerknitterten ihn unabsichtlich. Ich überlegte, einfach gleich in mein Zimmer zu verschwinden, allerdings machte mein knurrender Magen mir einen Strich durch die Rechnung. Meine letzte Mahlzeit lag schon mehr als ein paar Stunden zurück und das Training hatte sein Übriges dazugetan, meinen Energiespeicher zu leeren. Also biss ich die Zähne zusammen und betrat den großen, offenen Bereich, der Küche und Esszimmer in einem war.

Ende der Leseprobe

DIE MACHT DER GEFÜHLE
TAUCH EIN IN ROMANTISCH-FANTASTISCHE GESCHICHTEN.
IMPRESS
#IMPRESSBOOKS
ALLES VON IMPRESS HIER:
IMPRESSBOOKS.DE

WÄRMENDE LIEBESGESCHICHTEN
FÜR KALTE TAGE

Ina Taus / Maya Prudent
ALLES, WAS ICH MIR WÜNSCHE
ISBN 978-3-551-30135-2
Softcover
Auch als E-Book erhältlich

Eine Silvesterparty zur Volljährigkeit haben sich Amy, Even und ihre Freunde geschworen. Sechs Jahre später treffen sie sich im Winterurlaub, um ihr Versprechen einzulösen. Amy hat nie aufgehört für Even zu schwärmen. Und aus dem unscheinbaren Mädchen von damals ist eine wunderhübsche Frau geworden, die der Bad Boy nur schwer ignorieren kann.

Lana Rotaru
WEIHNACHTSWUNDER VON MANHATTAN
ISBN 978-3-551-30220-5
Softcover
Auch als E-Book erhältlich

Cathy hasst die Adventszeit. Alles daran. Das Wetter, die künstliche Fröhlichkeit und allem voran den Zwang, Geschenke für Leute kaufen zu müssen, die sie nicht leiden kann. Diese Einstellung ändert sich auch nicht, als sie Nick Claus kennenlernt, der von sich selbst behauptet, der Sohn des Weihnachtsmanns zu sein. Sie ist sich sicher, der Typ muss verrückt sein … oder doch nicht?

Ana Woods
NORDLICHTGLANZ UND RENTIERGLÜCK
ISBN 978-3-551-30305-9
Softcover
Auch als E-Book erhältlich

Zoey soll New York verlassen, um im Rahmen eines Zeugenschutzprogramms nach Lappland zu ziehen. Fortgerissen von ihrem Luxusalltag muss sie ihr Leben auf einer urigen Rentierfarm akzeptieren. Bis sie von ihrer Vergangenheit eingeholt und alles bedroht wird, was ihr etwas bedeutet. Der Einzige, auf den sie sich verlassen kann, ist der Shane, der sie so oft auf die Palme und ihr Herz zum Rasen bringt.

IMPRESS

WWW.IMPRESSBOOKS.DE

GEFÜHLE
AUF DEM GLATTEIS

Teodora Timea
GIRL ON ICE
ISBN 978-3-551-30321-9
Softcover
Auch als E-Book erhältlich

Abby hat allem Anschein nach das perfekte Leben: Sie ist nicht nur eine begabte Eiskunstläuferin, sondern auch ein Social-Media-Star und wird von der ganzen Welt geliebt. Beim Winterurlaub im verschneiten Kanada beginnt ihre Fassade jedoch zu bröckeln. Und nicht nur sie verbirgt ein Geheimnis, auch der charismatische Easton.

Rebekka Weiler
CATCH MY FALL
ISBN 978-3-551-30344-8
Softcover
Auch als E-Book erhältlich

Toni staunt nicht schlecht, als der Coach ihrer Eishockeymannschaft seinen neuen Assistenztrainer vorstellt: Nolan Thayer ist nicht nur ehemaliger NHL-Spieler, der nach einer Verletzung ans College zurückkehren musste, sondern außerdem verdammt attraktiv. Während privater Trainigsstunden kommen sich beide verboten nahe.

IMPRESS

WWW.IMPRESSBOOKS.DE

Impress
Die Macht der Gefühle

Unser Versprechen für mehr Nachhaltigkeit
- Klimaneutrales Produkt
- Papiere aus nachhaltigen und kontrollierten Quellen
- Hergestellt in Europa

FSC
www.fsc.org
MIX
Papier aus verantwortungsvollen Quellen
FSC® C083411

Impress
Ein Imprint der Carlsen Verlag GmbH
November 2021
© der Originalausgabe by Carlsen Verlag GmbH, Hamburg 2021
Text © Ulrike Koch, 2021
Lektorat: Julia Feldbaum
Umschlagbild: © www.bookcoverstore.com
ISBN 978-3-551-30381-3
www.impressbooks.de

Werde Teil der Impress-Community, folge uns auf Instagram oder Facebook.
Abonniere unseren Newsletter und erhalte kostenlose Lesetipps per E-Mail!
Unsere Bücher gibt es überall im Buchhandel und auf impressbooks.de.